BELLES À TOUT PRIX

VALÉRIE PINEAU-VALENCIENNE

BELLES À TOUT PRIX

roman

ALBIN MICHEL

À François

«Le crime est comme la mort, il n'est pas seulement le partage de la vieillesse et de la décrépitude, la jeunesse et la beauté sont trop souvent les victimes.»

Charles Dickens, *Oliver Twist*

Sir Peregrine arpentait, satisfait, l'esplanade du Spa Alfonso. Il avait eu raison de mettre les choses au point avec le médecin dont l'arrogance lui déplaisait. Il jeta un coup d'œil à la clientèle du petit déjeuner. Il y avait de nouveaux arrivants, parmi lesquels une femme squelettique d'une soixantaine d'années qui émiettait son pain complet. Grande, l'air sombre en dépit de ses cheveux blancs qui voletaient gaiement au vent, elle lui jeta un regard mauvais. « Encore une vieille peau mal baisée », songea-t-il, oubliant qu'elle devait avoir peu ou prou son âge. Il remarqua également la présence d'un metteur en scène espagnol mondialement célèbre qui déjeunait en compagnie d'un homme splendide. « Eh bien, on ne s'ennuie pas », murmura-t-il, sarcastique, chassant de son esprit les flots de livres sterling qu'il engloutissait pour entretenir sa nouvelle girl-friend. La jeune Stacy, magnifique totem qu'il avait arraché à la barbe de son vieil ami écossais Alistair. Stacy n'avait aucun besoin de soins de rajeunissement, encore moins ceux d'amincissement, mais il éprouvait un profond contentement à la savoir à ses côtés, au milieu de tous ces riches matures. La possession avait son prix et il n'était pas assez idiot pour tomber amoureux d'elle. Il sifflota un vieux Rod Stewart en prenant l'ascenseur pour se diriger vers la salle de Watsu : il adorait ce soin, qui consistait à flotter dans une petite piscine d'eau chaude tandis qu'un solide infirmier vous maintenait le cou.

Il regarda sa montre, il était à l'heure. Que fabriquait le type qui devait s'occuper de lui ? Il entra dans la pièce sans attendre. Il se mit à faire la planche, murmurant un *I Got You Babe* de sa jeunesse. Au bout de quelques minutes, la température grimpa dangereusement, et un engourdissement se propagea le long de son épaule, engourdissement qui se transforma en douleur fulgurante. Peregrine Bowles Lyons n'eut pas le temps de reconnaître l'ombre qui s'était faufilée dans la pièce, l'infarctus l'avait déjà foudroyé.

1

Trois jours plus tôt

À une trentaine de kilomètres de Grenade, au Spa Alfonso, la vie semblait figée sous la chaleur brûlante de la fin du printemps. Les clients qui n'étaient pas en soins avaient déserté la piscine et restaient dans leurs suites, respirant à grandes bouffées l'air conditionné glacial des chambres au minimalisme étudié. Les bougainvillées rose et violet donnaient un aspect de feu d'artifice à l'endroit. Les amandiers embaumaient le long de l'allée principale.

L'Alfonso, créé par les frères Montez, se dressait sur les contreforts de la sierra Nevada et dispensait ses méthodes pour perdre du poids, aider les personnes se remettant d'un cancer ou d'une dépression grave et enfin rajeunir grâce à des injections de placenta, d'ozone ou de cellules souches ainsi que ses corollaires cache-misère allant des soins esthétiques au Botox, voire aux liftings partiels.

Pablo Montez, célèbre urologue madrilène, avait écouté tant de patients terrifiés à l'idée de vieillir qu'il était arrivé à la conclusion qu'ils étaient tous prêts à retrouver leur âge d'or, quel qu'en soit le prix. Il avait réussi à convaincre son frère aîné Francisco, directeur de la division Europe chez Caixabank, d'investir en famille pour construire la clinique du futur. Une clinique déguisée en palace dans lequel de riches et fragiles clients pourraient perdre dix ans et, éventuellement, en gagner vingt moyennant une existence disciplinée, modérément sportive, mais ascétique sur le plan nutritionnel. Francisco ne fut pas difficile à convertir, lui-même traversait les affres des débuts de la cinquantaine.

Francisco avait hérité du charme castillan du père Montez, laissant au cadet l'aspect rond et épais de leur mère. C'est lui qui avait épousé la plus jolie fille de leur joyeuse bande madrilène, et qui avait un succès constant auprès des femmes. Pablo s'était résigné à ressembler à un abbé ventru tel qu'on les portraiturait sur les enluminures du Moyen Âge et il avait fait de son agilité intellectuelle son atout majeur. Si l'aîné se dressait avec une prestance innée, le bagout du cadet remportait les suffrages. À Pablo le don d'éloquence, à Francisco la puissance magnétique du silence.

Durant sa jeunesse, Francisco avait pourtant vécu sa beauté avec difficulté. Il plaisait non seulement aux femmes, mais aussi aux hommes. S'il avait accepté en souriant les missives sans équivoque des étudiantes de son université, il avait eu toutefois plus de mal à repousser les avances agressives de son professeur de gestion et en avait gardé une gêne tenace envers ses congénères. Il avait trouvé son équilibre presque exclusivement parmi la compagnie des femmes, non par esprit de séduction, mais par bien-être fondamental.

Les deux frères auraient pu servir de modèles à des illustrations de Don Quichotte et Sancho Panza, n'eût été l'indolence du plus grand, sa douceur féminine. Francisco avait un visage émacié, sorti d'un tableau du Greco. Des traits fins, un nez aquilin surmontant des lèvres pleines, des yeux foncés en amande et dont le regard semblait survoler les interlocuteurs – chez Francisco, joie et colère se rejoignaient dans une disposition naturelle : le mutisme. Et tandis qu'il acceptait les hommages à son physique sur un mode languissant, son cadet avait appris à régner pour deux. Pablo n'avait jamais pris ombrage d'une possible comparaison peu flatteuse avec son aîné, car ils s'adoraient, s'enrichissaient mutuellement de leurs différences, variaient les rôles de suiveur ou de leader au gré de leurs humeurs. Ils poussèrent leur complicité jusqu'à se marier le même jour, un radieux soir de juin 1996 dans l'église collégiale Saint-Isidore. Francisco avec une jeune reine de beauté d'origine andalouse, Maria Teresa (et l'assemblée pensa tout bas que l'aîné des Montez épousait sa sœur), splendeur du Sud nimbée d'une innocence aussi photogénique qu'austère. Pablo ne fut pas en reste. Sa promise, Libertad, fille de l'éminent sociologue Javier Santo, était aussi radieuse qu'impertinente. Elle utilisait son dynamisme, son tempérament radioactif et son hyperactivité dans la plus grosse boîte d'événementiel de la ville. On peut dire qu'en ce jour-là les prémisses au colossal succès du Spa Alfonso se disaient oui devant le gratin madrilène de la Movida. À l'aîné, les cordons de la bourse, à sa femme la force de frappe de l'élégance, au cadet les belles paroles et à l'épouse de ce dernier un sens aigu de la publicité.

Le temps de faire fortune, les deux frères construisirent un paquebot de luxe posé dans la verdure, le dotèrent de médecins attentifs, pour en faire un centre de cure avec les meilleurs soins anti-âge et ainsi capter la riche clientèle internationale. Quelques mois à peine après son ouverture, l'Alfonso figura dans les guides du monde entier et cet engouement fut aussi rapide que durable. Francisco avait pris les rênes de la gestion du palace. Pablo se consacrait à la partie médicale de l'établissement. Les deux frères étaient heureux de travailler ensemble, main dans la main, seuls maîtres à bord, nouveaux empereurs d'un lieu hors du commun. Ce qu'ils n'avaient pas mesuré, c'est qu'ils avaient aussi recruté des loups pour garnir leur bergerie… Dont le plus cruel en ce mois de juin 2020 n'allait pas tarder à se manifester.

2

Dès la naissance, le monde lui avait ouvert les yeux à coups de cutter. Mais il avait appris. Il ne connaissait plus la peur. Tout juste le désagrément si on se mettait en travers de sa route. Avec les années, sa carapace se renforçait, peu de choses le touchaient, désormais. Il jubila en sourdine, cette idiote de Vanessa restait persuadée qu'elle exerçait un pouvoir sur lui… Comme si leurs étreintes dans les salles de consultation à minuit passé pouvaient changer sa vie. Une sotte de plus.

Il avait étudié les diagrammes de l'année 2020. Les patients revenaient, la mortalité restait stable. Les frères Montez lui accordaient toute confiance, ce qui était normal étant donné qu'il rapportait plus de la moitié du chiffre d'affaires de l'établissement. Il eut une moue de mépris : cette hydre à deux têtes était d'une médiocrité affligeante. Un patron ancien banquier et un autre urologue ! Urologue… Encore une spécialité de fils à papa. De branleur.

Il avait appris à jouer la comédie en face des frères Montez, à ne pas dévoiler la piètre opinion qu'il avait d'eux. S'il prenait Pablo pour un aimable médecin du dimanche, il nourrissait à l'égard de Francisco une détestation qui confinait à la haine. Francisco était trop beau pour être estimable. Et surtout, Francisco avait une femme… Dès qu'il avait vu Maria Teresa, il avait compris qu'il n'avait pas tout à fait réussi à anéantir au fond de lui la notion de sentiment. De sentiment… ou de pulsion, il ne savait pas très bien faire la différence. Une chose était certaine, Maria Teresa le troublait au plus profond de ses entrailles. Il avait eu l'impression qu'un ennemi brutalisait sa chair. Elle lui faisait penser à Kim, même si elle était brune. Kim ne risquait plus de le torturer ; il voyait passer de temps à autre des avis de recherche sur Internet, mais personne n'aurait l'idée d'aller chercher son corps près de la cabane du jardinier.

Cette salope avait osé le sous-estimer. Lui, le major de promo de l'université de Barcelone. Après ses diplômes d'immunologie, il était allé passer un an à Harvard où il avait obtenu une des bourses les plus convoitées avant de partir en Australie : à l'autre bout du monde, on lui avait foutu la paix pour continuer ses recherches en génie génétique et en cellules souches.

En dix ans, il avait réalisé des exploits. Il avait réussi à séquencer des génomes dans la population en majorité d'origine galloise et écossaise de la métropole australienne et avait aussi étudié quelques cas très intéressants de maladies spécifiques aux Aborigènes. Il n'avait fait que bosser. Jouer collectif ? L'expression le mettait en rage, elle était synonyme de vol de données, de piratage et de publications de ses idées sous d'autres noms. Il voulait être seul. Le seul. Jusqu'à présent, si l'on exceptait une certaine lenteur sur le plan de son ascension internationale, sa solitude revendiquée avait payé, il passait pour être un phénomène sauvage. Sauvage, mais respecté. La ville de Perth avait été parfaite pour affûter sa singularité : immense, dotée de toutes les infrastructures et loin de tout. Il était tombé sur Kim dans Kings Park. Il passait ses heures de déjeuner dans ce poumon vert de la ville. Elle grignotait un sandwich au crabe sur la pelouse. Il s'en souviendrait toujours, en dépit de la suite.

Il s'étira puis bâilla, fatigué par sa journée. Il y avait du monde au spa en ce moment. Les clients s'y retrouvaient entre deux poussées de Covid, et ils étaient pour la plupart vaccinés. Ils échouaient à l'Alfonso dans un état plus lamentable que d'habitude ; rajeunir, ne pas crever – les prières habituelles.

Machinalement, il se regarda dans le miroir circulaire posé derrière la porte de son bureau. Il avait encore minci. « Tu es maigre comme un chat, ce n'est pas très confortable », s'était plainte Kim. Il était plutôt grand. Il avait toujours été longiligne, avec des attaches fines et une pomme d'Adam proéminente. Ses cheveux drus grisonnaient à peine – au moins il ne les perdait pas, comme cet abruti de Francisco Montez. Son visage aurait pu être agréable s'il n'avait pas été gâché par un regard peu avenant, fixe. Le même regard pouvait basculer dans une ardeur charismatique, intense, violente et qu'il avait réussi à dompter. Ses lèvres fines donnaient de l'expressivité et du charme à son visage.

– Docteur ?

– Oui ?

L'infirmière en chef Felicidad Lopez pénétra dans son bureau comme un agneau que l'on traîne à l'abattoir.

– Docteur, nous avons un problème avec un nouvel arrivant, M. Cabrol. Un Français. Il a présenté un certificat de test PCR qui est un faux grossier et il refuse d'en faire un autre.

– En quoi suis-je concerné, Felicidad ? Ce genre de cas relève du secteur du docteur Jimenez. Mon domaine, c'est le rajeunissement, pas la psychiatrie.

– En effet, docteur, mais je me suis permis de venir vous déranger parce que ce patient a rempli une fiche de soins composée en quasi-totalité de soins antivieillissement et il a une consultation avec vous dans quinze minutes.

– Donnez-moi son dossier complet.

– Le voici.

Il parcourut la fiche d'un œil averti. Philippe Cabrol, soixante-cinq ans, sans antécédents médicaux, deux semaines de spa avec des objectifs relevant davantage de la coquetterie ou de l'hygiénisme que de la santé. Non vacciné… Il eut un petit sourire qui rassura Felicidad. Un nouveau cobaye idéal. Encore un riche crétin qui devait se gaver de compléments nutritionnels sans être conscient de leur toxicité lorsqu'ils étaient ingérés en surconsommation. Un obsédé du bien-être bon à dévaliser la boutique de l'hôtel avec ses étagères de produits bien packagés remplis de pilules à base de zinc ou de jus de bouleau ! « Puisque M. Cabrol est malgré lui un candidat aux inflammations cancéreuses, allons-y », ricana-t-il en sourdine. Il regarda la photo avec plus d'attention.

– Bien. Vous pouvez lui dire de venir, Felicidad. Je m'en occupe.

– Merci, docteur !

Dix minutes plus tard, il se composa le masque affable du praticien et accueillit Philippe Cabrol, lequel avait l'air à la fois épuisé et excité.

– Monsieur Cabrol ? Bienvenue à l'Alfonso. Vous allez voir, ici, la fatigue disparaît.

Philippe Cabrol tenta un sourire qui s'avéra pitoyable.

– Tant mieux, parce que je suis claqué. Mais je nc suis pas malade !

Il soupira. Il les connaissait, ces angoissés chroniques, ces candidats à l'autoflagellation, ces passionnés des sites Internet de la médecine par les plantes. C'était presque trop facile de se les mettre dans la poche. Il suffisait d'entrer dans leur jeu, de les flatter, de leur faire croire que dix ans de spécialisation étaient à leur portée en vingt minutes de consultation. Après quoi le plus phobique des seringues acceptait n'importe quelle injection avec la confiance des bienheureux.

Philippe Cabrol murmura, presque à contrecœur :

– C'est pas pareil, chez nous. On ne prend pas en compte les baisses de régime. Les médecins français sont en cheville avec les labos, c'est sûr. J'ai été testé positif à la maladie de Lyme en Allemagne, vous savez. Eh bien, en France, on m'a demandé d'aller voir un psychiatre. Un psychiatre !

Malade imaginaire et complotiste. Il avait touché le gros lot. Quelques tendances paranoïaques, un joli paquet de névroses, un client tout trouvé pour Jimenez. « La psychiatrie attendra, mon gars, songea-t-il. Tu es mûr pour le nouveau protocole, je ne te lâcherai pas. »

– Ne vous inquiétez pas, monsieur Cabrol, ici, notre force est la pluridisciplinarité. Nous avons des médecins du monde entier et nous bénéficions des savoirs ancestraux de l'Asie…

– Ah, ça m'intéresse ! J'ai fait des retraites de yoga en Inde. Là-bas, ils misent sur le curry pour vous guérir. À Goa, j'ai expérimenté une thérapie fondée sur des badigeons de curcuma. C'est excellent contre les infections.

Il l'aurait parié ! La retraite en Inde, avec champignons sur la plage. Seuls les riches sont assez cons pour y croire.

– Nous avons cependant un léger problème, monsieur Cabrol. Il semble que votre test PCR ne soit pas valable chez nous.

Cabrol se ratatina sur son siège.

– C'est que… Si je pouvais éviter… J'ai un ami à Monaco qui prend l'avion tout le temps, et me dit qu'il a des névralgies terribles après chaque test. En plus, ces trucs dans le nez, c'est très polluant, c'est bourré de nanoparticules.

– Vous craignez les incursions dans vos narines ?

– Mais pas du tout ! Je veux vivre, c'est tout ! Vivre sans me laisser enfermer par des diktats absurdes d'une nomenklatura contemporaine qui veut régir la planète dans une dictature mondiale…

– Monsieur Cabrol, l'interrompit-il, agacé, le plus important, c'est votre immunité, et vous le savez.

– Bien sûr ! Vous avez parfaitement raison, je me tue à le dire autour de moi, la clé, c'est l'immunité ! Je prends de la vitamine C et D chaque matin et…

– Monsieur Cabrol, accepteriez-vous de faire un test sérologique ? Si c'était moi le patron, il n'y aurait aucun empêchement à vous accepter parmi notre clientèle, mais je crains que vous n'ayez quelques difficultés avec ma hiérarchie. Si vous effectuez un test sérologique, je me porterai garant de votre bonne santé et je plaiderai votre cause auprès de la direction.

– C'est quoi ? Une prise de sang ?

– Oui.

– Bon, ça, c'est faisable.
– À la bonne heure. Nous nous reverrons demain.

Le Français s'esquiva à la manière d'une anguille, sans salut ni sourire. La peur rendait les gens déraisonnables. La porte était restée ouverte. Il se leva pour aller la fermer. Soudain, il entendit le claquement de talons sur le sol en marbre de l'établissement. Ce pas qu'il reconnaissait entre mille. Maria Teresa était arrivée pour prendre ses quartiers de juin à l'Alfonso. Il hésita. L'attendre pour la saluer ? Ou l'éviter en fermant vite la porte du bureau ? Son hésitation lui coûta la deuxième solution.
– Bonsoir, docteur !
Elle s'était arrêtée au seuil de son bureau. Il admira ce grand front, ces yeux noirs comme des escarboucles surmontés de sourcils flexibles à l'arc de cercle parfait, ces pommettes saillantes, cette architecture de visage d'une finesse épurée, aux lèvres bien dessinées, aux mandibules délicatement découpées, magnifiées par son long cou. Un cygne noir. Elle eut une expression presque avenante en le saluant. Mais il était trop pétrifié devant elle pour laisser cette bienveillance s'installer. Elle remit son masque, il fit de même. L'avoir aperçue suffisait à son bouleversement. Il se fendit d'un petit mouvement presque militaire, raide et maladroit.
– Bonsoir, *señora*. Vous venez d'arriver ? C'est heureux, le beau temps va continuer.

Bordel de Dieu, elle le rendait débile, c'était insupportable de ne pas se maîtriser ! Il pouvait tringler Vanessa sans éprouver ce sentiment qui le traversait comme une coulée de lave lorsqu'il rencontrait l'épouse Montez, il devenait cinglé ! Cela ne lui était plus arrivé depuis Kim, depuis cinq ans, et il s'était juré que cela n'arriverait plus, et voilà qu'il repartait dans sa dépendance, qu'il devenait friable, vulnérable, minable. Un pauvre con juste bon à commenter les incidences de la météo, pour un peu il se serait giflé, lui, le maître de la génétique de l'Alfonso, lui dont le CV équivalait au double de ces Montez, lui qui méritait plus que tout autre d'être le patron des lieux.

Maria Teresa eut une phrase de politesse classique, puis lui précisa que Francisco allait bientôt venir la rejoindre, ce qui eut pour effet de le calmer net. Un jour, il réglerait son compte à l'aîné des Montez. Mais pas tout de suite. Il fallait attendre. Les bonnes choses prenaient toujours du temps. Là, dans l'immédiat, son nouveau jouet s'appelait Philippe Cabrol.

Dans le couloir passa une femme d'un certain âge aux cheveux blancs coupés très court, drapée dans un peignoir de l'hôtel. Son masque en papier empêchait de distinguer ses traits, mais il eut l'impression assez désagréable d'être percé à jour par des yeux vifs et fouineurs. Il abrégea à regret sa discussion avec Maria Teresa et retrouva le silence de son antre climatisé.

3

Marie-Claude Le Goff Hardy balaya les lieux du regard. La chambre était parfaite. Rien à critiquer. L'air conditionné un peu trop froid, peut-être. Elle fixa sans aménité son reflet dans l'immense miroir doré, seul élément sophistiqué d'une chambre dominée par le blanc. Énarque, mère d'énarque, ex-femme d'énarque, elle était censée mépriser la comédie humaine des apparences, mais être quittée ainsi à la soixantaine pour une poulette de vingt ans de moins qu'elle l'avait profondément démoralisée.

Elle s'assit sur le lit king size disproportionné pour sa fine silhouette, silhouette qu'elle trouvait toujours trop grosse et qu'elle martyrisait depuis l'adolescence. Elle avait eu beau récolter les meilleures notes scolaires, accumuler mentions, tableaux d'honneur, félicitations du jury, les critiques entendues dans l'enfance avaient sapé toute confiance en son physique. Cette fragilité était compensée par une assurance en ses capacités intellectuelles qui frôlait l'arrogance.

Elle ne se faisait pas d'illusions, Hubert Hardy-Mondeville l'avait épousée pour son QI, son ambition et son sens aigu de la logistique, mais il n'avait jamais fait preuve de beaucoup de tendresse. Elle l'épatait. Il l'admirait.

Marie-Claude se tassa sur le lit, refoulant une envie de s'apitoyer sur son sort. Être quittée pour une coiffeuse de quarante-cinq ans, tout de même, quelle humiliation… Une coiffeuse ! Elle l'avait claironné partout, jusqu'à l'indignité. Hubert la plaquait pour une moins que rien qui n'avait jamais ouvert un livre de sa vie. S'il croyait pouvoir garder leur cercle d'amis, il allait déchanter… Quant aux enfants, Marie-Claude avait au moins gagné l'estime de Foulques et Félicité, scandalisés par l'abandon paternel. Hubert avait tenté de plaider l'amitié et les bons souvenirs – les bons souvenirs, l'argument abject des amants cruels –, il s'était heurté à sa colère et à ses cris. Marie-Claude eut un mauvais sourire. Hubert était chauve depuis ses trente ans, il lui restait la manucure…

Elle refusait de penser à celle qui était la cause de son désespoir, cette Capucine qu'elle avait aperçue au bras d'Hubert. Rien n'y faisait, cette garce s'infiltrait dans les insomnies comme dans les cauchemars. Parfois, elle rêvait de la mort de son mari. Une solution idéale, la seule acceptable en ce moment. Hubert mort, elle retrouverait l'affection qu'elle lui avait portée et qui s'était transformée en aversion, chagrin, fureur.

Les choses avaient si bien commencé, pourtant… Ils s'étaient rencontrés à l'ENA. À l'époque, Marie-Claude s'appelait encore Le Goff. Les Le Goff parsemaient le Finistère avec plus ou moins de succès à leur actif, mais le sien partait de loin. Elle était plus impressionnée qu'elle ne le laissait paraître par cette bande de grands bourgeois qui l'avait adoptée, elle, la bosseuse issue d'un milieu bien plus modeste.

Hubert en tête, ils lui disaient qu'ils aimaient son « énergie ». Marie-Claude avait souri. Énergie ? C'était un joli mot pour qualifier une jeune fille dont les parents étaient chômeurs longue durée.

Marie-Claude avait été précoce, douée, vive – une future boursière idéale. À seize ans, munie d'un bac mention très bien, elle remporta haut la main le concours de Sciences Po, puis celui de l'ENA. Colocataire d'un petit studio dans le XIIIe arrondissement, elle économisait tout ce qu'elle possédait et ne compta pas les jobs d'appoint pour survivre durant ses longues études. Enfin, elle y était. À présent, il fallait apprendre à se fondre dans l'élite.

Hubert Hardy-Mondeville l'avait vite repérée. Elle était dans les premières de la promo. Mignonne, plus que belle, harmonieuse. De jolis yeux clairs étirés qui caractérisaient nombre de Bretons et des pommettes bien nettes sous ce regard en amande. Ni éblouissante ni quelconque, elle baladait sa longue silhouette un peu voûtée tout en jetant autour d'elle des regards inquisiteurs. Elle faisait preuve d'un don d'organisatrice remarquable qui lui permettait d'accéder au peloton de tête. Il s'aperçut qu'elle était généreuse autant qu'ambitieuse. Plus d'une fois elle le dépanna d'un polycopié des cours qu'il avait séchés. C'est ainsi que presque naturellement ils passèrent de collègues à amis puis à amants. Si Hubert fit preuve de passivité dans le déroulement des faits, Marie-Claude avait été amoureuse d'Hubert dès le premier regard.

Hubert Hardy-Mondeville, descendant d'une des riches familles normandes spécialisées dans l'agroalimentaire, avait effectué ses études à l'Alsacienne avant d'atterrir à l'ENA en dépit de grandes lacunes en latin. Pour une jeune fille dont la généalogie était composée de pauvres métayers bretons, Hubert, équilibré, bon vivant et souriant, était un rêve, une traversée du Mont-Saint-Michel.

Hubert avait un visage clair et fin avec des lèvres charnues et bien dessinées. Pas très grand, il compensait cette relative petitesse par un sens de la mesure Grand Siècle. Si Marie-Claude avait dû le définir dans leur jeunesse, elle aurait dit qu'Hubert était harmonieux. Cette harmonie d'apparence semblait avoir déteint sur sa nature : Hubert ne se mettait jamais en colère.

Moins doué que sa femme, il fut nommé directeur d'un organisme audiovisuel et Marie-Claude se dirigea vers la Cour des comptes avec le sentiment d'être responsable de la bonne marche du pays tandis que deux enfants naissaient et grandissaient dans les années quatre-vingt triomphantes. Foulques et Félicité furent d'office inscrits à l'Alsacienne ; durant les grandes vacances, les enfants allaient prendre l'air au manoir normand de la famille Hardy-Mondeville situé sur les hauteurs de Villers-sur-Mer. Leur mère se sentait comblée.

À la Cour des comptes, Marie-Claude enquêtait sur les affaires financières. Elle avait rapidement montré des talents exceptionnels au point qu'elle avait été approchée par les services secrets. Elle possédait en effet les qualités inhérentes à ce milieu de l'ombre : une curiosité doublée d'un sens au rasoir de la précision, une capacité d'écoute et un instinct qui se couplaient à une maîtrise hors pair de l'analyse. Elle avait décliné l'offre de la DGSE, craignant de ne pouvoir suivre l'éducation des enfants qu'elle surveillait, en mère louve, dès qu'elle le pouvait. Elle avait confié cette proposition à Hubert en lui précisant qu'elle ne l'avait pas acceptée, et, curieusement, il avait pris un air mi-amusé, mi-dépité. Dans les dîners, Hubert disait parfois en riant : « Méfiez-vous de ma femme, c'est une espionne, vous savez… »

Marie-Claude ne se souvenait pas avec exactitude de l'année durant laquelle Hubert avait cessé de lui faire l'amour. Lorsqu'elle s'aperçut qu'ils ne faisaient que dormir l'un à côté de l'autre, il était déjà trop tard. Elle fit semblant de trouver cela normal.

Enfin, il y eut ce jour où Hubert lui expliqua d'un ton enfantin qu'il aimait une autre femme. La trahison fut si soudaine qu'elle se sentit mal. Elle le laissa partir dans un état de sidération, sans dire un mot, le regard fixe, muette d'horreur. Pendant une semaine elle resta prostrée, comme si son cœur avait cessé de battre. Puis la colère se manifesta, violente, incontrôlable. Elle fit appel au meilleur avocat, alla pleurer auprès de tous leurs amis, exigea des sommes folles – et les obtint –, fatigua l'entourage à tel point qu'Hubert reçut la compassion de certains de leurs amis communs, à sa grande fureur. Le divorce fut interminable.

Sa fille Félicité lui conseilla de partir se reposer « dans un centre formidable, en Espagne, le Spa Alfonso ». Perdu pour perdu, elle profita du deuxième déconfinement pour y aller, le cœur un peu lourd, une envie de maigrir en projet dérisoire, une soif d'affection inavouée tapie au fond des entrailles. Une sexagénaire divorcée, qui en voudrait ?

À présent, elle y était. Elle s'étira sur son lit, puis regarda son programme. Elle avait rendez-vous pour une prise de sang dans les couloirs du sous-sol, étage Feng Shui. Elle se leva, alerte, rassurée par cette preuve d'encadrement médical. En perpétuelle bonne élève, Marie-Claude menait une vie des plus saines et effectuait chaque année un check-up complet. Cette prise de sang n'était qu'un épisode destiné à confirmer sa solide santé et un gage de sérieux du lieu. Dès qu'elle sortit de sa chambre, elle se retrouva sur une coursive qui enserrait un patio où régnait une végétation tropicale. Des plantes luxuriantes aux larges feuilles d'un vert velouté et brillant dégringolaient des balcons comme des guirlandes de Noël qui s'épanouissaient par miracle à la fin du printemps.

Marie-Claude erra dans ces vertes loggias avant de trouver l'ascenseur niché dans un recoin, appuya sur le – 1 et atterrit à l'espace Feng Shui. Au détour d'un couloir tapissé de miroirs, elle tomba sur une scène qu'elle enregistra : un médecin en blouse blanche parlait sur le pas d'une porte avec une grande brune. Marie-Claude ne put distinguer le visage de la femme qui portait un masque, mais devina sa beauté à son port altier, sa masse de cheveux bruns lustrés, son long cou et ses gestes gracieux. Le médecin, lui aussi masqué, semblait pétrifié devant elle. Marie-Claude put percevoir physiquement le désir de l'homme en dépit de son attitude compassée. Attentive, elle ralentit le pas pour saisir des bribes de conversation. Marie-Claude pouvait se vanter de parler quatre langues : l'anglais, le russe, l'italien et l'espagnol, même si son espagnol était moins fluide.

Elle entendit quelques banalités sur la météo balbutiées par le médecin d'une voix saccadée suivies d'un « Bon séjour, *señora* Montez ». Rien d'intéressant. Montez… Montez, c'était le nom des directeurs du lieu. Marie-Claude se promit de faire attention à cette épouse d'un des propriétaires du spa. Ainsi qu'à ce mystérieux médecin transi d'amour qui lui jeta un regard peu amène lorsqu'elle croisa son chemin. Elle accéléra le pas, dévorée de curiosité. La femme ne semblait pas s'être aperçue du trouble de l'homme. Était-elle blasée par les hommages à sa splendeur ? Ou aimait-elle son mari au point de ne pas remarquer les autres hommes ? Peut-être savait-elle tout simplement cacher ses sentiments…

Marie-Claude jeta un regard autour d'elle. Ses yeux bleus bridés, aiguisés par le sel du Finistère, balayèrent les environs. Personne n'avait vu cette curieuse scène. Sa ténacité et son imagination celtiques revivaient. Sombrer ? Jamais. Elle repensa à ce couple étrange, ce médecin planté devant la femme-cygne. Ce séjour serait-il plus intéressant que prévu ?

4

Il étudia pour la énième fois les diagrammes. Il y était presque. La casse était quasi indécelable. Il avait une heure avant l'arrivée d'une nouvelle patiente. Pourquoi le protocole marchait-il mieux sur les hommes que sur les femmes ? Ou, plus précisément, marchait-il plus rapidement ?

On frappa à la porte, il leva la tête.

– Oui ?

La haute silhouette trapue du client anglais apparut dans l'encadrement.

– Puis-je vous parler cinq minutes ?

Intrigué, il lui fit signe de s'asseoir. L'Anglais ne faisait pas partie de ses patients référents, mais considérant son état de santé satisfaisant, il lui avait suggéré sa petite nouveauté. Il l'observa avec attention. L'effet était stupéfiant. La peau avait retrouvé sa vigueur des quarante ans, la musculature était mieux soulignée, même son état capillaire s'était amélioré. Un coup d'œil à la fiche du patient : soixante-sept ans. On lui en donnait une petite cinquantaine.

– Je vous écoute.

Le Britannique prit son temps, le fixant de ses yeux pâles, le visage rosi par le soleil. Ce silence devenait crispant. Ce patient le savait, il en était sûr. Soudain, il se mit à parler avec l'accent au rythme syncopé de la gentry de son vieux pays.

– Je ne crois pas me tromper en pensant que vous savez pourquoi je suis ici, énonça-t-il avec calme.

Ces Anglais étaient inimitables pour suggérer un problème grave d'un ton qui évoquait la pichenette.

– Quelque chose ne va pas ? Vous semblez en pleine forme. C'est même impressionnant, vous êtes le patient qui réagit le mieux au traitement. C'est bluffant, vos progrès se voient à l'œil nu.

– Oui…

Le patient croisa ses jambes avec une lenteur étudiée, le demi-sourire qui flottait sur ses lèvres lui donnant un air condescendant. C'était exaspérant.

– Vos capacités sexuelles ne sont pas la cause de votre visite, j'imagine.

– Vous imaginez bien. Je donne toute satisfaction à cette chère petite Stacy.

« Tu parles, sale rosbif de mes deux. T'as acheté ta gamine et tu dois te gorger de Viagra jusqu'à lui refiler cystite sur cystite. T'es pas le premier à échouer ici avec tes boîtes magiques. Tu crois quoi ? Que je ne sais pas ce que ça donne ? Ah ça, tu dois bander comme un cheval pendant des heures, et tu penses que c'est dément, pauvre connard, tu ne sais même pas ce que les femmes veulent ; ce qu'elles veulent, ce sont des corps-à-corps de dix minutes – et encore, cinq, c'est pas si mal –, puis repos, puis on recommence. » Il ne put s'empêcher de sourire durant ce monologue intérieur. L'Anglais durcit le ton :

– Ne me prenez pas pour un imbécile.

Il ravala son sourire précipitamment pour reprendre son expression de fausse perplexité interrogative.

– Pardonnez-moi, mais je ne saisis pas très bien ce qui vous tracasse.

– Voulez-vous que je vous parle des effets secondaires, docteur ? Je ne pense pas qu'ils soient inclus dans votre protocole. Pas plus que mes cauchemars.

– Si vous le souhaitez, nous avons un excellent psychiatre, le docteur Jimenez, qui se fera un plaisir de les…

L'Anglais l'interrompit sèchement.

– Je crois que cela a TOUT à voir avec le traitement, mais comme vous le constatez, je sais me maîtriser. Pour combien de temps, là est la question.

Il eut plus de mal à se composer un visage impassible. Ce bouffon avait saisi la portée de ses essais. Bah, s'il n'y avait que ça… L'Anglais, comme s'il avait pu lire dans son cerveau, ajouta :

– Il n'y a pas que cela. Je ne crois pas que la petite l'ait remarqué, mais…

Joignant le geste à la parole, le Britannique baissa son short. Au début, il ne vit rien. Puis, en s'approchant, il distingua ce qui pouvait passer pour des piqûres de grosse araignée. Il joua bien le jeu.

– Ce n'est qu'une piqûre d'insecte !

– Oh non, ce n'est pas une piqûre d'insecte, bien que je sois ravi que Stacy le croie, elle aussi. Voyez-vous, j'ai de grands amis parmi les chercheurs anglais, certes des gens modestes comparés à vous…

Il blêmit sous l'ironie. L'autre poursuivit, suave autant qu'implacable :

– J'oubliais, je ne suis pas qu'un agent immobilier qui part en balade avec sa nouvelle girl-friend, je sais ce que je fais et ce que je vaux. Si jamais il m'arrivait quoi que ce soit, le pôle de recherche de Cambridge serait tout de suite au courant.

L'Anglais se pencha, l'air de moins en moins aimable.

– Je ne les ai pas avertis parce que votre traitement est indéniablement régénérant et que je connais votre réputation. Je ne voudrais pas décevoir mon ami James Maxwell qui chante vos louanges à Londres depuis des années ni l'université avec laquelle il travaille et qui suit de près vos publications. Mais je suppose que… l'ajout que vous avez apporté au traitement est une de vos grandes nouveautés, non ?

Il fallait jouer franc jeu.

– Oui, mais j'ai respecté tous les codes des processus de sécurité. Vous ne risquez rien.

– Je l'espère. Pour moi autant que pour vous. Au revoir.

L'Anglais referma la porte sans ajouter un mot. Il fit les cent pas dans la pièce. Il n'arrivait pas à raisonner après cet échange. Le patient ne pouvait pas tout saisir, mais il avait vu juste sur un des effets. Il se laissa tomber dans son fauteuil. Le bouffeur de viande bouillie devait mourir. Il ne voyait pas d'autre solution. Mais comment ? Impossible de lui administrer une de ces doses létales dont il avait le secret, c'était hors de question. Ces Montez n'étaient tout de même pas assez débiles pour ne pas s'en apercevoir. Et puis Bowles se portait plutôt bien, trop bien pour mourir subitement, en dépit d'une tension un peu élevée et de prise d'hypotenseurs. Plus il réfléchissait, moins il trouvait de solutions. Soudain, il pensa à ses parties de baise avec Vanessa. Un mince sourire le rendit presque humain. Il sortait de leurs étreintes en nage. En nage…

Son sourire s'épanouit, serein et triomphant. La chaleur. La clé de tout était la chaleur, point d'arsenic pour sécher cette merde en rut, la chaleur… ou le grand froid.

Il sursauta. Vanessa venait de lui répondre. « Amène-toi, j'ai dix minutes avant le pékin suivant. » Il banda à l'appel et partit pour aller la rejoindre.

5

Isabelle Benetteau, veuve Kurland, se déshabilla pour monter sur la balance. Le verdict fut à la hauteur de ce qu'elle attendait, elle pesait bien soixante-dix kilos. L'infirmière de l'Alfonso fut admirable de diplomatie.

– Avec trois ou quatre kilos de moins, vous serez très bien. Vous allez suivre notre programme Tao avec des décoctions de thé vert et un régime alcalin pour adoucir toute cette acidité qui s'est installée dans votre corps et qui empêche la graisse de fondre.

Isabelle s'enroula dans le peignoir informe fourni par l'Alfonso tout en songeant qu'il était plus facile de mourir de faim pour retrouver sa ligne que d'évacuer le chagrin d'avoir perdu un mari bien-aimé. Quatre ans, déjà… Et l'impression étrange de n'avoir plus de larmes à verser, d'avoir des yeux devenus pierres.

Cinquante-deux ans. Elle avait atteint l'âge de son mari lorsqu'il était mort d'un cancer aussi rare qu'incurable. Cinquante-deux ans, une ménopause qui bouleversait son corps et la brûlait la nuit, une hypertension qui venait de faire son apparition et la certitude que, sans ses deux filles, elle aurait eu envie d'en finir. Pourquoi vivre pour rencontrer des hommes qui n'arriveraient jamais au talon de Michael ?

Ils s'étaient rencontrés lors d'un programme d'échange entre l'école des Beaux-Arts de Tolbiac et le New Jersey Institute of Technology, dans les années quatre-vingt-dix. Michael Kurland avait un prénom d'archange et l'humour juif de ses lointaines origines lituaniennes. Ils s'étaient aimés au premier instant, à la cantine de l'université. À l'époque, Isabelle était une ravissante jeune fille qui semblait alerte et impertinente, mais n'osait pas dire qu'elle se sentait terrifiée par les succès masculins qu'elle récoltait. Elle éprouvait le sentiment diffus d'être convoitée plus qu'observée, ce qui la troublait, la gênait et lui faisait perdre confiance en elle. Michael… Elle repensait toujours à lui aux débuts de leur amour. Il avait fait mieux que la désirer. Il avait aimé chaque parcelle de sa peau. Elle avait aimé chaque parcelle de la sienne. Une vie entière à se couvrir de baisers. Si peu de disputes… Une telle harmonie, était-ce humain ?

Lorsque Michael présenta Isabelle à ses parents, ils furent charmés. S'ils furent aussi aveugles qu'envers leur fils et ne virent pas à quel point elle était jolie, ils saisirent l'essentiel : ces deux-là s'aimaient éperdument. Isabelle, dans l'euphorie de cette rencontre qui relevait selon elle de la magie, accepta la demande en mariage de Michael et le couple s'installa dans la foulée à Brooklyn. Qui, dans les années quatre-vingt-dix, ne ressemblait pas encore au lieu léché pour cadres supérieurs épris d'authenticité. Ils avaient déniché un coin tranquille à deux pas de Prospect Park. Isabelle bifurqua de l'architecture à la décoration d'intérieur. Eva et Lucia naquirent respectivement en 1998 et 2000.

La tragédie frappa en France, lors de l'été 2016. Les mariés fêtaient leurs vingt-cinq ans de mariage dans le presbytère charentais transformé en maison de campagne des parents d'Isabelle. Ils avaient réuni les vieux copains des Beaux-Arts et la bamboche prit des allures de songe d'une nuit d'été. Enfants, parents, tous dansaient à la lueur des loupiotes multicolores, comme dans les dessins scandinaves de Carl Larsson. Eva et Lucia vivaient à présent à Paris depuis quelques années, l'une étudiant à la FEMIS, l'autre préparant un master de chinois aux Langues O'. Sans trop se l'avouer, Michael et Isabelle estimaient qu'ils avaient terminé leur travail de parents et profitaient enfin de leur nouvelle intimité d'amants, plus amoureux que jamais. Cette nuit étoilée symbolisait leur bonheur insolent, sous le sacre de la Grande Ourse. Ils ne savaient pas qu'ils vivaient leurs derniers instants d'insouciance.

Le lendemain, Michael se réveilla en ressentant des douleurs lancinantes dans le bras. Elles amplifièrent avec une telle intensité qu'ils allèrent à la clinique la plus proche pour effectuer des radios. Des radios, on passa au scanner, puis à une hospitalisation en urgence où Isabelle apprit que son mari était atteint d'un cancer généralisé, qu'il était inopérable et que son pronostic vital était engagé.

Le choc fut tel qu'elle eut l'impression de se vider de son sang. Michael ne posa jamais de questions au sujet de la gravité de son état et Isabelle dut se blinder d'amour pour lui insuffler l'illusion d'une guérison. Les oncologues de Bichat lui donnaient un mois à vivre. Isabelle puisa dans des forces insoupçonnées pour lever l'armée des amis, afficher une gaieté sans faille et s'occuper de toute la logistique que l'état de Michael exigeait. Il n'était pas question de retourner à New York, son mari étant intransportable.

Isabelle décora la triste chambre du dernier voyage de photos d'architecture et de lettres d'amour. Elle apportait des chocolats au personnel hospitalier pour retarder la fin, considérant l'entourage en blouse blanche comme un talisman contre la souffrance. La famille se relayait nuit et jour, Isabelle campant à côté du lit du malade. On ne pouvait plus le toucher sans lui faire mal. Elle se contentait de le caresser des yeux.

Michael, qui maîtrisait bien le français, l'utilisait pour s'exprimer à l'hôpital. Mais au moment de mourir, sa langue maternelle reprit le dessus. C'était un matin de juin, presque le jour de son anniversaire. Il était midi. Isabelle était seule dans la chambre. Épuisée, elle lisait, l'œil aux aguets. Elle remarqua le jaunissement de la peau de son mari qui venait d'ouvrir les yeux. Il sembla faire un effort gigantesque et tenta, en dépit de ses cordes vocales détruites par les métastases, de lui envoyer un message. Doucement, dans son anglais qu'elle aimait tant, il lui murmura : «Je t'aime. Je t'aime et je veux lécher tes seins.» Isabelle n'eut que le temps de se déshabiller et de se coller contre lui avant qu'il ne rende son dernier souffle. Puis, comprenant qu'il était mort, elle se rhabilla machinalement, se plia en deux et hurla de toutes ses forces. L'infirmière se précipita dans la chambre, la prit par les épaules, dans une tentative de consolation muette à laquelle elle devait être habituée. Ce geste de tendresse ramena Isabelle à la réalité, celle d'avertir la famille et les proches. Ils arrivèrent vite et bientôt la chambre fut remplie d'amis et de parents en larmes. Isabelle, elle, était au-delà des pleurs.

Elle semblait absente, entre soulagement que les douleurs aient pris fin, souvenirs inoubliables, avec cette image si forte de son mari redevenu nourrisson à l'extrémité de sa vie, tétant le sein de sa femme dans un ultime geste de nouveau-né dépendant de la femme-mère.

Une cérémonie catholique eut lieu à l'église Saint-Germain-des-Prés, menée par un cousin prêtre qu'Isabelle aimait beaucoup. Elle-même, vêtue du blanc du deuil des reines, lut le cantique de Salomon : «Mon bien-aimé est à moi et moi je suis à lui.» Les larmes ne coulaient toujours pas. Puis le corps de Michael fut rapatrié à New York pour son ultime repos au cimetière de Brooklyn avec lecture du kaddish et courte cérémonie dirigée par un rabbin progressiste, ami des Kurland.

À la mise en terre, tout le monde pleurait, sauf Isabelle. Elle avait demandé que soit inscrite en anglais leur phrase favorite : « Osons la tendresse ». Mais lorsqu'elle se retrouva seule dans l'appartement de Prospect Park, elle s'écroula. Les larmes arrivèrent enfin, torrentielles. Elle se levait en larmes, se couchait en larmes, se rappelant leurs farces, leurs étreintes, sa peau, cette drôlerie qu'il avait lorsqu'il lui disait : « Ton cul appartient à mon patrimoine et je précise que je ne partage pas mon patrimoine. »

Elle ne bougea plus de la chambre durant dix jours. Ce fut Jane qui la força à se lever, à s'habiller, à reprendre le cours des choses, à aller voir un psychologue pour lâcher le désespoir. Comme c'était difficile… Isabelle essaya de s'en sortir par le travail et les chantiers en cours, mais le cœur n'y était plus.

Isabelle mit la maison de Brooklyn en location, s'occupa de chercher un pied-à-terre à Paris pour être plus près de ses filles, dénicha vite un appartement dans un XVIe arrondissement boudé par les influenceurs en dépit de sa richesse architecturale et se retrouva, comme dans un tourbillon, arrimée à une nouvelle existence qui pouvait se révéler prometteuse. À Paris les architectes d'intérieur ne manquaient pas, mais son atout – avoir longtemps habité aux États-Unis – s'avéra précieux et elle trouva rapidement un travail au sein d'une agence réputée.

Les retrouvailles avec Eva et Lucia furent empreintes d'amour, mais aussi de la distance qui caractérise les jeunes adultes sortis du nid. Isabelle avait compté sur des dîners toutes les trois, des virées filles-mère qui n'eurent lieu qu'au compte-gouttes. Il restait quelques fidèles amitiés des années aux Beaux-Arts, tous étant mariés ou presque et ne sachant trop quoi faire d'une veuve éplorée. La bourgeoisie, qu'elle soit classique ou vernie de bohème artistique, tient par un code immémorial : la vie s'organise autour de binômes, pas en compagnie d'êtres au singulier.

Les quelques aventures qui suivirent son retour en France furent révélatrices des incompréhensions entre les divorcés et son drame, son deuil. Durant ses deux années à Paris, elle dut écouter des lamentos d'hommes qui se sentaient trahis par le départ de leur épouse alors qu'elle-même avait vécu une tragédie, la mort avait fauché son amour, mais sa confiance restait intacte. Elle finit par perdre patience devant cette litanie de vieux petits garçons plaintifs obsédés par l'idée de rester jeunes et préféra la compagnie de ses amies.

Le Covid l'isola encore davantage. Elle faillit mourir d'une péricardite au début du premier confinement et décida de consolider sa guérison l'année suivante en partant en Espagne pour tester un hôtel de remise en forme que lui avait conseillé une amie journaliste.

C'est ainsi qu'elle se retrouvait sous le soleil andalou en cette fin de printemps, désorientée par la chaleur précoce et l'impression de sérénité et de beauté d'un hôtel perdu parmi les serres de tomates, avocats, orangeraies pour exportation de masse, impressionnée par sa chambre et ses toiles d'art contemporain qui contrastaient avec la laideur du paysage aux alentours du spa.

Elle sursauta. Il était l'heure d'aller dans la salle Good Vibes pour assister à une conférence sur la nutrition. Dans les couloirs, elle croisait des clients de tous les pays, tous ou presque portant le peignoir blanc d'usage. Isabelle se promit de ne jamais utiliser le sien, un peu de tenue lui permettait de survivre psychologiquement et elle n'était pas prête à abandonner ses robes d'été pour les troquer contre cet accessoire si peu gratifiant.

L'hôtel s'éveillait après le deuxième confinement et avait mis en place une stratégie de prudence légitime, confirmation de vaccination et/ou test PCR. Isabelle avait fourni les deux sans l'ombre d'une hésitation tant elle trouvait cette précaution normale. Elle ne put s'empêcher de constater que certains clients prenaient le port du masque obligatoire à la légère ou bien le portaient n'importe comment.

Elle entra dans une pièce ronde blanchie à la chaux et pourvue de gradins. « Bienvenue dans l'arène du bien-être », songea-t-elle. La distance sanitaire respectée isolait la clientèle qui s'étalait face à une grande femme aux cheveux frisés, au visage manifestement refait et qui se présenta en quatre langues, Vanessa Garcia, dermatologue plasticienne et diététicienne. Isabelle ressentit une antipathie immédiate pour cette femme au sourire figé, carnassier. Elle se terra sur un gradin, observant ses proches voisines. Une femme d'un certain âge dûment masquée et dont le peignoir laissait deviner de jolies jambes, et ce qu'elle identifia comme une princesse des Émirats entièrement voilée par son abaya qui dissimulait mal une obésité avancée.

Isabelle écouta le doux ronronnement de l'énumération des aliments sains et de la manière de les utiliser selon l'heure de la journée, sermon ânonné dans la langue de Shakespeare. Elle ne put s'empêcher de se mordre les joues lorsque Vanessa, dans un désir d'illustrer son propos, parla des pays de la « corne Arabique » en justifiant leur taux d'obésité par « le passage du chameau à la Rolls ». L'inconnue voilée eut un regard indiquant qu'elle avait bien saisi l'insulte, et qu'elle allait mettre du temps à la digérer. Un coup d'œil à sa droite fit comprendre à Isabelle que la femme aux belles jambes avait, elle aussi, du mal à se retenir de rire. Elles échangèrent un regard de connivence entre les bienfaits du soja et ceux des algues japonaises.

À la sortie, s'avisant qu'elles étaient les seules Françaises à bord, elles se présentèrent :

– Marie-Claude Le Goff-Hardy.

– Isabelle Kurland.

– Kurland... Russie ?

– Lituanie.

Elles se dirigeaient vers la piscine extérieure, ce qui leur donna le loisir de retirer leurs masques. Isabelle se retrouva devant une grande femme à la silhouette athlétique, au visage très mat et au sourire avenant. « S'il y en a une qui n'a aucune urgence à séjourner ici, c'est bien elle, songea-t-elle, elle n'a besoin ni de maigrir ni de se remplumer. » Marie-Claude avait débuté un questionnaire que ses yeux inquisiteurs rendaient presque inquiétant.

– Ah, vous êtes décoratrice ? Ça marche, dans votre secteur ? Pas trop touchée par la crise ? Que pensez-vous de cet endroit ? Intéressant, non ? En tout cas il est bien tenu. Je dois perdre un peu au niveau des hanches (elle joignit le geste à la parole pour désigner un buste idéal), j'ai l'impression que c'est le lieu parfait.

Puis elle jeta un coup d'œil critique sur le ventre arrondi d'Isabelle qui se sentit jugée comme si elle avait sa mère devant elle.

Elles se reposaient sous le soleil, discutant généralités françaises, lorsque d'autres clients surgirent. Isabelle nota la présence du célèbre metteur en scène argentin Alex De Las Reinas, petit homme corpulent aux cheveux blancs, qui entra dans l'eau en frissonnant.

– Regardez donc, grinça Marie-Claude, désignant du menton un Anglais d'un âge certain portant la serviette d'une créature qui aurait pu être sa fille si elle n'avait pas été accrochée à son cou.

– Vous le connaissez ?

– Non. Mais je ne supporte pas ces types qui achètent des trophées.

Isabelle esquissa un demi-sourire.

– Croyez-moi, j'en ai vu des couples comme eux aux États-Unis. Il mange son pain blanc, et encore, pas pour longtemps. En général, elles finissent par les quitter pour un coach ou un psy dès que la prostate donne ses premiers signes de détresse. Justice immanente…

Marie-Claude eut une pensée pour l'avenir d'Hubert, qui la ragaillardit. Comme cette femme était sympathique… Elle faillit lui confier ses propres déboires conjugaux, mais il était encore trop tôt pour les confidences. Une fois la demi-heure de bronzage terminée, elles partirent effectuer leur programme du jour. Une séance d'acupuncture pour Isabelle, un médecin spécialisé dans le rajeunissement pour Marie-Claude.

6

Marie-Claude ne saisit pas le nom du médecin qui la fixait, impénétrable derrière son masque. Il avait parlé trop vite. À présent, elle devait endurer les explications de sa spécialité, le *gene editing* et les ciseaux moléculaires.

– Vous ne savez sans doute pas que ces nouvelles technologies ont été développées par une Française, Emmanuelle Charpentier, qui a obtenu le Nobel de chimie l'an passé.

Marie-Claude le savait. Elle écouta son interlocuteur tout en observant son bureau. Elle nota la propreté immaculée du lieu pendant qu'il évoquait les cellules souches et la génétique, repéra des livres scientifiques d'éditions australiennes et américaines ainsi que deux photos, une de Cordoue, l'autre de Séville, seules traces d'intimité sur les murs blancs. Sur le bureau, une photo de bateau. Brusquement, le médecin se pencha dans un mouvement presque brutal.

– Voudriez-vous perdre dix ou quinze ans grâce à des injections de placenta dans votre sang ?

Marie-Claude répondit par un oui prudent, son esprit cartésien doutait de tels résultats sans contrepartie.

– J'ai guéri des cancers, insista-t-il, grâce à l'utilisation de CRISPR Cas 9 que j'ai mis en place et amélioré par rapport aux essais américains et brésiliens.

– Je n'ai pas de cancer.

– C'était une digression pour vous faire comprendre les bienfaits de ces traitements.

– Tenons-nous-en à des méthodes moins invasives. Je suis venue pour perdre quelques kilos et vivre sainement, pas pour rajeunir de dix ans !

Elle ne ferait donc pas partie de ses poulains du mois… Il y avait chez elle une méfiance qu'il n'arriverait pas à déminer. Pas la peine d'insister. Il la salua d'un au revoir compassé, et Marie-Claude repartit, ravie d'avoir écourté cette pénible séance sur la présupposée obsolescence des gens de son âge. Une petite voix tentatrice lui suggérait que paraître quinze ans de moins pouvait être un début de vengeance contre Hubert, mais ce médecin ne lui inspirait pas confiance. Elle croisa l'Anglais et sa très jeune compagne et sourit en pensant à Isabelle : elle avait raison, il fallait bien un jour payer l'addition.

Elle s'assit sur un des canapés blancs de la salle Harmony, près de la fontaine à infusions, en attendant son prochain soin. Auprès d'elle, un grand type non masqué regardait son smartphone tout en sirotant sa tisane. Le premier réflexe de Marie-Claude fut de lui intimer sèchement le respect des consignes sanitaires, mais l'homme, qui affichait lui aussi une petite soixantaine, avait des yeux bleus et un doux sourire aux lèvres, il semblait si raffiné qu'elle se retint de lui faire la leçon. Elle nota les tempes blanchies, la bonne coupe de cheveux et les attaches fines. Italien ?

Elle ne s'était pas trompée. Giacomo Scarpa, plongé dans ses mails, pianotait avec ses longs doigts des messages à son ex, une danseuse de flamenco qui avait profité du Covid pour le quitter. Il était plongé dans un accablement sans fin, mais la stricte éducation vénitienne qu'il avait reçue lui interdisait de montrer sa peine. Seul son plus cher ami, Francisco Montez, était au courant. Il lui avait conseillé de venir passer une semaine à l'Alfonso pour se ressourcer. Giacomo essayait de se souvenir des moments de tension capables de justifier une rupture, mais il en voyait peu. Le confinement lié au Covid les avait obligés pour la première fois à suivre le même rythme de vie. Alors que Lourdes tournait dans l'appartement comme une lionne en cage, Giacomo jubilait de pouvoir la voir tous les jours sans se rendre compte qu'elle étouffait. Ni déceler que son sentiment d'appartenance commençait à la rebuter. Ils avaient le même âge, le début de la soixantaine. Cette soixantaine qui terrifiait Lourdes tandis que Giacomo comptait ses points de retraite. C'était peut-être cela, le début de la fin, ne pas se voir vieillir de la même manière…

Trois mois auparavant, elle avait annoncé à Giacomo son départ. Elle avait « besoin d'air ». Giacomo avait quitté l'appartement pour celui des Montez, puis avait atterri au Spa Alfonso, diagnostiqué dépressif, délesté de dix kilos qu'il était sommé de reprendre pour retrouver une silhouette vive et svelte.

– On va vous remplumer, lui avait dit un médecin au regard de feu.

– S'il le faut, avait-il répondu, fataliste…

Le même médecin lui avait proposé un protocole de rajeunissement, mais Giacomo avait décliné. Pour qui ? Pour quoi ?

Il était sur le canapé blanc, occupé à faire défiler devant ses yeux des photos de Lourdes enregistrées sur son smartphone et n'entendit pas qu'on l'appelait pour sa séance de Watsu. Une femme de son âge au visage masqué et aux yeux bleus intelligents lui fit remarquer dans un anglais au fort accent français :

– Je crois, monsieur, qu'on vous appelle.

Il sursauta et la remercia avec effusion. Puis il partit d'un pas chancelant tandis que Marie-Claude reprenait espoir : enfin un homme qui n'était pas si mal, dans cet univers aseptisé…

7

Marie-Claude avait été dirigée vers une table à l'ombre. Un léger vent s'était levé sur la colline andalouse, faisant voleter ses cheveux blancs qu'elle portait courts à la Audrey Hepburn. Elle était prête à affronter sa solitude en compagnie d'un livre – un pavé – qu'elle avait laissé en évidence sur la table et qu'elle faisait semblant de lire en dégustant une soupe miso peu engageante. Elle sursauta lorsqu'un Français aux cheveux grisonnants lui demanda s'il pouvait partager sa table car il ne supportait pas le soleil.

– Vous comprenez, c'est cancérigène.

Marie-Claude leva un sourcil, elle n'avait aucune envie d'avaler sa maigre pitance en compagnie d'un hypocondriaque, mais, après toutes les humiliations encaissées à la suite de son divorce, elle se dit qu'un peu de compagnie ne pouvait pas lui nuire. Elle esquissa un geste gracieux. L'homme, visiblement de son âge, lui apprit qu'il s'appelait Philippe Cabrol et qu'il habitait à Cannes. Cannes signifiait pour Marie-Claude retraite, paresse et vulgarité, ce qu'elle se garda de lui répondre.

– Ah bon ? Cela doit être agréable de vivre sur la Côte d'Azur, avec ce soleil toute l'année.

– Oui, enfin si on veut, le soleil est cancérigène, vous savez. C'est prouvé ! J'ai vécu dix ans au Cameroun et mon capital dermatologique a été sérieusement entamé.

Marie-Claude songea que le déjeuner prenait un tour assez pénible et qu'elle payait cher le fait d'avoir accepté un homme à sa table. Philippe Cabrol appartenait à la catégorie « anorexiques dépressifs devant être nourris ». Il avala avec répugnance cinq ou six plats qui semblaient délicieux, tandis que Marie-Claude, abonnée aux pousses de salade, commençait à le regarder d'un air meurtrier. Entre deux bouchées de lasagnes vertes aux écrevisses, il l'informa qu'il travaillait dans l'immobilier. La Bretonne, qui ne connaissait que les milieux de la haute fonction publique et les riches intellectuels parisiens, hocha la tête en étirant ses lèvres dans un sourire qui manquait de conviction. Son côté cérébral avait du mal à considérer un gestionnaire de parc immobilier autrement que comme un escroc, mais l'homme semblait dans un état si pitoyable qu'elle s'interdit tout jugement. Elle essaya de donner une tournure plus culturelle à la conversation :

– Tiens, voici le metteur en scène Alex De Las Reinas qui vient de s'installer juste devant nous. Vous connaissez ses films, je suppose ? *Vivir y llorar* a obtenu le César du meilleur film étranger en 2018 ou 2019, je crois.

– Alex qui ? Non, je ne connais pas. Je vais peu au cinéma.

– Alors que vous habitez la ville du festival de cinéma ?

– Tous ces trucs de mondanités, ce n'est pas pour moi. Vous semblez très cultivée, c'est impressionnant.

Marie-Claude se rengorgea.

– Oh, c'est gentil, mais je ne suis pas certaine de mériter ce qualificatif.

– Vous lisez quoi ?

– Une édition russe de Dostoïevski.

– Ah, oui. Vous parlez russe ?

Marie-Claude acquiesça en souriant.

– Je n'ai pas beaucoup de mérite, je suis une spécialiste de la Russie.

Son ébahissement le lui rendit aussitôt sympathique. Au loin, elle pouvait voir la jolie Isabelle, seule à sa table en train de regarder son smartphone. Elle en conçut une certaine joie. Pouvait-on plaire à plus de soixante ans ? Soudain, la femme brune au visage digne de Garbo qu'elle avait entraperçue dans le couloir avant sa visite chez le médecin généticien fendit la foule des attablés, précédée d'une armada de serveurs. « Une vraie reine andalouse », songea Marie-Claude avec un fond de jalousie. Elle la montra à son voisin de table.

– Regardez cette femme ravissante qui passe ! C'est l'épouse du directeur du spa.

– Qui ça ? Ah oui, la brune là-bas. Elle me fait peur.

Décidément, cet homme valait mieux que les préjugés que Marie-Claude avait éprouvés à son égard. Elle tâcha de relancer la conversation d'un ton nettement plus chaleureux.

– Vous êtes arrivé en avion, je suppose.

– Non, je suis venu en voiture. Neuf heures de route, cela n'est pas si loin.

– Quand même ! J'espère que vous avez une voiture confortable.

– Une BMX7, ce qu'il y a de mieux pour les longs trajets.

Et tandis que Philippe Cabrol s'engageait dans un interminable monologue sur la nécessité des légumes dans l'alimentation, Marie-Claude, surdouée dans l'art de fixer son interlocuteur d'un air passionné alors que le sujet lui passait au-dessus de la tête, en profitait pour observer Alex De Las Reinas, affalé dans un fauteuil dans son angle de vision, juste derrière Philippe. Il ne semblait pas en grande forme, ce pauvre vieux. Il déjeunait lui aussi selon le mode frugal qu'elle avait choisi. Philippe, qui en était à son troisième plat qu'il picorait plus qu'il ne le savourait, commençait à l'agacer.

Le réalisateur, petit, trapu, au visage bouffi par les excès, contrastait avec son voisin de table, un grand type beau comme un avatar du dernier tsar de Russie. Marie-Claude laissa errer son regard… Elle était à une place de choix, avec une vue à cent quatre-vingt-dix degrés. Celle qu'elle surnommait la princesse andalouse s'apprêtait à déjeuner, marmoréenne, les yeux cachés par des lunettes de soleil perchées sur son petit nez. Isabelle avait décampé dès sa dernière gorgée de tisane lampée.

Brusquement, Marie-Claude sentit la mélancolie déferler sur elle comme une vieille chanson de Cat Stevens, *Morning Has Broken*. À quoi bon s'éreinter à simuler le moindre intérêt à un paumé dépressif d'un ennui mortel ? Jusqu'où pouvait-elle aller dans son désir effréné de contrer la menace de la solitude, allait-elle s'avilir comme n'importe quelle intrigante, cette race qu'elle méprisait depuis toujours ? Elle se leva et murmura d'un ton lointain :

– Je crois que je suis un peu fatiguée, nous nous reverrons plus tard, si vous le voulez bien.

Philippe Cabrol, qui émiettait son baba au rhum parfumé à la fleur d'oranger, ne sembla pas remarquer son trouble et lui souhaita une bonne journée de son accent du Sud lent et rocailleux.

Telle une somnambule, Marie-Claude se traîna vers sa chambre où elle put enfin éclater en sanglots. Hubert collait à chaque partie de son corps, corps assoiffé, mais incapable de se régénérer, corps prisonnier de la pire des trahisons, corps qu'elle s'apprêtait une fois de plus à martyriser pour obéir à de stupides canons.

Pendant ce temps, Maria Teresa, après une rapide étreinte avec son ami Alex De Las Reinas et à son inféodé, ce cher Pedro, s'était installée à sa place favorite, au cœur de la grande terrasse. Son joli corps se détendait sous le soleil. Elle avait dissimulé sa lourde chevelure sous un foulard en soie et laissait son esprit dériver, le regard protégé par ses Wayfarer. Son smartphone bipa. Le visage de Francisco apparut dans le petit cercle identifiant son numéro. «J'arrive demain. Baisers, mon amour.» Elle sourit, de ses rares sourires sincères, comme un chaton s'éveillant à la sensualité.

Il n'aurait jamais dû être là pour voir ce sourire. Pour se laisser terrasser par le désir à défaut de prendre cette vision à son compte. Il était allé chercher un verre de jus détox avant de reprendre ses consultations médicales et elle était là, plus heureuse que jamais, souriant à la vie, souriant comme elle ne le faisait jamais lorsqu'elle était en sa présence, souriant d'un plaisir qu'il aurait voulu pour lui et lui seul. On aurait dû l'empailler, tiens! La fixer telle quelle, dans ce sublime moment d'abandon. Il hésita, aller l'aborder ou bien faire demi-tour? Il préféra filer, la rage au cœur. Il savait que Francisco Montez arrivait demain. Plus que jamais il eut envie de lui injecter un de ses traitements pas encore au point; après tout, pourquoi pas?

Mais, avant de reprendre ses consultations, il fallait passer voir Carlos au garage. Le garage de l'Alfonso était un festival de calandres toutes plus prestigieuses les unes que les autres. Il aimait y faire un tour rien que pour caresser les courbes d'une 912, d'une Type E ou, plus rarement, d'une Bugatti Royale, d'une Ferrari GTO. À titre personnel il possédait une vieille MG qu'il bichonnait avec amour. Mais face à ces monstres de beauté, elle semblait ordinaire. En revanche, il ne pouvait s'empêcher de grimacer devant les Jeep et autres Cayenne aussi grosses que vulgaires. À force de consulter les clients, il pouvait deviner le ou la propriétaire de chaque engin. La petite Fiat 500 blanc nacré appartenait à Maria Teresa. S'il avait été son mari, il lui aurait offert une Spider California. Quelque chose d'unique, pas cette Mini qu'on voit partout chez les femmes de cadres sup.

Cependant, garage ne signifiait pas seulement monstres sacrés, pour lui. Il avait réussi à soudoyer Carlos pour lui donner l'accès à la pièce qui servait à la réparation de ces exigeantes œuvres d'art. C'était un hangar situé sous le parking où on pouvait trouver de tout, et surtout des produits très intéressants… Il avait besoin de ces derniers pour ses expériences. L'esthétique n'est jamais loin de la mécanique. Il avait menti à ce brave Carlos pour obtenir une clé en lui racontant que « sa MG nécessitait certaines huiles rares » et l'autre avait accepté.

Il salua une nouvelle Rolls Phantom (homme ou femme, à voir), puis descendit au hangar. Il fallait tout de même faire attention. Carlos l'avait surpris le mois dernier une pipette à la main en train d'extraire un peu de liquide du bidon rouge. Il avait dû se justifier en prétendant que sa MG avait soif, mais Carlos avait semblé un peu perplexe. Depuis, il s'arrangeait pour lui filer quelques pourboires en le flattant d'être un mécanicien talentueux ; le plus talentueux d'Andalousie, d'Espagne ! Carlos n'en demandait pas tant, mais la vanité humaine est un puits sans fond.

Une fois arrivé au hangar, il jeta un regard furtif derrière lui. Personne. Carlos était resté là-haut pour laver une Range Rover. Il saisit sa petite fiole plus commode que les pipettes et se servit plus largement que d'habitude avant de remonter en prenant un air dégagé.

– La MG va bien, Carlos ?

– Votre bijou est propre comme au jour de sa naissance !

– Grâce à vous, cher Carlos.

L'autre sourit, le laissant sortir après un signe de reconnaissance.

Dans le hall d'entrée, une petite femme aux chevilles épaisses provoquait un attroupement à l'accueil. Quand elle se retourna, il aperçut un visage lunaire aux traits asiatiques mangé par cette nouvelle mode des lunettes géantes. Une mouche. Un insecte blafard, charnu autant que redoutable. Il sut alors à qui appartenait la Rolls.

Pendant ce temps, l'après-midi se poursuivait à un rythme plus ou moins tonique.

– Ça va, Giacomo ? Tu te plais ici ?

– C'est parfait, mentit Giacomo. Tu sembles en pleine forme.

Maria Teresa hocha la tête. Elle se demandait comment Giacomo, l'aristocrate qui possédait tant d'allure, pouvait avoir eu le cœur brisé par Lourdes De Plata, cette gitane au visage ravagé qui, elle, aurait eu bien besoin d'une restauration de fond en comble à l'Alfonso. Que Giacomo ne lui fasse pas ne serait-ce qu'un minimum de cour la vexait, en dépit des paroles rassurantes de ce brave docteur Jimenez. Javier Jimenez n'avait pas froid aux yeux, lui ! Giacomo paraissait gentiment absent, comme le sont les êtres sous antidépresseurs.

– Bon, je vais aller me reposer à la piscine. Ton mari arrive demain ? Je serais ravi de dîner avec vous.

Elle le vit s'éloigner de sa démarche élastique, la posture légèrement en arrière donnant une grâce particulière à sa maigre silhouette aux mains, bras et jambes interminables. « Il ressemble à un pantin désarticulé, pensa-t-elle. À l'image de son cerveau. »

Lorsque Giacomo était venu se réfugier chez eux après sa rupture, elle n'avait jamais vu un être humain pleurer autant. Surtout un homme ! Cela l'avait troublée, et même un peu dégoûtée. Il pleurait en silence, sans hoqueter, il pleurait doucement sans pouvoir s'arrêter. Sans scènes, sans violence. Il pleurait du fond de ses tripes. Elle l'avait trouvé à la limite de l'indécence.

À l'ombre des grands parasols, devant la piscine, Giacomo tenta de se concentrer sur un des livres qu'il avait apportés en prévision du séjour. Son cœur en bandoulière le rapprochait des auteurs italiens, parfaits pour panser les plaies. Soudain, un bruit le fit sursauter. Une femme aux longs cheveux blonds descendait les marches de la piscine en frissonnant. Sa silhouette replète et ses couleurs mates en faisaient une antithèse totale de Lourdes. Elle lui adressa un sourire de myope qu'il trouva attendrissant, un de ces sourires flous et naïfs qui font le charme des malvoyants. Elle murmura un «La vache, brrr» qui lui donna envie d'approuver, dans son français au léger accent italien :

– N'est-ce pas ? Je crois qu'ils le font exprès, il paraît que c'est bon pour la santé.

– Vous ne voulez pas vous baigner ? Je crois que cela m'aiderait si quelqu'un m'accompagnait.

– Je suis frileux comme tous les Italiens, vous savez.

– Je suis frileuse comme presque tous les Français.

– Allez, je viens. Mais c'est pour vous.

Elle stagnait au milieu du petit bain, son buste aux épaules rondes et ses seins lourds compressés dans un haut de bikini trop petit qu'elle cachait avec ses bras, tentant avec maladresse de se réchauffer. Il éprouva un élan d'affection pour elle.

La piscine offrait une vue imprenable sur la région. Les gigantesques serres de tomates à flanc de colline paraissaient moins laides vues de loin, on pouvait les confondre avec le relief accidenté de ce début de paysage montagneux aux oliviers omniprésents. Il descendit les marches de la piscine ; l'eau était glacée ! Au milieu, la Française ressemblait à une Vénus de Milo grelottant sous le soleil. Elle le regardait en clignant des yeux.

– Je vous promets de refréner mes instincts sadiques et de ne pas vous éclabousser.

– Je ne vous le conseille pas, l'Italie n'a rien à envier à la *furia francese*.

– Ha ha ! Je m'appelle Isabelle.

– Giacomo Scarpa, répondit-il avec plus de raideur qu'il ne l'avait voulu.

Cette flotte gelée en était la cause. Ils poussèrent un grand cri à l'unisson, puis plongèrent dans l'eau d'un même mouvement.

8

Isabelle avait rendez-vous pour une séance de Watsu située au premier sous-sol, au sein de l'espace Harmony. Elle n'avait aucune idée d'en quoi cela consistait et n'avait pas osé le demander à l'accueil. Elle entra dans une petite salle surchauffée contenant un pédiluve dans lequel l'attendait un vigoureux Espagnol qui lui annonça dans un mauvais anglais qu'elle allait vivre l'expérience unique du retour à l'âge fœtal. Isabelle ne demandait qu'à y croire.

Une musique relaxante l'accompagna tandis qu'elle entrait dans l'eau chaude, puis se laissait porter par les bras de l'infirmier-thérapeute. Ils entamèrent une danse aquatique lente et régressive. Isabelle, passive, flottait dans les bras de l'inconnu. Soudain, elle sentit une joie profonde l'envahir. Son cerveau, encombré de problèmes et de souffrance, sembla se vider pour l'entraîner vers une brume préhistorique, celle des enfants à naître. La demi-heure passa comme dans un rêve. Rodrigo lui assura qu'elle était un sujet médiumnique d'exception et qu'elle devait continuer cette passionnante exploration corporelle. Isabelle, un peu abasourdie, ne demandait pas mieux. Elle repartit vers sa chambre, languide, étourdie et sereine. Elle croisa Marie-Claude dans les escaliers qui lui demanda avec sa vivacité coutumière quels avaient été ses soins. Elle lui parla de l'expérience du Watsu.

– Formidable, rétorqua Marie-Claude, c'est dans mon programme en fin de journée. Dites, j'ai croisé l'Anglais sans sa minette. C'est étonnant, il rajeunit à vue d'œil ! Depuis hier il a au moins perdu cinq ans. Qu'est-ce que vous en pensez ?

– Rien de bon.

– Cinq ans, tout même ! Mais vous êtes trop jeune pour vous en soucier, ma chère. J'ai aussi croisé un Français pas très équilibré, un certain Philippe Cabrol, vous l'avez rencontré ?

– Non.

– Peu importe, j'ai déjeuné avec lui, puis je l'ai retrouvé lors de la séance de yoga – aucun intérêt, par ailleurs – vers quatre heures. Il sortait d'une séance d'injection de je-ne-sais-quoi et paraissait très agressif, je vous raconterai. Vous faites quoi pour le dîner ?

– Attendez… Sur ma fiche, mon dîner n'a pas lieu avant dix heures du soir.

– Comme moi. À tout à l'heure !

Marie-Claude s'en alla à grands pas sans entendre la réponse d'Isabelle.

Vanessa Garcia avait un creux dans son emploi du temps. Elle hésita entre s'injecter une petite dose de Botox avant la patiente suivante, ou appeler Faust (c'était son nom de code) pour épicer la journée. Elle ouvrit sa blouse, effectua un selfie suggestif puis l'envoya. Elle sourit. Elle était sûre qu'il allait arriver en rampant.

Deux minutes plus tard il était là, et son regard n'était pas comme d'habitude. Il l'attrapa par-derrière, plaqua sa main sur sa bouche et la projeta contre le mur tout en verrouillant la porte. Pendant qu'il soulevait sa blouse, il chuchota :

– Espèce de salope, t'aimes ça, hein, être prise comme une pute, ça te fait jouir d'être une pute… Pas la peine de le dire, j'le sais, tu vas voir…

Elle ne pouvait pas gémir, il emprisonnait son visage et son cou de ses mains longues, musclées, capables de broyer sa chair. Elle se laissa faire, incapable de se débattre. Quand elle commença à jouir, il la retourna, lui cracha dessus avant sa propre jouissance. Ils se firent face, échevelés. Vanessa lut sa haine. Ils restèrent ainsi durant de longues minutes à reprendre leur souffle, sans émettre un son.

Pour la première fois, elle ressentit de la peur. Le jeu allait trop loin et elle n'était plus sûre d'avoir le moindre pouvoir sur lui. Au départ, elle éprouvait une joie triomphante à l'idée qu'il l'ait dans la peau… Mais quelque chose avait déraillé. Il claqua la porte en sortant, sans même la regarder.

Elle alla dans le cabinet de toilette attenant à sa salle de consultation et eut du mal à refréner un gémissement en se contemplant dans le miroir. Son visage était marbré de rougeurs, les cheveux, aussi crépus qu'anarchiques, ressemblaient à un champ de bataille, la bouche semblait avoir été mordue par un doberman. Et le cou…

Elle n'eut que le temps de prendre une douche rapide et de s'enduire le visage d'une bonne couche de fond de teint, d'enrouler un foulard autour de sa gorge, et de nouer sa chevelure en un chignon improvisé avant d'aller accueillir sa patiente dans le hall. Une Française, comme elle.

Vanessa Garcia n'avait d'espagnol que le nom. Elle était originaire de Montpellier où elle avait vécu jusqu'à ce qu'elle intègre l'équipe du spa. Elle eut tout de suite beaucoup de succès auprès des médecins. Aucun ne lui résista. Sauf un. Il n'était pas le plus beau, mais le plus intelligent. Au bout d'un an, il avait fini par l'obséder. Il lui sauta dessus un soir, alors que plus personne ne traînait dans les locaux. Il était brutal. Mais elle sentait qu'il avait envie d'elle plus que les autres. Depuis six mois, elle vivait pour leurs rapides moments entre deux portes. Elle ne savait même pas où il habitait. Il esquivait ses questions. Elle le voyait parfois partir tard le soir au volant de sa MG, mais elle ignorait quelle était sa destination. Peut-être était-il marié… Si oui, il ne portait pas d'alliance. Il possédait une belle voiture, qu'en était-il de sa maison ? Les frères Montez payaient généreusement leurs employés, en particulier l'équipe médicale chargée du rajeunissement. Quant à elle, ils lui avaient proposé un logement sur place, jusque-là inoccupé. Elle avait tenté de faire comprendre à son nouvel amant qu'elle avait sa propre villa dans les parages, et si d'aventure… Mais non. Il préférait la renverser sur la table du labo.

Brusquement, en traversant le hall, elle se sentit sale. La Française masquée l'attendait, l'air un peu étonné. Vanessa se reprit et recomposa son personnage de grande bringue lumineuse, dominatrice, intimidante. Une fois dans son bureau, elle retira son masque et, avec une amabilité surjouée, invita sa patiente à l'imiter.

– Quelle plaie, ces masques ! Bien, quel âge avez-vous, madame Kurland ?

– Cinquante-deux ans, répondit Isabelle.

– Vous avez une belle peau dites-moi, mais le menton commence à s'affaisser. Je vous suggère un micro-lift du cou, c'est bien pour les femmes de votre âge. Regardez-moi ! J'ai cinquante ans !

– Mais je ne suis pas venue ici pour…

– Je sais, j'ai votre fiche. Cependant je pourrais vous faire rajeunir d'au moins dix ans ! Vous ne pouvez pas savoir combien cela me fait plaisir d'entendre des femmes de soixante-dix ans me remercier parce qu'elles peuvent remettre du rouge à lèvres.

Isabelle blêmit.

– D'ailleurs, je lis que vous êtes ménopausée. Il y a un truc qui marche très bien, ce sont les injections de lubrifiant dans le vagin. Si, si, je vous assure…

– Je n'ai aucun besoin de ce genre de choses, siffla Isabelle d'une voix glacée.

Vanessa la regarda d'un air moqueur. Cela lui faisait du bien d'humilier sa compatriote après ce qu'elle venait d'endurer. Elle avait envie de la déprécier, de la diminuer, cette jolie veuve sensible au visage d'une candeur à la limite de la sottise.

– Je sais combien il est difficile de parler de la sécheresse vaginale, vous comprenez, je soigne nombre de patientes de votre âge…

Isabelle décida d'écourter ces perfidies.

– Je trouve que le Botox fait plus de mal que de bien sur les quinquagénaires. De fait, les rares personnes de ma connaissance qui y ont recours ne paraissent pas plus jeunes. Moins ridées, certes, mais la seule ride dont rien ne vient à bout, c'est le sillon nasogénien. Et c'est dommage, on ne voit plus que cela. Je vais pouvoir me passer encore pour un certain temps de ce genre de technique. Il faut savoir abdiquer au bon moment.

Le visage de Vanessa se crispa face à cette critique larvée.

– Comme vous le souhaitez. Je me tiens à votre disposition.

– J'en suis très touchée. Au revoir, docteur.

Lorsque Isabelle se retrouva dans le couloir, elle croisa quelques médecins qui discutaient en anglais de nouveaux protocoles. Elle entendit les mots télomères, chromosomes, hypnothérapie… Ils se ressemblaient tous dans leurs blouses blanches. Elle tâcha d'identifier celui qui avait reçu Marie-Claude et qu'elle avait trouvé intimidant, mais ils étaient trop nombreux et marchaient trop vite pour qu'elle puisse le reconnaître.

Elle rejoignit la salle d'attente, espérant y croiser Giacomo. Elle le trouva en grande conversation avec Marie-Claude en italien. Isabelle fut surprise de se sentir agacée, mais l'irritation ne dura pas car les deux l'accueillirent chaleureusement :

– Ah, voici celle qui brave le froid ! s'exclama Giacomo.

– Chère Isabelle, nous dînons ensemble ce soir comme convenu, n'est-ce pas ?

– Bien sûr, Marie-Claude. Vous avez apprécié la séance de Watsu ?

Isabelle se sentait faiblir sous l'autorité de son aînée.

– Figurez-vous, ma chère, qu'elle a été annulée ! J'en parlais à Giacomo à qui la même mésaventure est arrivée. Non seulement personne ne nous a expliqué pourquoi, mais j'ai remarqué que la réception donnait quelques signes de nervosité… En plus, avec le prix que nous déboursons, je trouve cela un peu léger. Si vous voulez mon avis, il se passe quelque chose…

Marie-Claude se pencha vers ses interlocuteurs en plissant ses yeux aux couleurs de l'Atlantique. Elle se garda bien de leur avouer qu'elle avait fait un esclandre à l'accueil et obtenu une injection gratuite de Botox au niveau du front, mais leur raconta qu'elle avait vu une ambulance arriver discrètement par une des portes de service.

– Et vous, Isabelle, votre Watsu ?

– C'est absolument divin. Vous flottez dans une eau chaude avec une musique relaxante, c'est aussi régressif qu'apaisant…

– L'eau est chaude ? Chaude comment ?

– À la température du corps humain, je crois…

– Cela ne vous a pas gênée, cette chaleur ? Pas de vertige en entrant dans la pièce ?

– Si, un peu, mais la sensation ne dure pas.

– Curieux… J'aurais juré qu'il y avait eu un incident de santé…

– Bien, coupa Giacomo, peu désireux de s'embarquer dans les intrigues, je crois qu'on m'appelle pour un massage. À ce soir !

Les deux femmes se retrouvèrent seules.

– Il n'est pas mal, commenta Marie-Claude. Vous avez nagé avec lui ?

– Oui, enfin pas très longtemps, balbutia Isabelle.

Pourquoi donc éprouvait-elle le besoin de se justifier devant Marie-Claude ? Cette énarque autoritaire l'impressionnait et l'agaçait tout à la fois. Il émanait d'elle une forme de domination exaspérante, mais nuancée par un fort instinct maternant. «Peut-être ai-je besoin de cette maman-poule dressée sur ses ergots qui me bombarde de ma chère par-ci, ma chère par-là.» Les deux femmes se levèrent pour rejoindre la salle de gym.

Les frères Montez s'étaient réunis en urgence dans leur bureau du cinquième étage. Il allait falloir convoquer tout le staff médical, sans attendre. Mais avant, ils devaient se mettre d'accord sur l'annonce de la nouvelle : Peregrine Bowles Lyons, soixante-sept ans, était mort d'une crise cardiaque lors d'une séance de Watsu. Comment ne pas ébruiter l'affaire, avec la venue de Gong Waï, la célèbre milliardaire chinoise dont l'empire cosmétique s'étendait de Hong Kong à New York en passant par Hawaï ? Les frères Montez comptaient ouvrir un autre spa en Asie, et cette malencontreuse affaire risquait de réduire à néant leur projet. Gong Waï venait de prendre possession de la plus onéreuse des villas de l'Alfonso, il fallait la tenir à l'écart de ce drame. Francisco prit la parole.

– Pablo, tu es médecin. Donne ton avis.

– Honnêtement, je n'y comprends rien. Sa tension était un peu haute, l'analyse sanguine pas trop mal. Un peu trop de cholestérol et des transaminases élevées, mais de là à l'infarctus… Il a vu toute l'équipe, d'Olivares à Garcia en passant par Lapuente, Vega, Gonzalez et bien sûr Saint Johns qui a été son référent, en tant que compatriote. Il faudra l'interroger.

– Merde ! Tu sais combien la Montez Company est en train d'investir en Asie ? Près de deux milliards. On a un ticket sérieux à Singapour. Si cet Anglais de malheur fait capoter le projet, je ne suis pas certain qu'on puisse récupérer les acomptes…

– Ne paniquons pas tout de suite. Je vais voir avec les gars quel a été son programme précis, et aussi les protocoles prescrits. On n'a rien à se reprocher, bordel de Dieu, l'équipe a des CV en platine, et on suit à la lettre les publications médicales, les contre-indications, les effets secondaires. Si ça se trouve, ce gros con a dû se gaver de Viagra pour épater sa mini-miss. Au passage, il faut la neutraliser, c'est toi le beau gosse du tandem, c'est ton boulot.

– Pablo, Pablo…

– Vas-y. Elle s'appelle Stacy Mahoney. Vingt ans. Danseuse. Les filles lui ont donné un sédatif, mais va jeter un œil, c'est la moindre des choses. Pendant ce temps, j'appelle l'équipe. Réunion à minuit, une fois que les clients sont au lit.

– OK, j'y vais. Mais…

– Mais ?

– C'est toi le médecin, c'est toi l'élément rassurant !

– Oui, mais c'est toi le plus beau. Allez, file. On se retrouve dans trente minutes pour faire le point.

Francisco partit, tête basse. Il arriva sans enthousiasme devant la suite de l'Anglais. Il y rencontra cette brave Felicidad Lopez, l'infirmière en chef.

– Ah, *señor* Francisco, *trueno de Dios*, quelle histoire… La pauvre petite se repose, je crois. Je lui ai donné un demi-Xanax. Elle n'a pas pleuré, c'est bizarre. Elle avait l'air, si vous me le permettez, plus choquée que peinée.

– Bon, je vais voir ça.

Francisco entra dans la suite Isabel, la seule à être conçue comme un décor baroque à la gloire de Colomb. Au début, il ne la vit pas. Il fit le tour de la pièce. La jeune fille n'était pas couchée sur le lit, mais nue dans la baignoire transparente de la terrasse. Loin d'être éplorée, elle appelait un autre homme, sans aucune ambiguïté possible.

9

Se lever à sept heures du matin était une épreuve pour Isabelle, insomniaque et habituée à émerger tard, selon ses envies et sa créativité. Mais le programme, implacable, avait imposé des cours de gym dès ce qu'elle considérait comme l'aube. Elle se traîna à la salle de sport, cotonneuse, somnolente, bouffie par la fatigue et de très mauvaise humeur. Le dîner de la veille avec Marie-Claude l'avait achevée. Cette dernière avait commencé par se plaindre de la lenteur du service avant de poursuivre sur l'efficacité du service américain et « Vous ne le croirez pas, ma chère, mais les Russes ont des hôtels extraordinaires. On ne paie pas des sommes pareilles pour qu'on nous serve des repas avec des serviettes en papier ! »

Isabelle se maudissait d'avoir accepté cette invitation et lorgnait du côté de la table de l'Italien qui dînait en solitaire, mâchant doucement ses aliments tout en contemplant son portable. Les « ma chère » de Marie-Claude lui donnaient envie de lui sauter à la gorge et elle en avait plus que marre de la soupe miso et des décoctions fermentées. Tandis que Marie-Claude s'extasiait sur ces dîners insipides, Isabelle sentait un gargouillis lui serrer les entrailles, rêvant d'une baguette de pain tartinée de beurre salé.

– Cet assaisonnement est un délice ! Et les portions sont généreuses, je trouve, pour une cure.

Que pouvait répondre Isabelle qui mourait de faim… Les manières brusques de Marie-Claude la heurtaient, ses regards appuyés sur sa propre corpulence l'exaspéraient.

– Si, si, je vous assure, Isabelle, vous avez déjà un peu dégonflé !

Joignant le geste à la parole, Marie-Claude avait tâté ses hanches fines, prétendant avoir des « bourrelets à perdre ». Pour un peu, Isabelle lui aurait jeté le reste de sa soupe à la figure. Elle avait été rassérénée par le discret salut de Giacomo, dont Marie-Claude s'était emparée pour lui répondre d'une voix claironnante :

– *Buona notte, signor ! A domani !*

Si Marie-Claude pouvait arrêter d'alpaguer chaque individu pour faire étalage de ses dons pour les langues… Isabelle avait eu droit au prestigieux parcours universitaire de sa collègue de pénitence qui n'avait jamais pensé à lui demander le sien.

Elle réussit à placer avant le thé à la pomme qu'elle avait étudié aux Beaux-Arts, ce qui provoqua à peine un soulèvement de sourcils à Marie-Claude. Seules

les grandes écoles comptaient pour la Bretonne. Par grandes écoles, elle entendait Normale sup', HEC, Polytechnique et l'ENA, évidemment. Isabelle prit une revanche bien involontaire lorsque Marie-Claude lui demanda :

– Votre mari travaille dans quelle branche ?

Isabelle répondit, la douleur comprimée au-delà de l'œsophage :

– Michael était architecte. Il est mort il y a quatre ans. Cancer.

Voyant Marie-Claude blêmir, elle précisa, avec une certaine maladresse :

– C'était mon grand amour. J'ai aimé et été aimée comme personne.

Elle ajouta, inconsciente de sa cruauté :

– Il y a des gens qui ne connaissent jamais cela… je les plains.

– Oui, c'est rare, répliqua Marie-Claude d'une voix éteinte. Bon, je vais me coucher, bonne nuit.

Isabelle en profita pour aller fumer une cigarette avant de rentrer elle aussi dans ses majestueux pénates.

Le lendemain matin, fatiguée par la faim et démoralisée à la perspective d'un training avec un dénommé Javier, elle entra dans la salle avec un total manque de confiance, d'entrain et d'énergie. La torture fut à la hauteur de l'attente. Malgré les gentils encouragements, le géant Javier semblait plus taillé pour l'équipe nationale de basket que pour coacher les riches désespéré(e)s. Elle termina le cours dans un vertige et se réfugia dans la piscine intérieure.

Isabelle sourit devant une décoration qui semblait avoir été conçue par un amoureux transi de la Rome antique. Des mosaïques bleu cobalt et des dorures partout. Dans les vestiaires rutilants de propreté, il y avait une balance. Avec précaution, elle se pesa sans trop y croire – déjà un kilo de moins en vingt-quatre heures. Pas si mal…

Ragaillardie, elle plongea dans une eau à la température tropicale et crawla durant une bonne demi-heure. Après quoi, elle se mit sous les jets bouillonnants pour masser ses épaules et son dos. L'endroit était désert. À neuf heures du matin, elle décida d'en profiter et prit un bain de soleil dans le patio adjacent. C'est alors qu'elle aperçut une réincarnation de Paul Newman, assis sur son transat, qui lui envoya un sourire déconcertant. « Un Américain, je parie, songea-t-elle, seuls les Américains possèdent ce sens du contact d'une telle évidence. »

– *Awesome !* rugit-il, tandis qu'elle pensait « Gagné ! ».

Un New-Yorkais, en plus. Comme elle aimait parler la langue de Michael…

– David, se présenta-t-il en français quand il apprit sa nationalité. J'ai été mannequin à Paris, tu sais. En Italie, aussi. Bon, c'était il y a trente ans, mais comme j'aime ton pays ! Tu vis à Paris ?

– Mais oui !

– Génial ! J'ai tout appris là-bas. Je venais d'un patelin près de Chicago, je n'y connaissais rien. Je ne savais pas utiliser les couverts, ni qu'il fallait toujours que l'homme se tienne côté chaussée du trottoir pour que la femme ne coure pas le moindre danger… Maintenant, je vis entre New York et Honolulu.

Il disait « Honolulu » en prononçant la dernière syllabe « ou », ce qui amusa Isabelle. Michael lui aussi avait été incapable de prononcer le *u* français.

– J'aime la littérature française, surtout Proust et Duras. Comme ma copine est chinoise, j'apprends le chinois. Voilà ! On se reverra au déjeuner, je l'espère, je dois aller au shiatsu. C'est où, l'étage Harmony ?

– Au deuxième sous-sol. *See you !*

– Au revoir…

Isabelle, engourdie par le soleil, était sur le point de s'endormir lorsque Marie-Claude parut, le masque de travers et l'air très agité.

– Il faut que je vous parle, il se passe vraiment des choses étranges ici. Venez, rapprochez-vous plus près… Vous savez que je parle russe. Figurez-vous que j'ai eu un enveloppement de boue avec une jeune femme d'origine moscovite qui m'a raconté… Rapprochez-vous, on ne sait jamais… qui m'a raconté que toute l'équipe médicale avait été convoquée hier soir par la direction. Elle l'a appris par la directrice de l'accueil qui discutait avec la cheffe des infirmières. Il y a eu un mort hier !

– Quoi ?

– Oui. Infarctus, semble-t-il. Mais ça fait froid dans le dos ! La direction doit être dans tous ses états… Je me demande s'ils vont nous en parler.

– Je les vois mal nous avertir qu'il y a eu un mort parmi la clientèle, je suis bien placée pour savoir qu'il est impossible de parler d'un sujet pareil, surtout dans un tel spa. Et puis un infarctus, cela peut arriver n'importe où. À votre place, je ne l'ébruiterai pas.

Marie-Claude parut un peu désappointée.

– Tout de même, un mort… Bon, je vais tâcher de connaître l'identité du malheureux, j'interrogerai Raïssa en fin de journée. La pauvre semble pétrifiée de peur. On se retrouve pour le dîner ?

– Justement, j'allais vous dire…

– Alors à ce soir !

Isabelle ferma les yeux, vaincue.

Gong Waï indiqua d'un coup de menton que la villa lui plaisait. La cohorte des porteurs de valises attendait ce signal pour s'effacer. Elle leur distribua un pourboire généreux, puis, le visage dissimulé sous ses lunettes mouche, elle se dirigea vers la terrasse. David devait être à la piscine. Il était vraiment gentil, songea-t-elle. Un caractère égal, joyeux, une beauté rafraîchissante, une habitude de l'étiquette. Oui, David était une très bonne valeur ajoutée.

Gong Waï avait passé sa vie à travailler comme un chien. Elle avait créé un empire à partir de rien. De rien était un peu exagéré, son père faisant partie du cercle assez fermé des calligraphes employés par le Parti, mais elle avait, en plus de trois décennies, accompli l'ascension de l'Everest : passer du statut de bourgeoise moyenne à celui de milliardaire. Gong Waï repensait parfois à la phrase d'Helena Rubinstein, interviewée au sommet de sa gloire : « Si j'avais su dès le départ tout ce que j'aurais à accomplir, je me serais suicidée. » Elle réfléchissait à la justesse de ce constat. Elle avait tant sacrifié à son œuvre… Des lotions testées par ses soins aux crèmes présentes dans tous les supermarchés, des misérables locaux des débuts à l'usine de Shenzen, des heures passées dans le métro au jet privé, du deux-pièces à deux heures du centre de Shanghai au penthouse new-yorkais, quarante ans s'étaient écoulés.

Gong Waï venait de fêter avec faste son soixante-neuvième anniversaire. Elle savait que son charme dépendait surtout de son pouvoir, et que peu de gens étaient capables d'imaginer que cette petite femme courtaude au visage plat était une des plus puissantes dirigeantes d'entreprise de l'empire du Milieu ! Cette apparence ordinaire en avait trompé plus d'un. Depuis quelques années, elle avait pris l'habitude de s'offrir des compagnons. N'ayant ni enfants ni famille, ses parents étant morts depuis longtemps, elle n'avait pas hésité à contacter une agence d'escorte qui lui avait fourni de quoi occuper ses soirées. Il y avait eu Douglas, un Canadien de Toronto, mais ce dernier affichait une bisexualité ostentatoire qui ne cadrait pas avec ce qu'elle recherchait. Gong Waï ne demandait pas un partenaire sexuel, mais un homme décoratif à son bras. Après avoir essayé plusieurs top-modèles, elle avait opté pour David. Il avait de l'expérience et de l'éducation, et elle était ravie de sa prestation.

Gong Waï avait délocalisé le siège de sa marque ainsi que les usines en Corée du Sud, à Singapour et à Hawaï pour empêcher le gouvernement de s'infiltrer dans ses sociétés, et passait l'essentiel de son temps aux États-Unis. Son empire cosmétique, Chusheng, était désormais partout. Au Japon, à Taïwan et à Singapour, aux États-Unis et depuis peu en Europe, où elle s'apprêtait à rencontrer le directeur de L'Oréal en vue d'un partenariat.

– Comment trouves-tu notre chambre, ma chérie ? demanda David en arrivant dans la villa.

– Moins bien qu'en Thaïlande, mais il paraît que les soins sont bons. Je dois descendre voir le médecin, et toi ?

– Je l'ai déjà vu. J'ai une séance de shiatsu, puis je t'appelle. On se retrouve après au restaurant extérieur ? Tu vas voir, ils sont sérieux. Le médecin est très accessible. Précis. *Specific* comme tu les aimes.

Gong acquiesça.

– À tout à l'heure.

Pendant ce temps, les frères Montez étaient dépassés par la situation. La réunion de la veille n'avait rien donné de concret, chaque membre de l'équipe médicale s'était retranché derrière une éthique irréprochable. Pablo avait demandé une autopsie, qui avait été réalisée dans la nuit et avait révélé des traces importantes d'anxiolytiques et de Viagra. Ce dernier avait pu provoquer l'infarctus, mais Pablo se demandait avec inquiétude si la combinaison des médicaments contre l'impuissance et les protocoles antivieillissement du spa pouvaient s'avérer létaux. Quand il en avait parlé avec Rupert Saint Johns, le médecin référent de Bowles Lyons, Rupert s'était montré circonspect. N'était-ce pas plutôt le Viagra associé à la chaleur de la pièce qui avait provoqué la tragédie ? Pablo devait s'en contenter. Pour l'instant. « Nous avons créé un empire, mais nous ne sommes plus aussi proches de nos équipes, ni de nos patients, monologua-t-il. Je vais dire à Libertad de venir, elle saura quoi faire et je vais aller surveiller de plus près l'équipe médicale. Quelque chose ne va pas. »

Francisco entra dans la pièce puis claqua la porte.

– Qu'est-ce qui se passe ?

– Il se passe que je n'en peux plus. La petite de l'Anglais…

– Stacy.

– Elle nous fait du chantage : deux semaines de plus en échange de son silence. Sinon, elle fera un scandale.

Crois-moi, cette garce est capable de tout. Quelle catastrophe, mais quelle catastrophe… J'en ai marre… C'est toi qui aurais dû aller la raisonner…

– Ça aurait apporté quoi ?

– D'abord ton expertise de médecin, et cela m'aurait épargné d'être harcelé sexuellement par une gamine.

– Elle a vingt ans, ça va…

– Non, ça ne va pas ! Il est hors de question que je joue au top-modèle senior, je ne suis pas ta vitrine ! Mon boulot, ce sont les contrats internationaux, pas les histoires glauques. Je te connais, Pablo… N'y pense même pas. Je n'ai aucune envie de perdre Mariaté, de parader auprès de cette gosse, pas plus que de servir de pub de jouvence devant la vieille Chinoise !

– Regarde-toi ! Un corps parfait, pas une ride. C'est bien simple, on a l'impression que j'ai dix ans de plus que toi.

– Je m'en fiche. Séduire, ce n'est pas mon truc.

– C'est pourquoi tu séduis si bien, espèce d'idiot ! Tu séduis mieux que n'importe quel cavaleur, car, justement, tu n'en as rien à foutre. Ah, si je pouvais te ressembler…

– C'est nouveau !

– Écoute, Francisco, on ne s'est jamais disputés, on ne va pas commencer maintenant. Je dis juste que ça n'a pas toujours été facile d'avoir un Apollon pour frère aîné.

– T'es jaloux ?

Pablo se carra dans le grand fauteuil en cuir caramel qu'il occupait bien dans la largeur, beaucoup moins dans sa hauteur.

– Non, envieux, plutôt. J'admire ton allure, ta classe, et si jalousie il y a eu, je l'ai transformée en fierté. Tu crois que je t'exhibe ? Tu as sans doute raison, mais c'est aussi ma manière de… t'aimer. Je sais, c'est idiot.

– Crétin ! Ce n'est pas avec ces considérations débiles qu'on va faire avancer les choses. On file les deux semaines à la petite et je vais essayer de la neutraliser. Le corps de Bowles Lyons est reparti à Londres et on la joue comme si de rien n'était.

– Quel cochon ! Libertad va arriver demain. Quand je vais lui raconter cette histoire, elle dira que c'est bien fait pour sa gueule, avant de me faire un discours féministe sur l'exploitation de la femme par l'homme.

Francisco éclata de rire.

– Parle de la riche milliardaire chinoise et de son jeune amant, ça lui remontera le moral !

– C'est une idée… D'ailleurs, n'oublie pas qu'on a rendez-vous avec elle demain pour voir comment on peut bénéficier de ses produits de beauté à Singapour à un tarif préférentiel. Allez, il faut que j'aille accueillir un petit nouveau : Dylan Jones, cocaïnomane et alcoolique. Producteur de musique. Qu'au moins on ne le fasse pas claquer aussi, celui-là.

10

L'Alfonso proposait aussi des séances d'aide contre les addictions, mais Isabelle ne se sentait pas encore prête à arrêter la cigarette. Le tabac étant interdit au sein de l'établissement, il fallait fumer en dehors de l'enceinte. Il y avait un banc, entre l'entrée de l'hôtel et celle du garage. En sortant de son bain de boue, Isabelle trouva qu'elle avait chèrement mérité sa récompense mortelle. Les paquets étaient de plus en plus flippants. Récemment, elle s'était entendue répondre à un buraliste : « Non, pas celui avec le cancer de la gorge. Donnez-moi plutôt celui avec la photo du type impuissant. »

Alors qu'elle fumait en songeant qu'en dehors de ce spa la région était affreuse, un individu en peignoir s'installa à ses côtés. Petit, le teint jaune, et d'une laideur inimaginable. Son nez saignait par intermittence, l'obligeant à tenir un mouchoir en papier pour arrêter les hémorragies. Elle le salua machinalement. Il lui répondit :

– *My name is 'Ylan 'Ones. Can't talk easily. Cocaine.*

Isabelle réussit à comprendre, en dépit de certaines consonnes qu'il ne pouvait plus prononcer, que Dylan avait tant abusé de la drogue qu'il n'avait plus ni cloison nasale ni palais. Il essayait tant bien que mal de lui raconter sa vie d'épave et fut sensible à son statut de veuve. Lui-même venait de perdre son épouse. Épouvantée, Isabelle n'osa lui demander si elle s'en était allée une seringue plantée dans le creux du bras, mais il laissa tomber, laconique : « Cancer. » Le cœur d'Isabelle se serra, et elle le regarda avec une infinie tristesse. Une communion s'installait entre eux, celle de l'inconsolable.

Il lui avait proposé de dîner avec lui un de ces soirs. Elle avait acquiescé – tout plutôt qu'endurer un énième dîner interminable en compagnie de Marie-Claude. Il produisait essentiellement de la musique techno, un univers à mille lieues de ses goûts, mais elle était curieuse de connaître les nouveautés. Elle le regarda une dernière fois avant de repartir en direction de l'hôtel. Un gros type au teint olivâtre et à la lippe pendante, voûté sur le banc, semblant avoir de la peine à rester assis. « Il va bientôt claquer s'il ne fait pas attention à lui. C'est peut-être trop tard. »

Isabelle décida de faire une halte au sauna avant le prochain massage. Elle retira tee-shirt et short, garda son maillot, puis poussa la porte à la vitre opaque. Une affichette précisait : « Pas plus de trois personnes ». Elle ne vit pas tout de suite la jeune fille allongée à l'étage supérieur, car son corps nu avait la couleur du bois des bancs. Quand ses yeux s'habituèrent à l'obscurité, elle reconnut la jeune Anglaise dont le vieux compatriote dégoûtait Marie-Claude.

« Fait chaud », murmura la créature avec un accent qui ne signait pas les études à Oxbridge. Isabelle la regarda avec plus d'attention. Elle était vraiment très jeune, une petite vingtaine. Que faisait-elle dans cet endroit ? Elle devait s'ennuyer à mourir. Son corps serpentait sur le banc à la manière des adolescentes.

– Oui, c'est bon pour évacuer les toxines. Votre… ami (Isabelle marqua un temps d'arrêt avant de prononcer le mot « ami » tant la situation lui paraissait incongrue) se plaît, ici ?

– Peregrine ? Il est reparti six pieds sous terre. Il est mort hier pendant sa séance de Watsu. Pas de bol pour lui, mais c'était un drôle de numéro, ça… Grave. Infarctus. Pourtant, il était frais, pour son âge.

Ainsi c'était l'Anglais qui était mort… Isabelle avait un scoop à annoncer à Marie-Claude ce soir. De quoi épicer la soupe miso !

– Oh, je suis désolée. Vous l'aviez rencontré comment ?

– Ah ça… Je suis danseuse. Pole dance. Un soir il est passé au club, il m'a calculée, et on a atterri ici. Pour ce que ça lui a rapporté ! C'est un lord, vous savez, il s'appelait Peregrine Bowles Lyons. Il a, enfin, il avait un appart dément à Belgravia et un manoir dans le Devon, mais on n'a pas eu le temps d'y aller. Il disait que j'avais l'air d'avoir seize ans, en fait, j'en ai vingt-cinq.

Comme si elle lisait dans le cerveau d'Isabelle, la jeune Anglaise ajouta :

– Vous savez, pour la ligne, y a un truc imparable : deux tranches de biscottes light avec un carré de chocolat à l'intérieur. C'est pas la peine de bouffer de la soupe miso : Wasa et chocolat, vous perdez votre bide en une semaine. Évidemment, Peregrine n'était pas foutu de perdre le sien, il aimait trop le gras. Je l'aimais bien. Au lit, bof, mais gentil. Ah, au fait, je m'appelle Stacy. Ils ont été cool au spa, ils m'ont offert deux semaines supplémentaires. Ça m'évite de rentrer à Londres où il doit y avoir un méga sac de nœuds avec son enterrement. À ce qu'il paraît, il avait été marié deux fois et j'ai bien l'impression que niveau héritage, ça va être la guerre entre ses gamins qui le détestent et ses nanas qui n'attendent que son fric. Mieux vaut que je reste au soleil. Vous avez vu le prof de sport, Javier ? Il ressemble à Bradley Cooper ! J'ai pas l'impression qu'il soit gay, j'ai un radar pour ces trucs. Bon, je m'arrache, je dois aller à la séance de gym, c'était cool de vous rencontrer.

– Je m'appelle Isabelle. Bye, Stacy.

Isabelle resta un bon moment à réfléchir dans la chaleur sèche de la pièce. Ainsi l'Anglais était mort… Elle essayait de remettre de l'ordre dans ses idées. Qu'avait dit Stacy ? Que Peregrine « était encore frais ». Isabelle était habituée au langage de ses filles et savait que « frais » pouvait s'employer pour tout et n'importe quoi, beau, bon, agréable, sexy, etc. Un mort frais… Il fallait en parler à Marie-Claude, laquelle, en dépit de ses logorrhées et de sa capacité à imaginer le mal partout, avait une tête bien faite et une intelligence au-dessus de la moyenne. « Ils sont tous dingues, ici, se dit-elle. Les clients ont presque tous des allures faméliques, et viennent quand même perdre du poids, d'autres rajeunissent d'heure en heure, la déglingue est partout et si l'équipe médicale s'y met… »

Elle arriva à l'accueil du spa, s'installa dans la grande salle d'attente avec son masque sur le nez, puis jeta un œil à son planning. Elle avait un massage avec Raïssa, la Russe dont Marie-Claude lui avait vanté les talents. Soudain, un colosse l'appela :

– *Señora Kurland ? Soy José. Para el masaje.*

Isabelle lui demanda pourquoi Raïssa n'était pas là, et il lui répondit que Raïssa avait pris un jour de repos et espérait que la *señora* ne serait pas gênée à l'idée d'être massée par un homme. Isabelle précisa poliment qu'il n'en était rien, puis pénétra dans la pièce du massage.

Pendant ce temps, Marie-Claude s'ennuyait à mourir dans son bain bouillonnant aux sels de la mer Morte, et pensait au client défunt. « Dommage que ça ne soit pas Hubert », grinça-t-elle. Elle était encore furieuse contre l'affreuse Vanessa, comme elle surnommait désormais la médecin esthétique, qui lui avait fait comprendre qu'un ravalement de façade était urgent.

Marie-Claude en était restée suffoquée. Puis elle avait croisé l'ancien chasseur de rhinocéros, le Cannois Philippe Cabrol, qui semblait transformé en dalaï-lama. Il lui avait tenu un discours incohérent au sujet de la fraternité et de la paix dans le monde, l'avait tutoyée tout en la toisant d'un regard aussi intense qu'inquiétant avant de s'éloigner d'un pas de gigue à la limite de l'ivresse. LSD ? Champignons ? Qu'inoculait-on à ces types ? Elle avait également constaté que, depuis hier matin, Philippe avait lui aussi rajeuni. Aussi vite ? Pourtant, c'était le cas. Marie-Claude avait bien envie d'essayer à son tour, rien que pour voir la tête d'Hubert à son retour. En sortant, elle tomba sur Isabelle.

– Ah, ma chère, et si nous déjeunions ensemble au lieu de dîner ?

Les déjeuners engageant moins que les dîners, Isabelle opina du chef.

– Je passe dans ma chambre pour vérifier des mails et je vous retrouve là-bas dans trente minutes. La Cour des comptes, vous comprenez, ils ne me lâchent pas, même lorsque je suis en vacances… Ce pays dépense beaucoup trop.

Isabelle commençait à avoir de l'affection pour Marie-Claude. Et elle jubilait à l'idée de lui apprendre l'identité du défunt. Elle sirotait tranquillement son jus de pomme lorsque Marie-Claude déboula comme une furie :

– Ils ont changé mon planning ! Mon massage avec Raïssa a été remplacé par un massage avec Felipe !

Elle plissa son regard d'un air entendu.

– Je suis sûre que cela a un rapport avec notre mort…

– À propos du mort…

Isabelle attendit quelques secondes avant d'annoncer la nouvelle à sa nouvelle amie.

– Je connais son identité.

– Par exemple !

Marie-Claude avança son cou, s'approchant dangereusement du visage d'Isabelle.

– Qui est-ce donc ?

– L'Anglais, vous savez, celui avec sa petite jeune.

– Ce vieux porc ? Bien fait ! Mais comment avez-vous appris cela, ma jolie ? Vous m'épatez.

– J'ai partagé un moment au sauna avec sa petite amie. Une pauvre fille.

– Ne soyez pas bêtement indulgente, ces filles savent très bien ce qu'elles font. Si vous aviez passé un peu de temps dans les pays de l'Est, vous comprendriez. Elles n'ont peur de rien !

Son manque de compassion envers ces gamines commençait à énerver Isabelle.

– Chut ! l'exhorta Marie-Claude. Fernando, notre serveur, approche et il parle parfaitement français.

Isabelle jeta un regard autour d'elle. Les yeux de lynx de Marie-Claude avaient vu juste. Fernando avait tendance à surgir sans prévenir, la mine réjouie tout en annonçant les menus faméliques.

– *Buenos días, señoras.*

– Votre français est remarquable, cher Fernando !

– Oh, madame Hardy est adorable.

Marie-Claude se tortilla de joie sur sa chaise au qualificatif « adorable ».

– Eh bien, aujourd'hui on commence par des tomates au jus de pastèque…

– Hum… N'est-ce pas un peu trop sucré ?

– Juste ce qu'il faut, madame. Mais vous allez a-do-r-e-r la suite : brocolis du jardin à la vapeur !

– Mais c'est parfait, ça ! Merci Fernando.

« Quelle comédienne », songeait Isabelle.

Une fois Fernando parti, Marie-Claude reprit son mouvement de cobra pour la questionner :

– Alors, il s'appelait comment, cette grosse raclure ?

– Bowles Lyons.

Isabelle commençait à s'amuser franchement avec Marie-Claude. Cette dernière mélangeait sans vergogne gros mots et langage soutenu.

– Bowles Lyons ? LE Bowles Lyons ? Le plus grand propriétaire terrien du Royaume-Uni ?

– Je ne sais pas. Son prénom est – était – Peregrine.

– Eh bien on va le savoir tout de suite.

Dans un claquement de fouet, Marie-Claude attrapa son smartphone et pianota dessus à la vitesse d'une dactylo des années soixante. Elle eut l'air un peu déçue.

– Ah, non, ce n'est pas le bon. Ce Peregrine fait partie de la branche cadette. Voyons, voyons… Pas de mention de sa mort dans le *Daily Mail* d'aujourd'hui, c'est étrange. Ah ! Il y a une interview de lui dans un *Architectural Digest* d'il y a quelques années. Ah gast !, c'est pour les abonnés.

– Je suis abonnée…

– Vous ?

Marie-Claude semblait tomber des nues.

– Chère Marie-Claude, je suis décoratrice d'intérieur, c'est la moindre des choses que d'être abonnée à *AD*. Vous me mettiez dans quelle case, laissez-moi deviner… La Redoute ? *Femme Actuelle* ? Le *Femina* du *JDD* ? Notez que je suis aussi abonnée à tous ces magazines, mais un autre jour on discutera architecture et esthétique, si vous voulez… Ou peinture contemporaine. Quel est votre peintre favori ?

– Rembrandt, mais ne croyez pas, enfin, Isabelle, je ne doute pas une seule seconde de votre talent ni de votre culture !

Marie-Claude semblait sincèrement désolée par son manque de tact.

– Je vais regarder…

Isabelle trouva rapidement l'article en question. Il apparaissait que Peregrine avait un faible pour les fêtes de la gentry, les œuvres de Warhol, les smokings en velours frappé, le psychédélique sur fond de brocard, les estampes japonaises et les métisses. L'article avait peu d'intérêt. Peregrine travaillait dans l'immobilier, possédait un garage de vieilles voitures qu'il exhibait d'un air fat à la fin de l'interview.

– Un tocard, donc, résuma Marie-Claude avec son sens coutumier de la synthèse.

Isabelle lui sourit et elle répondit à ce sourire. Une complicité s'installait entre les deux femmes. Marie-Claude enchaîna :

– Quoi qu'il en soit, cette mort ne me plaît pas, et le remplacement de Raïssa par ce Felipe ne me plaît pas non plus.

– Je crois que vous avez raison.

– Vraiment ?

Marie-Claude eut soudain une expression enfantine qui ne lui ressemblait pas.

– Oui, je suis aussi intriguée que vous par ces deux événements. J'avais également rendez-vous avec Raïssa ce matin et j'ai eu un certain Javier à la place. Que vous avait dit Raïssa exactement ?

– Eh bien, elle semblait bouleversée. Elle bégayait qu'elle était entrée dans la salle du Watsu et qu'elle avait trouvé le cadavre. Ce qui la tracassait, c'était qu'il n'y avait personne avec lui.

– Normalement, il y a toujours quelqu'un dans la salle.

– Elle était sur le point d'ajouter quelque chose, et elle avait l'air inquiète. Plus j'y pense, et plus je crains qu'il ne lui soit arrivé malheur.

– Mais que pouvons-nous faire ?

Marie-Claude garda les yeux clos quelques secondes, puis sembla murmurer à elle-même :

– En premier lieu, je vais asticoter le masseur cet après-midi. Et essayer de dénicher cette jeune pouffe, Stacy.

– Marie-Claude !

– Oui, enfin cette pauvre fille, si cela vous fait plaisir. Une histoire de gros sous ? C'est possible… Bon, rendez-vous ce soir pour le débrief.

– De mon côté, je vais essayer de…

Marie-Claude la coupa :

– Chère Isabelle, vous en avez déjà assez fait. Reposez-vous, je reprends la main.

– Bien, à ce soir.

Isabelle était un peu déçue par son manque de mission du jour, mais c'était Marie-Claude avec son flair de ratier qui avait la première senti que le spa dissimulait de sombres mystères.

11

Il n'avait pas pu faire autrement. Cet Anglais aurait fait un scandale, en dépit de son flegme affiché. Ce gros rosbif était pourtant satisfait de son rajeunissement et de sa nouvelle trique, mais il avait compris ce à quoi il était destiné... Il ne fallait surtout pas qu'il parle. Il l'avait suivi jusqu'au Watsu. Il savait qu'avec ce qu'il avait dans le sang, en augmentant la chaleur de l'eau le Watsu serait fatal, la chaleur et le traitement auraient raison de son cœur. S'il n'y avait pas d'autopsie trop poussée, personne ne soupçonnerait un meurtre. Pablo Montez, arrivé en catastrophe, avait réclamé la fameuse autopsie. Il s'en était chargé en douce, en faisant pression sur Saint Johns. L'honneur était sauf ! Mais il l'avait échappé belle. Heureusement que Saint Johns l'admirait et l'appréciait. À présent, il fallait surveiller Philippe Cabrol, le Français. Ce dernier réagissait curieusement. C'était intéressant, il réagissait à *l'opposé* de l'Anglais. Il eut un mauvais sourire. On y était presque.

12

Gong Waï n'était pas d'humeur à la détente. Elle était sortie de sa réunion avec les Montez très partagée. Qu'ils lui aient demandé un pourcentage non négligeable sur la vente de ses produits n'était pas la cause de son mécontentement, ces choses-là se négociaient, mais son instinct avait perçu une angoisse imprévue dans le déroulement du programme. Elle s'assit pour prendre son déjeuner, de sombres idées en tête. Elle aperçut David.

– Tu es en retard, lui lança-t-elle sèchement.

– Excuse-moi, *honey*, j'ai eu une injection d'acide alcalin qui a duré des heures… Ils n'arrivaient pas à trouver la veine. J'ai une de ces faims !

– C'était bien meilleur en Thaïlande. Les mangues n'ont aucun goût…

David comprit tout de suite que Gong Waï était dans un de ses mauvais jours et qu'il fallait acquiescer à ses récriminations. Il prit un ton apaisant.

– Rien ne peut remplacer le Samui Lodge, nous le savons tous les deux. On y a vécu de beaux moments, mais avec le Covid, nous n'avions pas le choix. Et puis tu envisages une collaboration avec l'Alfonso, non ?

– On verra. Appelle le serveur.

Masquée par ses énormes lunettes, Gong faisait la tête. David essaya son sourire à fossettes qui, en général, agissait plutôt bien. Mais pas cette fois-là. Il se leva pour aller chercher l'un des membres du personnel du restaurant et se heurta à la Française qu'il avait croisée le matin même à la piscine. Elle sourit, surprise, et le sourire en appelant un autre, il lui renvoya son plus bel échantillon.

– Oh, David, comment allez-vous ? Votre amie se plaît bien ici ?

– Je crois qu'elle est heureuse, mais elle est habituée à la cuisine thaïe et ce n'est pas exactement ce qu'elle aime. Tu permets, je dois aller lui trouver un serveur pour rectifier le menu.

Isabelle jeta un coup d'œil vers la table de David et n'aperçut qu'une Asiatique de soixante-dix ans bien sonnés. Isabelle contempla David avec une expression qu'elle espérait naturelle, mais il était déjà parti pour essayer d'attraper un serveur. David, un gigolo ? Escort boy, comme on disait aussi. Des mots plus doux que pute, songea-t-elle. « Pourquoi les hommes sont-ils toujours favorisés, même dans les appellations péjoratives ? Marie-Claude sera sans doute la seule à apprécier cette situation, pour une fois qu'un jeune homme est avec une femme beaucoup plus vieille ! »

Dans le bureau des Montez, Libertad, arrivée de Madrid en urgence, avait pris les choses en main. Devant les deux frères, elle dictait la marche à suivre. Mais suivre cet ouragan n'était pas à la portée de n'importe qui, seul Pablo la comprenait. Elle tournait en rond, se parlant à elle-même :

– Il faut faire comme si rien ne s'était passé. Ou plutôt non, il faut être plus rapide. Si, je dis bien si un membre du spa est au courant et je pense que c'est le cas, comment croire la fille qui s'est incrustée pendant deux semaines ici ? Elle a dû déjà raconter la mort de son vieux à d'autres clients, alors il faut répandre la vérité le plus naturellement du monde : machin Bowles a été victime d'un infarctus, ce sont des choses qui arrivent. Arrêtez de faire cette tête-là, enfin ! Je vais tester les clients. Pendant ce temps, interrogez l'équipe des soins.

– C'est déjà fait.

– Quand je dis l'équipe des soins, je veux dire le petit personnel. Pas vos ténors à quarante mille sacs par mois. Ils remplissent notre gamelle, mais ce sont les masseuses et les femmes de ménage qui parlent. Allez, au boulot !

13

Dès qu'il avait entendu que la masseuse russe avait posé un jour de congé, il avait compris. Elle avait dû le voir pénétrer dans la salle de Watsu. Forcément ! Personne ne prenait de jours de congé à cette époque de l'année ! De plus, comme toutes les femmes de l'Est, elle devait travailler comme une forcenée pour envoyer la moitié de sa paie à sa famille et avoir des retards dans ses jours de vacances. Il chercha dans l'ordinateur. Kim lui avait montré comment pirater n'importe quel fichier – au moins une chose utile qu'elle avait pu lui apporter avant qu'il la bute.

Il trouva le fichier du personnel ainsi que les adresses en un temps record. Raïssa Petrov, masseuse, cinquante ans, nationalité russe, le tout accompagné d'une photo d'une grosse femme à l'air résigné. Son adresse correspondait à la barre des HLM qui avaient été construites dans les années soixante-dix à Atarfe. Une aubaine pour les cultivateurs de tomates et pour le petit personnel du spa.

Il jeta un coup d'œil à sa montre. Six heures du matin. De Grenade à Atarfe, il allait en avoir pour une grosse demi-heure. Impossible d'y aller avec sa MG rouge, trop repérable. Le jardinier avait laissé son petit scooter dans l'abri de jardin. Le faire démarrer serait un jeu d'enfant, mais il fallait partir sans tarder pour ne pas être en retard à la réunion de neuf heures avec le corps médical.

Deux minutes plus tard, il enfourchait le scooter. Il roula à vitesse réglementaire jusqu'à Atarfe, ce qui lui coûta de gros efforts – aucune erreur n'était envisageable. Arrivé devant la barre *Eldorado*, il se gara discrètement en ricanant. Quel sadisme s'emparait donc des promoteurs qui dotaient ces merdes de noms paradisiaques ? Aucun d'entre eux n'avait vécu dans ces lotissements qui se dégradaient sous le soleil. Lui, si. Et encore, cette tour était bien loin du gourbi de son enfance.

Que faire, maintenant ? Sonner à l'interphone ? Il n'avait pas le choix, il fallait faire vite. Une voix ensommeillée lui demanda dans un mauvais espagnol son identité, il répondit par le sésame :

– *Es la policia*.

Le déclic fut immédiat. Il grimpa à toute allure les six étages jusqu'à la porte entrebâillée qui laissait apercevoir le visage bouffi de sommeil de Raïssa, laquelle, boudinée dans une vieille robe de chambre, prit un air de totale incompréhension en le reconnaissant. Elle n'eut pas eu le temps de crier lorsqu'il l'empoigna sans ménagement pour lui faire traverser le minuscule salon et l'amener vers son balcon. Elle retrouva quelques forces, comprenant ce qui allait lui arriver, mais c'était trop tard, il l'avait déjà fait basculer par la fenêtre avant qu'elle ait pu s'accrocher au garde-corps. Elle tomba sans produire un son. Il zooma avec son portable et regarda l'angle du corps. Elle s'était rompu le cou, pas de doute possible.

De retour chez lui, il se doucha, jeta les gants chirurgicaux à la poubelle et prit le temps de s'habiller avec plus de soin que d'habitude. Il avala une tasse de café, puis partit, rasé de frais, en sifflotant au volant de la MG vers les collines du spa. Il était on ne peut plus à l'heure. Une belle journée se profilait à l'horizon. Il écoutait sa playlist, l'esprit libre. Au pire, si la police ne croyait pas au suicide, la défenestration d'une Russe leur ferait penser à la méthode classique des services secrets de ce pays, et l'affaire atterrirait directement sur la pile d'un sous-fifre des renseignements généraux espagnols.

– Bonjour chère Felicidad ! lança-t-il avec amabilité. Quel beau soleil, encore une journée agréable qui s'annonce !

Felicidad Lopez le regarda avec stupeur. Il en avait peut-être trop fait devant son bouc émissaire préféré, mais il débordait d'allégresse. D'un pas chaloupé, il traversa le couloir.

Pablo Montez avait mal dormi. Il rejoignit son frère à son bureau, et Francisco n'avait pas son visage des bons jours.

– Ah, salut ! J'ai épluché les dossiers et il manque une masseuse, Raïssa Petrov. Excellente réputation, une des meilleures, même. Des cinq étoiles partout de la part des clients.

– On l'a engagée quand ?

– Il y a cinq ans. Quand les Russes ont commencé à arriver. Une femme discrète, sans problèmes. Elle a pris quelques jours de congé.

– De congé ? À cette époque de l'année ? Impossible !

Francisco soupira.

– Elle n'a pas pris de vacances depuis deux ans… Une de nos plus fidèles masseuses.

– Elle habite où ?

– Dans les HLM d'Atarfe.

– Donne-moi l'adresse, je vais aller voir.

Francisco leva un sourcil.

– Pourquoi ?

– Je ne suis pas tranquille.

– OK. Mais reviens pour onze heures, on a rendez-vous avec la Chinoise.

– Encore ?

– Elle est coriace.

– OK, je fais un aller-retour rapide.

Pablo fit démarrer sa Jaguar, puis roula vers la périphérie d'Atarfe. Il alluma machinalement la radio pour entendre les nouvelles, puis l'éteignit, trop préoccupé pour supporter un bruit de fond. Devant la barre des HLM, un attroupement de pompiers et des membres de la garde civile. Et des cordons de sécurité. Sans sortir de sa voiture, il demanda à l'un des badauds la raison de ce cirque.

– Une voisine s'est jetée par la fenêtre ce matin. La pauvre. Une Russe, on ne l'entendait jamais. *Trueno de Dios*, on aurait dû être plus gentils avec cette malheureuse. C'est affreux.

Pablo sentit un filet de sueur glacé couler le long de son dos. Son masque sur le nez dissimulait son visage horrifié. Morte… défenestrée. Pablo fit marche arrière, sonné. Il roula à tombeau ouvert jusqu'à l'Alfonso, paniqué, avide de tout raconter à Libertad. Seul son pragmatisme allait pouvoir l'aider.

Quand il entra hors d'haleine dans leur chambre, son épouse faisait les cent pas en hurlant sur son portable des injonctions à ses équipes. Elle lui fit signe qu'elle en avait encore pour deux minutes. Il dut faire un effort surhumain pour ne pas lui arracher le smartphone des mains et, désespéré, s'effondra sur le lit. Libertad constata qu'il allait mal.

– *¿Que pasa?*

– Une de nos masseuses est morte.

– Raconte.

Lorsque Pablo conclut le déroulement du drame, Libertad resta silencieuse un bon moment avant de l'attirer contre elle.

– Pauvre femme… Je ne vois rien de préjudiciable à l'Alfonso dans cette tragédie. Il faudra penser à envoyer des couronnes de la part du spa. Mais à part cela…

– Tu crois ?

– Mais oui, mon gros nounours. Va vite rejoindre Francisco, et rassure-le. Ma parole, vous êtes à cran tous les deux en ce moment !

Dans la salle Harmony, Isabelle suivait son cours collectif en espérant que Giacomo ne remarquait pas son début de double menton. Giacomo, lui, pédalait au sol à mille lieues des complexes de sa voisine. Lorsqu'ils achevèrent les exercices, il prit galamment la main d'Isabelle pour la relever, ce qui n'échappa pas à Marie-Claude. Tout comme elle nota la surprise et le ravissement d'Isabelle. Elle les vit sortir dans un unisson prometteur qui lui serra le cœur.

Mais elle avait plus urgent à faire, interroger Stacy Mahoney. Ah, si le monde pouvait être débarrassé des Stacy qui volaient les vieux maris et transformaient trente ans de vie commune en un siècle de torture ! Elle se vit soudain comme le granit de son Finistère, dure au mal, résistante et fidèle tandis qu'Hubert était aussi friable que ses falaises d'Étretat. Si poreux qu'une Stacy n'en avait fait qu'une bouchée.

Elle suivit la silhouette en tenue de gym dernier cri. Stacy se dirigeait vers la piscine intérieure. Se prélasser au hammam alors que le vieux Bowles était au royaume des ombres ! « Tsss…, murmura Marie-Claude pour elle-même, cette brave Isabelle est d'une naïveté ! Plaindre une intrigante pareille ! » Elle se faufila dans l'entrée du hammam et plissa les yeux, suffoquée sous la chaleur. Elle distingua la silhouette de Stacy, d'une nudité ambrée, couchée au fond du lieu sur le banc en mosaïque bleutée. Comment l'aborder… Un « Mon Dieu, quelle chaleur ! » lui valut un grognement approximatif. Surmontant sa répulsion, Marie-Claude continua d'un ton affable :

– Vous êtes ici depuis longtemps ? Quelle mine vous avez ! Moi, je viens juste d'arriver.

– Je suis là depuis une semaine.

– C'est bien ici, non ?

– Ouais. Y a un peu trop de vieux.

– Vous trouvez ? Enfin, votre petit ami n'est pas non plus de première fraîcheur…

– Perry ? Il est mort. Infarctus.

– C'est affreux ! Toutes mes condoléances.

– Vous êtes gentille, mais vous savez, on ne se connaissait pas plus que ça.

Marie-Claude commença à réviser son jugement, elle avait affaire à une paumée, pas à une intrigante. Les paumées étaient légèrement au-dessus sur son échelle des valeurs. Elle continua.

– Je suis sincèrement désolée pour votre ami, mais vous semblez douter que sa mort soit due à un infarctus.

– Ils ont dit infarctus, mais les mecs comme Perry se surveillent vachement. Perry, il passait son temps chez les toubibs. Son cœur, c'était une Jaguar. Ils ont été cool au spa, ils m'ont filé deux semaines de rab', pour mon chagrin, qu'ils disent. Le chagrin, c'est un mot un peu fort. On se connaissait pas plus que ça. Mais je sais un truc : Perry, il avait deux ou trois docs qu'il pouvait pas piffer. Il m'avait même dit que c'étaient des marchands de mort subite ! Qu'est-ce qu'il était marrant, des fois ! Allez, je vous laisse, merci pour vos condoléances, c'est chou parce que vous ne me connaissez pas.

– Voyons, c'est tout naturel ! Si vous avez besoin de quoi que ce soit, je suis là. Les femmes doivent s'entraider. Vous êtes trop mignonne.

Marie-Claude dut se faire violence pour la dernière phrase, mais elle était si contente d'avoir appris que l'Anglais se méfiait de certains médecins qu'elle aurait embrassé la petite pécheresse.

– Vous retrouverez facilement quelqu'un.

– Oh, c'est déjà fait. Enrique, le prof de gym. Quel cul ! C'est Wolverine.

Marie-Claude ne put s'empêcher de sourire.

– Amusez-vous bien, chère Stacy, c'est de votre âge. Bye bye !

– Salut ! Même à votre âge, le kif, c'est permis !

Stacy enfila un tee-shirt sur ses seins nus avant de filer. « Donc il y a meurtre, énonça Marie-Claude pour elle-même. Ça va être difficile à prouver. » Puis elle s'ébroua et sortit d'un pas assuré du hammam.

Giacomo et Isabelle avaient profité d'une pause pour se retrouver à la fontaine de thé vert. Isabelle avait lâché un « Je déteste le sport » auquel Giacomo avait répondu d'un air attendri : « Mais vous n'en avez pas besoin, vous êtes très jolie comme vous êtes. » Ils étaient arrivés au moment d'intimité qui précède le CV affectif. Veuve pour elle, amant abandonné pour lui, suivi du cortège des réconforts mutuels, préliminaires du plus si affinités. Il lui baisa la main avant leurs prochains soins et c'est d'une allure beaucoup plus guillerette qu'Isabelle trottina vers la salle du déjeuner pour y retrouver Marie-Claude.

– Bonjour, Marie-Claude ! Vous semblez bien lointaine, quelque chose ne va pas ?

– Bonjour, Isabelle. Non, tout va très bien, mais nous avons de quoi parler : le *Daily Mail* a annoncé la mort de Sir Peregrine Bowles Lyons. Les obsèques auront lieu dans quelques jours, et ils s'étendent plus que de coutume sur le lieu du décès, ce qui n'est pas dans leurs habitudes, le *Daily* n'est pas le *Sun*. Primo, tout le monde sait à présent que notre Anglais est mort au Spa Alfonso, ce qui va faire un tort considérable aux Montez. Secundo, j'ai eu un entretien avec Stacy. Drôle de numéro. Je dois reconnaître que vous aviez raison, ce n'est pas une méchante fille. Figurez-vous que le vieil Anglais se méfiait de trois médecins. Tertio, toujours pas de nouvelles de Raïssa. Cela commence à faire beaucoup. Vous m'écoutez, Isabelle ? J'ai l'impression de parler dans le vide.

– Si, si. C'est très intéressant…

– Vous le faites exprès ou quoi ? s'énerva Marie-Claude. Écoutez, j'ai bien vu votre petit manège avec l'Italien au cours de gym. Vous êtes en train de tomber amoureuse, ce qui est très agréable, je n'en doute pas, mais vous ne me serez d'aucune utilité avec cet air béat.

Isabelle devint pivoine.

– Mais pas du tout ! Je suis tout ouïe, je me demande juste si vous n'exagérez pas un peu.

– Isabelle, répliqua Marie-Claude d'un ton qu'elle employait lorsqu'un sous-fifre de la Cour des comptes laissait passer des vétilles, j'ai pratiqué la pêche à pied durant toute mon enfance, je sais trouver une bernique sous n'importe quel galet. Vous étiez d'accord avec moi hier pour constater que l'ambiance à l'hôtel est plus que tendue. Feriez-vous machine arrière ?

– Mais non, pas du tout. Que puis-je faire pour vous ?

– Déjà, m'écouter, siffla Marie-Claude.

Isabelle explosa.

– Je ne fais que cela, vous écouter ! Vos études prestigieuses, vos gamins surdoués, vos régimes aberrants dont vous n'avez pas besoin et en échange vous me parlez comme si j'étais la reine des abruties. Je ne supporte plus votre ton condescendant, Marie-Claude. Allez interroger Stacy autant que vous le souhaitez, moi, j'en ai marre.

Isabelle s'était levée d'un bond et se dirigeait vers l'intérieur du restaurant où, à la fraîche, elle avait aperçu quelques tables libres. Marie-Claude soupira. C'était une question de temps pour que la petite Isabelle revienne à de meilleurs sentiments. Et puis, elle préférait que cette dernière garde d'elle l'image d'une énarque trop sûre d'elle plutôt que celle de la petite Bretonne qui ramassait crevettes et bigorneaux. Elle tâcha de reprendre ses esprits en se plongeant dans la dernière édition numérique d'*El País*. Elle étouffa une exclamation : la version andalouse signalait dans la rubrique Faits divers la mort il y a quelques heures d'une Russe, une certaine Raïssa qu'on avait trouvée défenestrée en bas de son habitation à Atarfe.

Raïssa ! Elle scruta le paragraphe, à la recherche de plus d'informations, mais le nom de la malheureuse n'était pas mentionné. Raïssa… Que lui avait-elle dit, déjà ? Que l'Anglais avait été retrouvé seul dans le Watsu. Que c'était elle qui l'avait découvert, que c'était horrible, qu'on voyait qu'il était mort, qu'il avait la bouche ouverte et les yeux qui regardaient vers le plafond. Elle avait failli ajouter quelque chose, mais s'était rétractée au dernier moment. Marie-Claude se maudit. Elle aurait dû insister, comme lorsqu'elle raclait le sable des plages du Finistère. Quel âge pouvait bien avoir Raïssa ? Comme certaines femmes qui avaient trimé trop jeunes, elle semblait soufflée, gonflée par l'excès de mauvaise nourriture. Son visage rond était barré par deux rides épaisses. Elle devait avoir entre quarante-cinq et soixante ans, mais Marie-Claude penchait pour le premier chiffre. Elle eut un frisson. Sans sa volonté et son agilité intellectuelle, elle aurait pu, elle aussi, terminer en Raïssa, masseuse dans une lugubre station thermale bretonne. Elle chassa cette pensée d'un mouvement machinal.

14

Maria Teresa n'utilisait que sa douche, jamais sa baignoire. Comment avait-il réussi à le savoir ? En plaçant un gadget dans sa salle de bains. Il avait dû affiner l'angle, pour mieux la regarder. Il avait zoomé pour connaître le nom de son savon. Il n'avait pas réussi à lire l'appellation, mais il imaginait un parfum d'amande et de miel. Il adorait le geste qu'elle faisait lorsqu'elle pénétrait dans la cabine ouverte sur la salle, cette manière particulière pour lui de passer ses mains dans ses cheveux pour les relever avant le premier jet d'eau chaude. Au début, il n'avait pu en supporter davantage. Son corps réagissait avec une telle violence devant Maria Teresa… Personne ne pouvait soupçonner l'œilleton microscopique scellé dans une veine du marbre de la salle de bains. Lui seul pouvait observer la beauté pleine face.

Il connaissait à présent son corps dans ses moindres détails. Il jeta un œil à son ordinateur qui le prévenait lorsqu'elle entrait dans son antre. Elle retira sa robe d'un mouvement plus las que d'habitude, puis se pencha vers le miroir au-dessus du lavabo, l'air anxieux. Elle semblait traquer d'éventuels signes du temps. « Oh mon amour, mon trésor joli, ma toute belle, ne t'inquiète pas, les ans n'ont aucune prise sur toi, tu es splendide pour l'éternité, tu es mon nombre d'or, jamais je ne te ferai de mal, si tu savais. Ne fais pas comme les idiotes qui passent sous la seringue de Vanessa, ne te laisse pas influencer par cette folle, je ne permettrai à personne de modifier la plus petite parcelle de toi… »

Elle ne pouvait pas savoir à quel point il l'aimait. Il n'avait même plus envie de la toucher, c'était encore plus fort que le sentiment qu'il avait éprouvé pour Kim. Maria Teresa était son idéal. Un idéal à mettre sous cloche, comme une fleur qui ne devait jamais mourir, une orchidée à entourer des plus grands égards.

Elle allait de son pas tranquille vers la douche lorsqu'elle se retourna, surprise. Quel sans-gêne osait la déranger si ce n'était son mari ? Il grinça des dents avant d'éteindre, puis se ravisa. Francisco semblait furieux. Il se pencha pour agrandir l'image. Dieu qu'il le haïssait…

Il scruta l'échange muet entre le couple. Dommage, il n'arrivait pas à lire sur les lèvres, mais Maria Teresa paraissait aussi bouleversée que son abruti de mari. Il esquissa un léger sourire. Les deux frères avaient dû découvrir le meurtre de la Russe. Adieu, le nouveau contrat avec la Chine ! Il n'hésitait plus à s'attribuer tous les mérites, au bord qu'il était de trouver LA solution pour le bien commun. Une solution qui allait lui rapporter des milliards. Alors, peut-être que Maria Teresa…

Il jeta un coup d'œil à ses mails. Il avait reçu une réponse positive de SymbioticA pour la publication de son dernier article. Encore une oriflamme à ajouter à son étendard.

Il se leva pour aller à la réunion des médecins de l'étage. Voilà qui promettait d'être chaud. Le staff médical était au complet alors que les consultations du jour venaient de se terminer et que le deuxième service du dîner s'annonçait pour la clientèle. Ils affichaient un air grave. Les Montez accueillirent les derniers. Le psy, Jimenez, gardait un sourire encourageant sur les lèvres. Mais les autres… Pablo jeta un regard circulaire. Vanessa Garcia ne semblait pas d'humeur à sortir ses plaisanteries graveleuses. Gonzalez, Olivares, Lapuente, Vega, Saint Johns, Jimenez et Gutierrez tripotaient leurs stylos. La réunion pouvait commencer.

Francisco prit la parole pour annoncer le suicide de Raïssa. Pas un ne bougea, sauf Vanessa qui eut un mouvement de surprise. Surprise, peur ou compassion ? Les autres piquèrent du nez sur leur bloc-notes. Pablo prit le temps de les observer, l'atmosphère était pesante. Puis il se leva pour seconder Francisco.

– Nous savons que vous êtes tous extrêmement sollicités par votre patientèle en ce moment, mais je tenais à vous annoncer que les obsèques de Lord (il insista bien sur le mot « lord ») Bowles Lyons auront lieu demain à Londres. L'Alfonso a été cité dans le *Daily Mail* et je crains les répercussions sur notre clientèle. Bien sûr, nous sommes inattaquables, mais j'aimerais savoir qui a eu affaire à lui durant son séjour – Saint Johns, inutile de répondre, je sais que vous étiez son médecin référent ici.

– Ne faites pas d'exception pour moi, cher Pablo. J'ai conscience du climat que ce malheureux décès fait peser sur l'établissement. Mais je reste persuadé que nos clients reviendront en force et qu'il est inutile de trop s'attarder sur ce triste cas. Sir Peregrine était une personnalité, disons, *originale* de la gentry, c'est pourquoi sa mort trouve un écho dans la presse anglaise. Mais pour l'instant, j'ai vérifié, aucun torchon bas de gamme n'en fait ses choux gras. Il avait du cholestérol, l'analyse sanguine a révélé un fort taux d'anxiolytiques et de Viagra. Que le cœur ait lâché n'est guère étonnant.

– Les patients ne sont jamais seuls dans le Watsu, n'est-ce pas ? intervint Vanessa Garcia.

– Non, effectivement répondit Lapuente. C'est aussi ce qui me surprend.

Le professeur Vega haussa les sourcils.

– Ce Britannique est-il mort pendant une séance de Watsu, ou bien y est-il allé sans rendez-vous, pour se relaxer ?

– Il n'avait pas de séance de Watsu, rétorqua Pablo. Il a dû y aller pour prendre un bain chaud.

– Et les caméras ? demanda Olivares.

– Manque de chance, le système est en panne depuis deux jours à l'étage Harmony, se lamenta Pablo. Il faut le faire réparer tout de suite.

– Je m'en occupe, l'interrompit Francisco. Bien, messieurs, nous n'avons pas d'autres tristes nouvelles à vous apprendre, et j'espère sincèrement qu'elles seront les dernières de l'année.

Ils se levèrent tous, soulagés. Pablo prit Saint Johns à part.

– Rupert, croyez-vous que la presse anglaise va nous citer dans ses tabloïds ?

– Difficile à dire. Bowles était immensément riche, même s'il ne faisait pas partie de la branche la plus célèbre de la famille. *Tatler* couvrira sans doute les obsèques, mais je ne vois pas le *Sun* ou le *Mirror* s'emparer de cette nouvelle. Il n'est pas assez connu.

– Que Dieu vous entende ! dit Pablo en ouvrant la porte.

Il faillit se cogner à la femme qui passait à pas feutrés dans le couloir, chaussée de ses Birkenstock de luxe. Gong Waï. C'était bien le moment !

– Je crois que je me suis un peu perdue dans les couloirs, modula-t-elle de sa voix fluette. Pourriez-vous m'indiquer le chemin pour rejoindre le restaurant ?

Francisco sourit de toutes ses dents en déployant sa galanterie castillane.

– Permettez-moi de vous accompagner.

– Avec grand plaisir.

Pablo les vit s'éloigner, puis poussa un soupir de soulagement. Il retourna à son bureau, l'esprit chagrin. Libertad devait venir le rejoindre. Il jeta un œil rapide à la pièce qui avait échappé à la tyrannie esthétique de sa belle-sœur. L'endroit était ordonné, la pièce était tapissée de livres, de toiles multicolores. Le mobilier, tapageur mais confortable, reflétait son désintérêt total pour ces choses-là, et il était assez fier de son fauteuil japonais spécial massage du dos. Une horreur, une bouse de vache, songeaient Francisco et Maria Teresa lorsqu'ils entraient chez lui. Il n'en avait cure. Ici, c'était chez lui.

Le téléphone fixe sonna. Son assistante, Maria, aussi laide que compétente.

– Qu'y a-t-il, Maria ?

– Je sais que vous ne souhaitez pas être dérangé, mais à votre place, je prendrais. C'est l'inspecteur Greus, de la police de Grenade. Je le connais. Pas une flèche, mais un chouette gars.

– Allons bon !

– *Señor* Pablo, ne vous tracassez pas. Je le connais depuis qu'il pissait dans sa culotte. Il doit enquêter sur le suicide de Raïssa – *que disgracia* une bonne fille elle aussi – et plus vite vous lui répondrez qu'on était contents de son boulot ici, mieux ça vaudra. J'ai ressorti sa fiche détaillée. Je vous l'apporte. Elle a été traitée pour dépression nerveuse ici, j'ai des ordonnances d'un des médecins. Pas de compagnon. J'ai tout regardé. J'ai pris la liberté d'interroger le personnel – c'est ma vie, ici, *señor* Pablo, vous le savez, je connais tout le monde de Grenade à Alicante, eh bien ils sont unanimes : une vraie taiseuse. Pas mauvaise, mais muette. Personne ne connaît son passé. Vous savez, les Russes, *on peut les jeter par la fenêtre*, j'ai lu ça dans les romans policiers…

– Merci Maria pour votre aide précieuse coupa Pablo, je prends l'inspecteur immédiatement, vous êtes parfaite.

La mort dans l'âme, il prit l'appel.

– Doctor Montez ? Guzman Greus à l'appareil.

La voix était jeune, avec le débit de mitraillette qui caractérise l'accent andalou ainsi que la curieuse manière d'escamoter les *s*, donnant un rythme chantant à cette langue faite pour le flamenco.

– Inspecteur, que puis-je faire pour vous ?

– Voilà, c'est un peu compliqué et je suis, croyez-moi, désolé de vous déranger, mais nous avons découvert hier matin le cadavre d'une Russe, Raïssa Petrov. Elle s'est jetée par la fenêtre de son appartement et…

– Je suis au courant, inspecteur, les journaux ont diffusé l'atroce nouvelle. Elle était masseuse chez nous, ses papiers étaient en règle et nous l'avions embauchée il y a quatre ou cinq ans. Nous sommes tous bouleversés par cette mort violente.

– Pourrais-je passer vous voir en fin de journée ?

– Mais bien sûr, inspecteur, nous nous tenons à votre disposition. Vers huit heures du soir ?

– Un peu avant, si c'est possible. Sept heures ?

– J'ai des consultations, mais nous nous arrangerons. Sept heures, c'est noté.

– *Hasta luego.*

Soudain, Pablo sursauta. Un boucan infernal lui parvenait du dehors. Que se passait-il ?

Marie-Claude paressait – ou plutôt réfléchissait –, allongée sur un transat de sa terrasse privative. C'était idiot, cette brouille avec Isabelle. Soudain, une musique hurlante retentit de la terrasse voisine. Terrasse sur laquelle Stacy, vêtue de son microshort de gym, hurlait à pleins poumons *It's Raining Men* tout en faisant des bonds de joie.

Ça par exemple ! Elle laissa un message sur le portable d'Isabelle lui intimant de venir sur-le-champ dans sa chambre puis jeta un coup d'œil au *Sun* qui acheva de lui couper le souffle. En gros titre : « Un héritier laisse dix millions de livres à sa dernière conquête, Stacy Mahoney, pole danseuse au SHAG. La famille refuse de répondre à nos questions ».

On frappa à la porte. Marie-Claude alla ouvrir à Isabelle dont le visage fermé signifiait qu'elle n'avait pas oublié la petite altercation.

– Regardez ! s'exclama Marie-Claude avec emphase. Dix bâtons !

Isabelle parcourut l'article, sidérée. À côté, la musique s'intensifiait, Stacy ayant mis à fond Britney

Spears, gigotant sur son *Womanizer*. Les deux femmes se regardèrent.

– Allons-y, déclara Isabelle.

La paix était signée et Marie-Claude en éprouva un soulagement inattendu.

– Passons par la terrasse, suggéra Marie-Claude, avec le tintouin qu'elle fait, elle n'ouvrira jamais sa porte.

– Je ne suis pas certaine de pouvoir me faufiler…

– Mais si, mais si Isabelle, vous n'êtes pas obèse, tout de même ! répondit Marie-Claude en la poussant dans l'interstice qui reliait les balcons.

Isabelle chuta avec maladresse devant une Stacy en état de transe, suivie par Marie-Claude dont les cheveux s'étaient accrochés à un cyprès nain.

– Faites péter le champ', leur hurla Stacy. Perry m'a laissé une fortune !

Isabelle tenta de la raisonner et de lui expliquer que crier de bonheur n'était pas exactement ce qu'on espérait d'une veuve, mais Marie-Claude dont les yeux s'étaient rétrécis en deux fentes indigo avait répondu d'un ton doucereux :

– Mais c'est formidable, chère Stacy ! *Cheers!*

Stacy ne les avait pas attendues pour sombrer dans l'ivresse. Dans la chambre régnait un désordre d'adolescente sous acide. Des monceaux de lingerie en dentelle côtoyaient une bouteille de vodka, et des paires de chaussures cloutées parsemaient le plancher comme des confettis brillants étalés en figure de style. Stacy entra, trébucha sur l'une d'elles puis s'effondra sur le lit, en proie à un fou rire incontrôlable.

– Perry, t'es trop fort… Tu les as tous niqués !

À ce stade, Isabelle s'était approchée de Stacy avec un thé bien fort.

– J'en veux pas ! Quand j'pense que Perry disait qu'y pouvait pas sacquer un des docs…

– Vous avez son nom ? demanda Marie-Claude, enjôleuse.

– Un truc en « ez » à la fin. Allez, les filles ! Vodka ET Roederer !

– En « ez » à la fin ? modula Marie-Claude qui avait du mal à garder sa neutralité.

– Ouais !

– On va vous laisser, chère Stacy, vous devez préparer vos bagages, j'imagine, vous avez tant à faire ! Une vie mer-veil-leuse s'offre à vous, désormais.

– Tu sais pas à quel point ! hoqueta Stacy.

– Oh si… Allez, Isabelle, on s'en va. *Lucky, lucky you*, Stacy !

Lorsqu'elles se retrouvèrent sur le palier, Marie-Claude dit à voix basse à Isabelle :

– Il faut trouver tous les noms des médecins se terminant par « ez ». L'étau se resserre…

Isabelle opina du chef.

Dans le corridor aux échos provoqués par les ouvertures sur le patio qui desservait les étages, Gong Waï retira un instant ses lunettes mouche. Les noms des médecins en « ez » ?

– Bonne chance, mesdames, murmura-t-elle.

15

Anna, qui était de permanence à l'accueil, sursauta lorsque Marie-Claude se planta devant elle. Marie-Claude était son cauchemar, elle n'arrêtait pas de changer l'heure de ses rendez-vous en prétextant des conf' calls, profitait d'un détail qui ne lui plaisait pas pour négocier des soins qu'elle n'avait pas choisis, mettait des mauvaises notes aux masseurs – surtout aux hommes – qu'elle jugeait «pas assez costauds». Anna ne comprenait pas l'amitié qui semblait s'être nouée entre cette mégère et Isabelle, l'autre Française facile à contenter, toujours de bonne humeur, qui laissait des pourboires extravagants et semblait s'excuser chaque fois qu'elle disait bonjour.

– Dites-moi, j'ai besoin de voir un de vos médecins anti-âge.

– Je vais essayer de vous trouver un rendez-vous.

– Puis-je avoir la liste ?

– Ils se valent tous ! prononça Anna d'un ton offusqué.

– J'imagine, coupa Marie-Claude avec impatience, mais j'aimerais avoir accès à la liste des médecins.

– Ils sont sur la brochure de l'établissement, répondit Anna dans un étirement de lèvres.

– Comment se fait-il que je ne l'aie pas reçue ?

– Elle se trouve à côté du lit, sur votre table de chevet.

– Merci.

Marie-Claude fit volte-face à la vitesse d'une girouette sous grand vent et se précipita dans sa chambre. « La brochure, se morigéna-t-elle, quelle face de crêpe je fais, j'aurais dû y penser. »

La brochure trônait en effet sur la table en palissandre, cartonnée d'un marron glacé du plus bel effet. « Elle se confond avec la table », ronchonna Marie-Claude avec une mauvaise foi qui voulait excuser son erreur. Elle sauta les pages consacrées au bien-être, au sport et à la nutrition pour aller directement au chapitre « Soins esthétiques et médecine anti-âge ». Chaque intervenant y trônait avec de belles photos. Marie-Claude nota les noms et les visages avantagés par le noir et blanc.

Gonzalo Lapuente
Antonio Vega
Paco Olivares
Vanessa Garcia (dommage qu'elle n'ait pas un nom en « ez », cette traînée prétentieuse).
Rupert Saint Johns
José Gutierrez
Juan Gonzalez
Javier Jimenez

Sur huit médecins, on pouvait en éliminer quatre. Elle observa leurs visages, cherchant à reconnaître l'amoureux transi de la femme du patron, mais elle ne l'avait vu que masqué et n'arriva pas à le distinguer dans cette foule de praticiens souriants.

« Allons rejoindre Isabelle », décida-t-elle.

Pour une fois, Isabelle fut heureuse de voir Marie-Claude arriver à l'apéro du soir, mot bien pompeux pour désigner un arôme de pomme servi dans des tasses remplies d'eau bouillante. Elle s'était habillée un peu mieux que d'habitude.

Sa robe longue en satin dans laquelle elle se sentait un peu serrée avant d'arriver lui seyait à présent à ravir. Les voisins semblaient d'accord, ce qui la gêna. Isabelle avait l'impression que Michael la regardait de Là-Haut d'un air déçu et réprobateur.

– *Bellissima*, lui glissa Giacomo qui venait d'arriver au restaurant, très chic en col roulé bleu marine.

– Je vous remercie. Je n'ai pas vraiment l'habitude, vous savez, balbutia-t-elle.

– Prenez-la, elle vous va très bien.

Isabelle adopta un air un peu niais. Heureusement, Marie-Claude fondit sur elle comme un oiseau de proie.

– Venez, j'ai du lourd. Vous aurez d'autres occasions avec le Vénitien. On laisse tomber le jus de pomme, j'ai la liste des médecins.

– Comment avez-vous réussi ?

– La brochure de l'hôtel…

Elles s'éloignèrent des sunlights de la terrasse.

– La bonne nouvelle, annonça-t-elle, nous pouvons en éliminer quatre. La mauvaise, il en reste quatre autres. Gutierrez, Jimenez, Gonzalez et Olivares. Oui, je sais, Olivares n'a pas la même syllabe finale, mais la petite peut avoir mal entendu.

– Vous avez leurs photos ?

– Ils ont a priori des profils irréprochables.

– À quoi ressemblent-ils ?

– Justement, j'aimerais votre avis. Avec votre sensibilité d'artiste, vous devez être assez physionomiste.

Isabelle rougit de plaisir sous le compliment tandis que Marie-Claude aperçut la silhouette du producteur cocaïnomane qui s'approchait.

– Qui est cette épave qui se dirige vers nous ?

– Euh, c'est un producteur anglais de musique techno. Un certain Dylan Jones. Je l'ai rencontré hier à la guérite des fumeurs et il m'a invitée à dîner. Je suis désolée, Marie-Claude…

Marie-Claude affichait un visage impénétrable.

– Allez donc souper avec ce malheureux. S'il est anglais, il peut vous raconter des choses intéressantes sur le mort, et aussi sur Stacy, qui sait. Cette petite a un anglais à peine audible, mais j'ai l'impression que vous saisissez son argot. J'espère seulement, Isabelle, que vous vous rendez compte qu'en fumant vous faites tout pour rejoindre votre défunt mari ; c'est la seule chose qui me déçoit. Le reste…

Isabelle, élevée chez les jésuites, sentit sa culpabilité naturelle faire un bond.

– Je ne suis pas encore prête pour y arriver.

– Songez-y, pour me faire plaisir. Allez, filez retrouver ce drôle de chevalier servant !

Marie-Claude souriait franchement. « Curieuse femme, pensait Isabelle en rejoignant Dylan. Un jour on a l'impression qu'elle vous méprise et le lendemain, elle vous parle comme une mère louve. »

Dylan l'accompagna à une table située au centre de la salle du restaurant, tout heureux de ne pas dîner en solitaire. Isabelle espéra que Giacomo ne serait pas installé trop près d'eux.

Son serveur attitré, le fameux Fernando qui parlait un excellent français, comme le soulignait Marie-Claude, s'approcha pour lui annoncer avec enthousiasme que ce soir elle aurait droit à un peu de poisson en plus de sa soupe miso. Elle eut un sourire réjoui qui n'échappa pas à Dylan. Il réussit à lui articuler qu'elle pouvait goûter son petit épeautre si elle le souhaitait. Avant même qu'Isabelle ait le temps d'acquiescer, Fernando lui répondit qu'elle avait un régime spécial bien-être, et que déroger à ses habitudes alimentaires pouvait s'avérer contre-productif pour sa flore intestinale. Elle dut se contenter du poisson, agrémenté de quelques feuilles de salade qu'elle dégusta le cœur au bord des lèvres, car le nez de Dylan ne cessait de saigner. « Quelle horreur, la coke... » Puis elle eut une vision atroce de ses propres poumons qu'elle tenta de chasser en interrogeant Dylan sur la mort de Perry Bowles Lyons.

– Un type un peu naze. Un de ces parasites qui n'en fichent pas une, mais qu'on voyait à toutes les avant-premières ou aux concerts de Wembley, aux places VIP. Le seul truc qui me plaît, c'est qu'il ait filé une bonne partie de son fric à Stacy. Je la connais bien. Une gamine mignonne, un joli petit lot. Qu'elle ait pu baiser avec lui, ça me dépasse, mais Stacy n'a pas eu la vie facile.

Il eut soudain un rire croassant avant d'ajouter :

– C'est la famille Bowles Lyons qui doit être contente ! Je parie qu'ils ont déjà fait appel aux meilleurs cabinets d'avocats de la City. J'aiderai Stacy si elle a besoin de renforts de ce côté-là. Je ne suis pas encore cané, en dépit des apparences.

– Vous n'avez pas l'impression qu'il y a de la tension dans l'air depuis la mort de votre compatriote ?

– Ah ça ! je plains les patrons. Quelle poisse ! Pas sûr qu'ils gardent leur réputation. Moi, je suis venu sur les conseils de mon pote Elton.

– Elton ?

– Oui, Elton John. Ça facilite d'avoir presque le même nom de famille – excusez-moi, vous pouvez me prêter votre serviette, je crois que je vais encore saigner du nez ?

Isabelle la lui tendit en essayant de masquer sa répulsion.

– Merci. Vous êtes gentille, ça se voit sur votre visage. Votre mari a dû être heureux. C'est ça l'important. Le reste… Mais vous avez raison, il y a de mauvaises ondes. Ma femme y croyait, vous savez. J'ai vu un toubib ce matin, ils changent la moitié de mon sang demain. Il paraît qu'on va beaucoup mieux après. Franchement, celui qui va hériter du mien n'aura pas de bol ! Si ça se trouve, ils ont fait des échanges, et paf, ça a eu la peau de ce vieux Perry !

Isabelle enregistra l'information pour Marie-Claude. Machinalement elle tourna la tête en entendant un rire fuser derrière elle. Elle eut la stupéfaction de voir Marie-Claude attablée avec Giacomo Scarpa, lequel semblait beaucoup s'amuser. « La vieille garce ! » Isabelle oubliait un peu vite dans sa colère que Marie-Claude et Giacomo avaient le même âge, soit dix ans de plus qu'elle. Dylan avait recommencé à se vider de son sang, recroquevillé sur sa chaise, le teint plus jaune que jamais. Elle eut un élan de pitié et elle l'aida à se lever. Elle entendit une voix l'apostropher :

– *Isabella! vieni unisciti a noi!*

Perdu pour perdu, elle préféra porter sa croix jusqu'au bout et passa devant ses amis à la mine réjouie avec un petit sourire contraint, soutenant ce qu'il restait de Dylan.

– *Un'altra volta signor, grazie.*
– Vous parlez italien, Isabelle !
– *Un poco*, Marie-Claude, *un poco.*
Elle s'éloigna, le buste redressé, et accompagna Dylan jusqu'à l'ascenseur. Il la regarda de son air futé en dépit des ravages de sa vie défoncée, puis laissa tomber :
– Merci.

Isabelle le laissa disparaître entre les portes de l'ascenseur sur un drôle de salut. Elle décida de prendre l'escalier pour rejoindre sa chambre. Elle croisa en chemin une troupe de Milanaises rachitiques et très sophistiquées. « Giacomo aura de la compagnie », pensa-t-elle avec une pointe de ressentiment.

16

Il aimait rester tard à veiller sur ses dossiers. La nuit le stimulait. Il était temps d'assener la solution au Français. Certes, Philippe Cabrol était un peu high depuis hier, mais c'était parfait, il ne se douterait de rien. Une porte claqua, puis un *mierda* tonitruant retentit. Son mince sourire s'aiguisa. Il avait reconnu le timbre de Pablo. Ces pauvres Montez… Il allait les prendre de court, et de quelle manière ! Pour l'instant, se débarrasser de Francisco n'était toujours pas à l'ordre du jour. Ce n'était pas la peine d'ajouter des ennuis à ceux qui s'amoncelaient sur la tête de ces deux incapables. Si Pablo était dans les parages, Francisco devait traîner pas loin. Il alluma la caméra de la salle de bains de Maria Teresa. Joie, elle y était. Elle retirait sa robe… Il s'enfonça doucement dans son fauteuil.

17

Marie-Claude, restée seule sur la terrasse, se sentait vaguement embêtée. Pourtant, elle n'avait rien fait de mal, cela n'était pas sa faute si le Vénitien l'avait invitée, *elle*. Marie-Claude savait que Giacomo avait un faible pour Isabelle, et elle avait voulu profiter d'un peu de compagnie, voilà tout. Mais elle avait conscience d'avoir joué un tour cruel à son amie. « Je mettrai les points sur les *i* demain », décida-t-elle. Giacomo était charmant. Pourquoi les hommes de son âge allaient-ils toujours voir au pays de la fraîcheur ? Sauf qu'Isabelle, elle, faisait partie des grandes blessées et Marie-Claude ne voulait pas lui faire de mal, elle-même avait été suffisamment servie en trahisons pour ne pas reproduire le schéma. D'autant que sur un plan purement pragmatique, Isabelle se révélait une fidèle coéquipière, une bonne accoucheuse de son propre talent, talent dont elle ne doutait pas une seule seconde.

« Oui, se dit-elle, Isabelle est un élément qui sert mon esprit d'analyse. Notre duo est efficace. »

Giacomo, depuis la sortie d'Isabelle, l'avait plantée sur la terrasse avec un baisemain qu'il exécutait avec la dextérité de sa Brestoise de mère vidant le poisson. Elle décida elle aussi d'emprunter l'escalier. Au moment de descendre les marches, elle eut une idée. Et si elle allait faire un petit tour à l'étage de la direction qui se situait juste en dessous du restaurant ? « La porte de communication doit être verrouillée, mais sait-on jamais… » En effet, il lui fut impossible d'ouvrir la porte de l'étage, mais sa curiosité fut tout de même récompensée. Des sons de voix étouffées filtraient à travers la porte. Elle tendit l'oreille, ramenant son châle sur ses maigres épaules. « On est fichus… Greus a des doutes sur la mort de Raïssa… On n'y est pour rien, bordel ! Oui, mais si l'inspecteur Greus décide de nous emmerder… Il faut voir Libertad en urgence. »

Les voix se rapprochèrent et Marie-Claude retira prestement son oreille du battant, poursuivant sa descente à petits pas. Lorsque les Montez ouvrirent la porte, son masque sur le nez, elle ne put s'empêcher de leur lancer, joyeuse :

– Ah, ces hauts talons… Quel lieu merveilleux que votre spa, il réveille la féminité !

18

Pablo Montez n'avait pas fermé l'œil de la nuit. Pour une fois, Libertad n'avait pas réussi à le rassurer. Pourtant, la discussion avec l'inspecteur Greus avait plutôt bien commencé. Dès son entrée dans la pièce, Greus sembla incongru, sanglé dans un costume Mango ou Zara face à Pablo qui affectionnait le sur-mesure. Pablo, briefé par sa fidèle assistante, affichait l'air avenant et joyeux qui était sa marque de fabrique. Il n'y avait aucune électricité dans l'air, et Pablo se sentait d'attaque à répondre à toutes les questions de l'inspecteur.

– Voulez-vous boire quelque chose, inspecteur? Nous n'avons pas d'alcool, mais je peux vous offrir un jus de fruits…

– Merci, un verre d'eau fera l'affaire. Bien, comme je l'ai dit à votre assistante, je souhaitais vous rencontrer au sujet de la mort de Raïssa Petrov. On a retrouvé son cadavre dans la cour de son immeuble. Elle aurait sauté du balcon de son logement situé au sixième étage. L'heure de la mort est estimée à six heures trente du matin. Pour l'instant, nous penchons pour la thèse du suicide. Nous avons interrogé le voisinage et elle semblait appréciée en dépit de sa discrétion. Pas d'amis, pas d'ennemis non plus. Avez-vous d'autres informations à me donner avant que je ne close le dossier ?

– Je ne sais pas quoi vous répondre, inspecteur, sinon que nous sommes tous bouleversés. Je confirme les témoignages du voisinage, Raïssa Petrov était une personne discrète. Tout ce que je peux vous dire, c'est qu'elle avait posé trois jours de congé avant sa mort. La cheffe de service du personnel infirmier, Felicidad Lopez, pourrait peut-être vous en dire plus.

– C'est habituel ?

– Non. Pas à cette époque de l'année, qui est la plus chargée. Nos patients viennent pour une remise en forme avant leurs vacances.

– L'hôtel est complet ?

– Le Covid a fait baisser le nombre de patients, mais le spa n'a pas trop souffert de la pandémie par rapport à d'autres.

Pablo n'était pas à un mensonge près pour sauver la réputation du spa, inutile de préciser que les prix avaient été divisés par quatre pour attirer du monde. L'inspecteur Greus fit les cent pas. Il leva la tête.

– Vous pouviez les refuser, ces congés pris au dernier moment ?

– C'est Felicidad qui s'en était occupée. Elle n'était pas ravie, mais Raïssa Petrov n'avait jamais compté son temps ni sa peine pendant cinq ans et avait un arriéré très important de vacances à prendre. Nous avons doublé les horaires d'un autre masseur, Javier Léon, qui a accepté de prendre ses patients.

– Quel était le salaire de Raïssa Petrov ?

– Nous payons bien notre personnel, qu'il appartienne au milieu médical ou paramédical. Cela fait partie de notre cahier des charges : avoir les meilleurs. C'est ce qui nous coûte le plus cher, les salaires de nos employés. Raïssa Petrov était payée deux mille cinq cents euros net par mois pour quarante heures de travail hebdomadaire. Elle aurait pu trouver un appartement en location dans un meilleur endroit que les barres d'Atarfe…

– Comment savez-vous qu'elle habitait dans ces barres ?

Pablo eut un léger moment d'hésitation qui n'échappa pas à Greus.

– C'est mon assistante qui me l'a dit à l'annonce de son décès. D'ailleurs, inspecteur, au nom du spa nous souhaiterions envoyer à son entourage une couronne de la part du personnel de l'Alfonso, mais je vous avoue que j'ignore tout de sa famille.

Greus se rassit. Il marqua une pause avant de répondre :

– Que cela reste entre nous, docteur Montez : en examinant son ordinateur, nous avons trouvé des mails entre Mme Petrov et certains membres de sa famille. Ils n'habitent pas en Russie, mais en Ukraine. Nous attendons le service des traducteurs. L'administration est lente, en Andalousie.

– Ce qui signifie que vous ne croyez pas à la thèse du suicide ?

– Pour l'instant je n'en sais rien.

Il eut un sourire en coin.

– La seule chose que vous m'avez apprise est qu'elle était payée plus que moi. J'aurais dû être kiné, j'ai raté ma vocation. Sur quelles recommandations l'aviez-vous engagée ?

– Elle était masseuse au Petrovsky, un des meilleurs spas de Rostov. J'y étais allé pour un congrès d'urologie, et quand j'ai eu besoin de personnel parlant russe pour notre clientèle, j'ai fait appel à ce spa qui a une excellente réputation. Mme Petrov nous a été recommandée par eux. Si vous voulez leurs coordonnées…

– Je vous remercie, je note le nom de l'hôtel. Nous nous en occuperons. Bien, je crois qu'en ce qui me concerne, j'ai tout ce qu'il faut. Ah, si, une dernière question. Est-ce que l'un d'entre vous conduit une Jaguar ?

Pablo sentit un frisson lui parcourir l'échine.

– Oui, nous sommes plusieurs à en posséder une.

– Vous, par exemple ?

– Oui. Pourquoi ?

– Parce que les gens d'Atarfe ont signalé qu'une Jaguar s'était arrêtée dans le quartier après la mort de Mme Petrov. Un renseignement comme un autre. Au revoir, docteur.

Dès qu'il sortit d'un pas souple du bureau, Pablo se précipita sur son téléphone :

– Maria ? Dites à Libertad de venir immédiatement !

C'était l'heure de sa consultation avec Cabrol. Cela faisait deux jours qu'il ne l'avait pas aperçu. Il eut un choc en le voyant arriver. En quarante-huit heures, Philippe Cabrol était devenu méconnaissable. Le type maigre, fatigué et mal dans sa peau qu'il avait reçu s'était redressé, raffermi au-delà de toutes les espérances. Même l'Anglais avait mis plus de temps à récupérer sa force virile. C'était incroyable la vitesse à laquelle le Cannois avait rebondi. Il sourit :

– Comment vous sentez-vous, monsieur Cabrol ?

– Vous êtes un génie ! C'est la première fois que je ne ressens plus de tristesse depuis… je sais plus combien de temps ! Merci ! Quand je pense que je croyais que j'étais bon à mettre à la consigne, que je me croyais fini… Ah, monsieur, quel renouveau ! En plus, je crois que j'ai une touche avec une nouvelle patiente. Une Française, une Bretonne. Elle s'appelle Marie-Claude. Une beauté ! Ah, quel bonheur de sentir que tout est possible !

Le médecin sourit avec une bienveillance qui dissimulait le mépris profond qu'il vouait à l'humanité tout entière. Surtout à ses congénères. Chez les femmes, une étoile jaillissait parfois. Et encore… Que Philippe

Cabrol était pathétique, minable ! Il se demanda quand l'effet secondaire allait se manifester.

– La seule chose un peu gênante, toussota-t-il avant d'ajouter, j'ai des démangeaisons au niveau de l'aine. Comme si j'avais été piqué par un moustique. Pourtant, je fais très attention ! J'ai apporté ma propre moustiquaire et je vis en permanence avec ma bouteille de citronnelle.

– N'abusez pas de la citronnelle, c'est assez allergisant, vous savez...

Comme il était facile de le berner ! En règle générale, les hypocondriaques étaient les plus faciles à abuser. L'Anglais, cette face de rat, avait vu plus vite et plus clair. Il fallait lui dire de se reposer un peu, sinon il partirait en vrille, et cela n'était pas le but.

– Bon, vous êtes en pleine forme. Nous nous voyons demain à la même heure pour suivre vos progrès. Je suis fier de vous, *señor* Cabrol. Sans votre volonté, nous n'aurions pas obtenu des résultats aussi prometteurs.

Philippe Cabrol sortit en lévitation avec un sourire de ravi de la crèche. Il esquissa dans le couloir un semblant de pavane et se heurta presque à Marie-Claude qui avait rendez-vous avec le docteur Gonzalez. Elle entamait sa traque du meurtrier.

– *Buenos días*, belle dame !

Marie-Claude, masquée jusqu'aux yeux, eut un mouvement de recul pour essayer d'éviter cet escogriffe qui semblait à présent la pourchasser de ses assiduités. Trop tard, il atterrit dans ses bras pour lui assener une accolade qu'elle fut incapable de parer.

– La vie est belle, non ?

– Si vous voulez bien m'excuser, articula-t-elle d'un son étouffé par son masque, j'ai rendez-vous avec mon médecin.

Que se passait-il ? Cet abruti ne mettait jamais son masque – un scandale – et rajeunissait à vue d'œil. Elle tenta de se dégager avec diplomatie.

– Cela va mieux, on dirait. Vous êtes content de votre médecin ?

– Ah, ma jolie, j'en vois au moins quatre ! Quitte à être ici...

Cabrol se rapprocha dangereusement de son visage.

– Il faut tous les essayer...

« C'est ce que je compte faire, mais pas pour les mêmes raisons que vous... », songea-t-elle, répondant d'un ton badin :

– Je dois rejoindre le docteur Gonzalez. Il est bien ?

– Remarquable ! Cela vous dirait de déjeuner avec moi ?

– Je suis prise à l'heure du déjeuner, mais pourquoi pas un thé après le déjeuner ? Vers quinze heures ?

– Attendez, je regarde mon planning...

Philippe loucha bizarrement en consultant son smartphone.

– Thé glacé au bord de la piscine à quinze heures ? Parfait.

Marie-Claude soupira de soulagement en le voyant partir dans la direction opposée à la sienne.

La suite était déserte. David était parti faire ses longueurs de piscine. Qu'il était touchant avec ses rituels aquatiques… Au moins, avec lui, la piscine du penthouse new-yorkais tournait à plein rendement. Gong Waï inspecta ses mains à la peau douce et aux ongles manucurés. C'était le signal avant d'attraper son smartphone, pas celui qu'elle utilisait d'habitude, le spécial. Elle pianota à toute allure son message, puis le rangea dans son coffre portatif. David n'avait pas besoin de tout savoir.

Vanessa était aussi curieuse que furieuse. Aucune nouvelle de Faust depuis la réunion de l'équipe avec les Montez. Faust, comme elle le surnommait, avait l'habitude de lui laisser un message par jour. Là, rien. Vanessa n'était pas idiote, elle avait remarqué le trouble de son amant face à Maria Teresa. Plus que du trouble, une vénération, celle qu'on voit dans le regard de certains mystiques. Ça confirmait sa théorie : de Béziers à Taroudant, ironisait-elle auprès de ses copines, les hommes, élevés comme de petits rois sacrés par leurs mères, ne voyaient dans chaque femme que des saintes ou des putains. Elle n'était pas certaine de vouloir continuer à servir de pute gratuite à Faust. La dernière fois avait été trop violente à son goût. Sentir son désir ne l'amusait plus, il lui faisait un peu peur. Quant à cette Maria Teresa qui les hypnotisait tous, elle la détestait. Elle avait envie de lui balafrer les joues.

Elle soupira. Elle devait mettre un terme à cette relation, mais elle ne se priverait pas de lui envoyer une bonne pique quant à l'air idiot qu'il arborait lorsqu'il croisait la Montez. Elle décida de lui mettre un petit message ironique à ce sujet. Ce faisant, elle ignorait qu'elle allait ainsi signer son arrêt de mort.

Marie-Claude respira un bon coup avant de frapper à la porte du docteur Gonzalez. Elle se remémora le visage de la brochure. Bel homme, barbe taillée au plus près du visage. Homosexuel ? À voir. Une seconde plus tard un homme immense lui ouvrait. Une pensée absurde lui traversa l'esprit : « Un géant ne peut pas tuer sans se faire repérer », pensée qu'elle chassa immédiatement.

– Bonjour madame, que puis-je faire pour vous ?

– Eh bien, au départ je n'étais pas tellement pour le rajeunissement, mais avec le recul, je me sens un peu fatiguée et j'ai remarqué que certains patients rajeunissaient de manière spectaculaire.

Gonzalez l'observait. Elle aussi. Il émanait de cet être une forme de raffinement ironique. Le silence s'installa, qu'elle rompit d'un abrupt :

– En quoi consiste votre méthode ?

– Avez-vous entendu parler des cellules souches, madame ?

19

– Alors ? Qu'a donné votre entrevue avec Gonzalez ?

Isabelle avait posé la question tandis qu'elles effectuaient leur marche de huit kilomètres à jeun. On les avait trimballées en car jusqu'à une petite réserve naturelle appelée Los Cahorros, une des portes d'entrée de la sierra Nevada.

– Enfin un endroit à peu près joli, constata Marie-Claude en guise de réponse.

C'était vrai. Le paysage avait changé, on arrivait en basse montagne. Un sentier étroit s'ouvrait entre deux blocs de hauts rochers, puis les marcheurs s'extasièrent devant la belle oliveraie qui ponctuait ledit sentier. La petite troupe, outre Isabelle et Marie-Claude, se constituait de Stacy, toujours aussi peu vêtue, David, Dylan dont le nez avait enfin arrêté de saigner, mais dont le teint oscillait entre l'olivâtre et le jaune moutarde, Philippe Cabrol en tête, et Giacomo qui fermait le cortège en compagnie d'une Milanaise assez bruyante. Isabelle ne put empêcher de couler un regard mauvais à cette dernière. Comme si elle avait lu dans ses pensées Marie-Claude lui murmura :

– J'ai suivi un cours de yoga avec elle. Insupportable. Pas son style. Pour Gonzalez, je ne sais pas trop quoi penser. Poli. Bonnes explications. C'est tentant de croire à leur protocole. Ils se basent sur les travaux d'Emmanuelle Charpentier.

– Qui ?

– Une chimiste française qui a eu le Nobel, entre autres. Elle travaille en Allemagne et a créé une société axée sur le génie génétique. Sa boîte a été rachetée en 2016 par Monsanto. Dites donc, vous êtes bien essoufflée, Isabelle, c'est peut-être enfin le moment d'arrêter la cigarette, non ?

Isabelle ne put lui répondre, la rivière Monachil qu'ils longeaient depuis un kilomètre grondait de plus en plus fort. À présent, la troupe faisait face à un pont suspendu. Philippe Cabrol s'y engagea avec souplesse, se mit même à courir en faisant tournoyer son chapeau, hurlant quelque chose à l'attention de Marie-Claude qui fit semblant de ne pas entendre.

– Il n'aurait pas un faible pour vous, celui-là ? demanda Isabelle.

– Qu'allez-vous donc chercher là ? Un brave homme un peu exalté, rien de plus. Allez, traversez-moi ce pont au lieu de dire des bêtises.

Isabelle s'engagea prudemment sur le pont qui oscillait sous son poids. « Heureusement que j'ai perdu deux kilos », murmura-t-elle en se cramponnant aux cordes de la fragile passerelle. Elle regarda derrière elle. David s'avançait, droit et splendide, tout sourire. Devant, Marie-Claude semblait l'encourager et Isabelle eut la surprise de voir Cabrol s'approcher de son amie pour lui dire quelque chose. « Et après, elle joue à l'offusquée... » D'un bond David avait rejoint Isabelle. Il lui prit la main et la guida au bout du pont.

– Et voilà !

– *Thanks!*

Isabelle hésitait entre la reconnaissance et un sentiment d'humiliation. Elle était sujette au vertige. Elle se demandait si cette promenade dite « familiale » n'allait pas se révéler plus dangereuse que prévu. Dylan clopinait, seul bon dernier à rivaliser de médiocrité avec elle. Giacomo avait traversé l'épreuve haut la main et son acolyte italienne suivait bien le rythme. Stacy, bonne fille, aidait Dylan dont le teint virait désormais au vert.

On fit une pause entre deux cyprès avec distribution d'eau. Autour d'eux, des saillies des roches menaçaient de se jeter dans la rivière. La sève d'une nature préservée semblait agir sur tout le monde, Marie-Claude en perdait son esprit acéré et riait de bon cœur avec Cabrol. Isabelle reprit la balade avec David à ses côtés, songeant avec envie à son paquet de Craven resté à l'hôtel. Ils évoquèrent des banalités sur la vie new-yorkaise et Isabelle apprit incidemment que le penthouse de la girl-friend chinoise était à vendre. « Vingt millions de dollars », précisa-t-il avec sobriété. Isabelle se sentit chanceler sous l'énormité de la somme.

– *Honey*, marche bien avec le poids sur tes talons, c'est la clé de l'équilibre, enchaîna-t-il.

Isabelle n'avait jamais entendu un prix pareil.

– Vous vendez pour quelle raison, si je ne suis pas indiscrète ?

David s'esclaffa :

– Indiscrète ! Ah, c'est si français ! Gong veut vivre à Hawaï. On est devenus amis avec Pierce Brosnan et sa femme, et il y a une super communauté là-bas. La maison est un rêve. Je t'inviterai.

Isabelle imagina un instant la tête de Gong Waï en la voyant débarquer. Tout de même, vingt millions…

– Elle travaille dans quel secteur, ta fiancée ?

– Dans l'univers des cosmétiques. C'est une impératrice de Chine, dans sa partie. Quand on va là-bas, ils la reconnaissent dans la rue.

– Épatant ! répondit Isabelle de plus en plus songeuse.

Que faisait donc cette milliardaire mystérieuse au Spa Alfonso ?

– On voulait aller en Thaïlande comme chaque année, poursuivit David, mais avec le Covid, pas le choix… C'est pas mal, ici. Sauf que, pauvre chérie, elle a du mal avec la nourriture. Gong se nourrit exclusivement de cuisine thaïe.

Isabelle allait répondre par une formule bien sentie à l'égard des maniaques alimentaires quand elle leva les yeux, effarée : un deuxième pont, bien plus haut et bien plus long, s'offrait à leur vue. Marie-Claude et Philippe le traversaient, se confondant avec les rayons du soleil.

– Je n'y arriverai jamais ! murmura-t-elle, épouvantée. Laissez-moi là, je rentrerai seule.

– Ah, mais *no way*, répliqua David. S'il le faut, je te porterai !

– Un cerf-volant transportant un éléphanteau ! On aura l'air de quoi ?

David hurla de rire.

– T'es trop drôle ! Allez, grimpe sur mon dos et t'en fais pas, Gong Waï, c'est de l'eau lourde en comparaison. Allez, qu'est-ce que tu attends ?

Isabelle le regardait, interloquée. Il avait plié ses longues jambes musclées et placé ses bras en arrière pour la recevoir. « Oh et puis, après tout, merde ! Marie-Claude minaude avec son garde-chasse et Giacomo est collé à son Italienne, quitte à être au-delà du grotesque, autant mourir dans de beaux bras. » Elle s'accrocha à son cou, puis ferma les yeux.

Mais ce deuxième pont, d'environ quatre-vingts mètres de long, était solidement rénové et évitait les désagréables secousses du précédent. Isabelle demanda à David de la redescendre, mais il hurla un cri apache en courant avec son fardeau sur le dos. Des rires fusaient de partout, et au bout du trajet, elle en fit de même. Dylan avait retrouvé des couleurs. Une fois la petite équipe rassemblée, le guide leur précisa que ce pont était le plus ancien du coin, qu'il avait cent ans.

Marie-Claude ne l'écoutait pas, et quand bien même elle l'aurait voulu, il lui aurait été impossible de le faire, car Philippe Cabrol l'abreuvait de conseils de santé publique, que manger, que boire, regardez comme je suis en forme, vous avez des yeux magnifiques, mangez-vous assez de bananes… Sa cohérence laissait à désirer et elle le soupçonnait d'être en phase haute d'un cycle bipolaire, mais les compliments n'avaient jamais tué personne, et les siens lui faisaient du bien. Elle était intriguée par son nouvel aspect juvénile et en profita pour essayer d'en savoir plus. Mais il était intarissable.

– Vous avez été malade, Marie-Claude ? Vous avez eu le Covid ?

– Non, pourquoi ?

– Parce que j'aurais pris soin de vous, je suis très bon pour ces choses-là.

Elle se raidit. Elle rêvait, comme beaucoup de femmes, qu'on prenne soin d'elle, mais elle sentit dans ce « je suis très bon pour ces choses-là » quelque chose qui s'apparentait moins à de la générosité qu'à un désir de domination sur une personne affaiblie. Ce brave Philippe dissimulait-il un tempérament prédateur ? Ils longeaient à présent une chute d'eau et le bruit les empêchait de continuer à discuter. Sur un chemin étroit bétonné dans la roche, ils furent obligés de se faufiler en file indienne. Ils traversèrent des tunnels percés dans les rochers, serpentèrent le long d'un canal fin et sinueux, au bord d'une rivière dont on entendait les clapotis qui se répercutaient contre la paroi en calcaire. Seul Philippe parlait dans le vide, dévidant son besoin d'aider autrui. Aider autrui ou exister par autrui, Marie-Claude ne savait pas trop, et avançait, méfiante, concentrée. L'itinéraire offrait des vues magnifiques, le fleuve passait à travers un chaos de roches, les faisant entrer dans des brèches qui lui rappelaient le chemin de Petra. Mais alors qu'à Petra – son voyage de noces –, les bruits étaient assourdis par le sable, ici le grondement de l'eau dominait.

Brusquement, le paysage s'ouvrit et ils quittèrent l'univers rocheux pour se retrouver dans une vallée ensoleillée, poussiéreuse, envahie par les broussailles et les arbustes. « Et maintenant, l'Amazonie », pensa Marie-Claude. Philippe semblait à son affaire, dégageant les ronces pour lui permettre d'avancer sans égratignures. Elle tenta un dialogue :

– Vous avez un médecin préféré, au spa ?

– Ah, question difficile, Marie-Claude, question difficile… L'Anglais est gentil, mais on sent l'homme un peu paresseux. Il ne propose pas grand-chose et n'y connaît rien en nutrition.

Pour Philippe, la diététique semblait être un pilier de l'existence. Il n'avait pas dû manger du porc avarié lorsqu'il était gosse, ni entendre la phrase sèche qui rythmait les repas brestois : « Tu manges ce qu'on te donne. » Les dénivelés étant fatigants, et Philippe continua l'énumération du personnel médical en haletant :

– Pour le reste, ils se valent tous plus ou moins. La plasticienne est une belle fille, hein ?

« Salope », ponctua Marie-Claude intérieurement.

– Et Gonzalez est très poli.

– Je l'ai vu. Vous avez raison, Philippe, ce docteur est charmant.

– Il ne pousse pas à la consommation, mais il sait écouter. C'est pas comme en France ! Sinon, le plus âgé, Olivares, est un beau gars. Vega et Lapuente sont des génies de la jeunesse.

« Je m'en fous, pas de "ez" », soliloqua Marie-Claude.

– J'aime beaucoup Gutierrez, un joyeux drille celui-là ! Il adore l'Afrique, il a été très intéressé par le terrain que je possède au Cameroun.

– Il est comment ?

– Physiquement, vous voulez dire ? Oh, je ne regarde pas ces choses-là. Ils se ressemblent tous avec leurs blouses blanches.

– Cependant, vous avez remarqué Vanessa Garcia.

– C'est son nom ? Ben… C'est vrai qu'on la remarque, ricana Philippe en plissant ses yeux d'un air égrillard. Et puis elle sait faire comprendre ce qu'elle veut, pardi !

– Comment cela ?

– Au sauna, j'ai entendu des clients en parler. Elle n'est pas farouche.

« Philippe est à désespérer, bougonna Marie-Claude. Aucun sens de l'observation au-delà de la première paire de nichons qui passe. » Isabelle savait dessiner les personnalités, elle. D'ailleurs où était-elle ? Marie-Claude tourna la tête et vit son amie loin derrière, facilement reconnaissable avec son tee-shirt orange, discutant sous le soleil en compagnie du giton de la Chinoise. Après la randonnée, un pow-wow s'imposait. Isabelle avait-elle glané des informations de son côté ? Philippe étant un piètre observateur, elle tenta de ramener le sujet au traitement, mais le guide leur fit signe de s'arrêter.

– Vous apercevez la centrale de La Vega. Elle marque la moitié de notre promenade.

Seulement la moitié ? Isabelle sentit le découragement l'envahir.

– Nous allons déjeuner dans dix minutes environ à la fontaine de Las Hazuelas. Ceux qui le souhaitent pourront se baigner dans la rivière, il y a une petite plage aménagée sur les rives du Monachil.

La fontaine de Las Hazuelas se révéla être un endroit à l'authentique charme andalou, non loin du seul hameau des lieux conservé en état. David résuma le mieux la beauté de la réserve :

– On se croirait en Californie, à l'époque de Zorro.

Le calcaire des parois rocheuses avait laissé place à des canyons d'un ocre soutenu magnifiés par le bleu sans nuages du ciel. Des arbustes d'un vert clair s'accrochaient comme des champignons atomiques sur ces rochers qui servaient aussi de points d'escalade – on devinait des silhouettes alertes qui grimpaient le long des parois. Isabelle croqua dans sa salade d'endives en fermant les yeux… Ceux de David brillaient d'envie.

– J'ai pratiqué l'escalade dans tes Alpes. *Great*. Ça donne envie d'être à la place de ces *mountaineers*.

Isabelle sentait le vertige qui montait à l'idée de se retrouver dans une telle situation. Elle se concentra sur sa salade, puis jeta un œil à la ronde : Giacomo conversait avec la Milanaise, laquelle, nota Isabelle, était habillée pour un luxueux voyage en brousse avec une saharienne Saint Laurent vintage. Dylan et Stacy chuchotaient trop bas pour qu'elle puisse les entendre et Marie-Claude subissait le feu roulant d'un Cabrol obsédé par le bien-être. Derrière eux, la rivière s'élargissait, formant une sorte de pièce d'eau enserrée par de gros galets et surmontée par une petite cascade. C'était l'endroit idéal pour piquer une tête.

– C'est bête, je n'ai pas pris de maillot de bain, murmura Isabelle.

– Qui te parle de maillot ?

Après avoir descendu quelques mètres de dénivelés pour accéder à la rive, David éparpilla short, slip et tee-shirt au pied d'un olivier puis entra dans l'eau en riant.

– Allez, viens, elle est froide mais ça fait du bien !

Les autres, occupés à savourer leurs barres protéinées et leurs jus de soja ne s'étaient pas aperçus qu'ils s'étaient éloignés. Isabelle hésita. Elle adorait se baigner nue, mais elle n'était pas certaine que le groupe allait adhérer à l'initiative de David. Finalement, étouffant sous la chaleur qui commençait à la faire souffrir, elle retira ses vêtements pour rejoindre l'Américain. Il l'attira contre lui, visage ruisselant, sourire toutes fossettes dehors. Il passa un doigt sur la bouche d'Isabelle pour lui intimer l'ordre de se taire.

– *Come.*

Tétanisée, Isabelle le suivit vers une anfractuosité qui se dessinait dans la roche. Ils arrivèrent dans une petite grotte où l'écho du moindre son se répercutait sur les parois. David savait embrasser, il savait comment éteindre un cerveau, il savait toucher la plus infime parcelle du corps féminin, il dévoilait son propre plaisir avec gourmandise et spontanéité, et son sens du rythme emporta Isabelle loin de la balade, loin des chagrins et des énigmes policières, dans un corps-à-corps fluide masqué par les roseaux. À peine l'avait-il pénétrée qu'elle jouit dans la seconde. Il la tenait doucement par les hanches d'une main, l'autre étant occupée à caresser sa nuque. Ils avaient peu de temps, aussi ne se retint-il pas et partit dans un orgasme au creux de la vague d'Isabelle. Puis, tremblants et joyeux, ils se regardèrent.

Isabelle voyait les yeux bleus de David luire dans l'obscurité. Il voulut l'enlacer.

– Ne me touche pas, balbutia-t-elle, j'ai encore des ondes de plaisir, je suis tout électrique, attends un peu.

Il passa outre et la serra dans ses bras, la laissant tressaillir contre son épaule. Il embrassa son cou en murmurant :

– *I wanted you the second I laid my eyes on you.*

– Et ta Chinoise ? répliqua Isabelle qui avait cessé de trembler.

David sourit sans répondre. Isabelle dut s'en contenter. Il fallait faire vite, les autres avaient dû s'apercevoir de leur absence. Elle plongea pour sortir de leur cachette et se retrouva, éblouie par le soleil, devant toute la troupe qui s'ébattait dans l'eau, sautant à tour de rôle sur le promontoire de la cascade. À sa grande horreur, elle s'aperçut qu'elle était la seule à avoir retiré ses vêtements.

– Eh bien Isabelle, qu'est-ce qui vous prend ? Vous vous croyez au Cap-d'Agde ? siffla Marie-Claude.

Avant qu'Isabelle ait eu le temps d'expliquer quoi que ce soit, Philippe Cabrol envoya son slip valser en l'air jusqu'à la rive en hurlant :

– Elle a bien raison ! Vive la nature !

Il dévoila ainsi une anatomie dont il pouvait être fier sous les yeux médusés de Marie-Claude. Cette scène avait permis à David de sortir à son tour de l'anfractuosité incognito. Le plus stupéfait semblait Giacomo, qui restait agrippé à son caleçon, tandis que l'Italienne exhibait une formidable paire de seins refaits. Il y eut un instant de flottement quand le guide arriva sur les lieux. Marie-Claude fut la première à reprendre ses esprits et à sonner la fin du match.

– Bien, je crois qu'il est l'heure de se remettre en route.

Dégrisés, les uns et les autres la suivirent avec l'obéissance des enfants devant une institutrice. Chacun reprit ses affaires en silence. Isabelle se demandait si David aurait l'audace de continuer à l'escorter de près au risque de provoquer des commérages, mais il se tint résolument à ses côtés. Elle en fut à nouveau excitée. Le canyon se rapprochait, avec ses dénivelés et ses chemins tortueux.

– C'est la dernière difficulté, leur lança le guide. Après nous descendrons en pente douce vers le point de départ.

Isabelle sentit sa vision devenir floue. Derrière elle, David sifflotait *Fly Me to the Moon* en serrant les dents, y mettant une pointe ironique qui faillit la faire tomber. Il la tira vers la roche en articulant pour elle : «*In other words, in other words I love* (silence) *you*», joignant l'ultime syllabe à un geste aussi tendre que protecteur. Ils arrivèrent en haut du canyon après une heure qui eût été un pur cauchemar pour Isabelle si elle n'avait pas vécu précédemment un avant-goût de paradis. De là-haut, la vue était superbe. Elle allait au-delà du village de Monachil et s'étendait jusqu'à Grenade. Chacun poussait des cris d'admiration, sauf David qui glissa à Isabelle :

– Ton numéro de chambre ?

Elle dessina sur le sol poussiéreux les chiffres 1104. Il sourit.

– Capté.

Elle répondit à son sourire tout en les effaçant. Loin devant, Marie-Claude était cornaquée par Philippe. Ses jambes de sauterelle semblaient voler vers le village. Les autres suivaient à un rythme plus lent. David laissa le groupe se diriger vers la descente tandis qu'Isabelle s'était assise sur un rocher pour contempler le panorama. Dylan et Stacy passèrent devant eux, et Dylan, en sueur, rugit : « Pakistan, Pakistan ! », ce qui fit hurler de rire Stacy. Puis ce fut au tour de Giacomo et de la Milanaise de continuer la route. Giacomo paraissait excédé, mais Isabelle, avec la cruauté des gens comblés, n'y fit pas attention.

Le guide leur fit signe de descendre. David lui signifia qu'il avait besoin d'un arrêt urgent et Isabelle traduisit en espagnol qu'ils les rejoignaient dans cinq minutes. Le guide haussa les épaules. Ils étaient à peine seuls que David plaqua Isabelle contre un des gros oliviers du haut plateau pour un baiser en règle, fourrant sa main dans son short, le majeur partant en balade à la recherche du clitoris. Il allait remettre ça. Il s'arrêta à temps.

– Stop, pas maintenant, pas là, murmura-t-il d'un ton étouffé, file-moi ton numéro de portable, on verra comment on se retrouve à l'hôtel. Regarde comment tu me rends cinglé !

Il se colla contre elle en état d'érection optimale. Tétanisée, Isabelle était cueillie par l'imprévisible. Après avoir échangé leurs numéros, ils descendirent, Isabelle avec une démarche d'automate sous le regard de David sur ses reins. Elle fit un effort pour rattraper leur léger retard et ils dépassèrent Dylan et Stacy, qui zigzaguaient en rigolant. Elle soupçonna que la gourde de Stacy ne contenait pas que du jus de pomme. Le guide compta son petit monde, après quoi chacun fut sommé de monter dans le minibus.

– Venez, Isabelle, je vous ai réservé une place, cria Marie-Claude.

Isabelle se laissa choir près de son amie. Les cheveux et le débardeur collés par la sueur, elle plongea dans son sac à dos pour en tirer de l'eau, écoutant le babillage de Marie-Claude qui s'exprimait par allusions.

– Chaleureuse, cette promenade, non ?

– Le paysage était splendide, répondit Isabelle d'une voix neutre.

Marie-Claude hésita à poursuivre sur ce terrain. Elle avait besoin d'Isabelle, aussi n'était-il guère judicieux de lui faire remarquer qu'avec son visage lisible tel un paysage à ciel ouvert, elle paraissait plus vénusienne que jamais. Il s'était passé quelque chose avec David,

Marie-Claude en aurait juré. Elle s'était laissé berner une fois par Hubert – pas deux. Elle mit donc en veilleuse sa langue acérée pour orienter la conversation vers leur sujet préféré.

– Vous avez réussi à avoir des informations ?

– Pas grand-chose, murmura Isabelle. Juste des renseignements sur l'état plus que florissant des finances de la milliardaire chinoise.

– Elle est dans quel secteur ?

– La cosmétique.

– Bon, on regardera cela avec plus d'attention sur Internet.

– Et vous ? Cabrol vous a confié des impressions ? J'ai eu le sentiment qu'il vous parlait essentiellement nutrition.

– Effarant ! J'ai résisté à l'envie de l'interrompre d'un « Il faut manger pour vivre et non pas vivre pour manger », mais que voulez-vous, il était intarissable.

Isabelle se mit à rire.

– Tant que cela ?

Marie-Claude aimait lorsque Isabelle riait à ses paroles. Jusqu'à présent, elle ne passait pas exactement pour une rigolote.

– Oh, à un point de non-retour. Mais j'ai appris quelques détails. Il ne tarit pas d'éloges sur le médecin que j'ai rencontré hier, Gonzalez, il lui trouve un bon sens de l'écoute, mais venant de Cabrol, cela peut s'adresser à n'importe qui de suffisamment patient pour savoir supporter ses monologues. Ah, quelques précisions sur la plasticienne Vanessa Garcia : elle peut s'avérer utile car non seulement elle s'envoie en l'air avec les médecins, mais aussi avec les patients !

– Vous croyez que…

– Je ne crois rien, mais les hommes pensant avec leur bite – ne faites pas cette tête-là, Isabelle –, elle a pu coucher avec le meurtrier sans le savoir, et noter des trucs bizarres. Je vais aller faire un petit tour chez elle…

Le portable d'Isabelle bipa.

– Excusez-moi.

– Je vous en prie !

Isabelle ouvrit le message et se retrouva en face d'une chanson. Celle du Boss, *I'm On Fire*. Suivie d'une proposition : « À sept heures dans ta chambre ? » Elle se tourna vers le fond du car. David sifflotait Springsteen en regardant par la fenêtre. Elle répondit un « *Yes* » aussi sincère qu'expéditif.

20

L'heure bleue tombait sur la colline. La terrasse de l'hôtel se remplissait de clients qui quittaient enfin leur peignoir pour revêtir leurs habits de lumière. De loin, on aurait dit une danse ondoyante d'oiseaux de paradis. De près, on s'apercevait que cette socialisation n'allait pas sans difficultés, et que le verre qu'ils tenaient était en réalité un bol de mixture à base de champignons.

Marie-Claude, fort élégante dans un fourreau vert d'eau, attendait Isabelle avec impatience. Elle avait fait un point sur ses entrevues de la journée. Après la marche épuisante du matin, elle n'avait pas arrêté. Elle avait vu les quatre médecins dont les patronymes se terminaient en « ez » les uns après les autres, sacrifiant ses soins antirétention d'eau dont, de son propre aveu, elle n'avait nul besoin. Elle contempla ses écrits :

José Gutierrez : homme au physique assez ordinaire avec un bon contact humain. Excellent vendeur de soins grâce à son enthousiasme, mais pas très à l'aise lorsqu'on le questionne avec précision sur les protocoles médicaux. Semble avoir pour attribut celui de bateleur médical. Sympathique. Probablement lifté. Une alliance à l'annulaire. Difficile de l'imaginer en tueur froid. Si coupable, sans doute est-ce un homme de main, mais pas un leader. Appartient à la catégorie des suiveurs. A étudié dans une université secondaire. Selon sa fiche LinkedIn, est en contact avec un labo allemand.

Javier Jimenez : très bel homme. La cinquantaine bien portée. Son domaine est la psychiatrie, ce qui ne l'empêche pas d'en savoir beaucoup sur les techniques de rajeunissement. Calme. Un peu intimidant. Pas d'alliance, mais des photos d'enfants sur son bureau. Appartient à la catégorie des accoucheurs. A réussi à me faire parler d'Hubert, ce qui n'est pas rien. Criminel peu probable. Séducteur de patientes fragiles ? Peu probable également, mais à surveiller.

Juan Gonzalez : paisible et ultra-séduisant. Très professionnel. Semble heureux. Difficile à classer dans une catégorie. Plutôt un suiveur/accoucheur. Certainement pas un leader ; en rapport avec Moderna.

Paco Olivares : septuagénaire qui fait vingt ans de moins et s'en vante. Travaille en collaboration avec Harvard et Technion à Haïfa (il s'en vante aussi). Assez vaniteux. Pourrait faire un bon criminel dans un style orgueilleux, humain, trop humain. Mince, élancé, yeux noirs. D'origine portugaise. Du charisme. À suivre de près. Appartient à la catégorie des leaders.

Elle était satisfaite de sa liste. Que fichait Isabelle ? Elles devaient se retrouver à huit heures du soir sur la terrasse. Ce retard l'agaçait terriblement, elle ne supportait pas le manque de ponctualité. Un de ses mentors à l'ENA lui avait toujours dit :

« Marie-Claude, pour réussir dans la vie, il faut trois choses.

1) Arriver à l'heure à un rendez-vous ;
2) Avoir un agenda bien tenu ;
3) Connaître la règle de trois. C'est la base de tout. »

Ce conseil avisé lui avait apporté de grands succès.

Tandis que Marie-Claude s'impatientait, Isabelle prenait une douche dans sa chambre, collée contre David. Ils se frictionnaient à tour de rôle et s'embrassaient à pleine bouche, jusqu'à provoquer l'envie de recommencer ce qu'ils n'avaient cessé de faire durant une heure.

À sept heures pile, David s'était glissé dans la pièce de sa démarche féline et sportive, l'assurance du sourire anéantissant toute tentative de refus. Isabelle ne put s'empêcher de remarquer la dextérité de David tandis qu'il retirait son soutien-gorge. Restaient près du lit un short et un slip noir emboîtés, attendant d'être récupérés par leur propriétaire. Les baskets avaient volé à l'autre bout de la chambre, mais si David n'avait pas perdu de temps à se dénuder, il en avait gagné en lenteur calculée lorsqu'il s'était agi de déshabiller Isabelle. La suite prouva encore une fois l'ineffable alchimie entre leurs peaux, alchimie des rythmes qui s'accélèrent dans une union instinctive. Halètements, soupirs, puis cris culminèrent en même temps. Toutes les dix minutes, ils repartaient dans la jouissance, les pouces de David s'attardant le long de ses hanches avant de s'écraser sur ses reins. Ils s'octroyaient de courtes pauses de caresses puis se chevauchaient à nouveau. Au bout d'une heure, David la tenait dans ses bras, un sourire étrange flottant sur ses lèvres. Isabelle ne savait pas comment l'interpréter, car il avait une amplitude inédite : c'était un sourire entre joie, bonheur, tristesse, mélancolie – toutes les émotions semblaient être contenues dans l'étirement de sa bouche. Soudain, il sursauta :

– Quoi ? Déjà huit heures ? Allez, viens, on va prendre une douche, je ne peux pas rester plus longtemps.

Il la serra contre lui en lui criant en riant dans l'oreille «*I'm feelin' so good!*».

– Je ne veux pas partir sans notre douche.

Isabelle n'en croyait pas ses yeux. Michael avait-il ressuscité ? Elle voulait s'en persuader. Son appétit sexuel renaissant, ce miracle inespéré, lui avait aussi fait oublier le rendez-vous avec Marie-Claude sur la terrasse. Elle en éprouva une culpabilité fugace qui se dilua sous l'eau, chassant aussi bien l'amie bretonne que le spectre de Gong Waï et même, ultime exploit, celui de Michael.

Une fois seule, Isabelle sauta dans une robe bleu nuit, attrapa ses spartiates en cuir, eut besoin de ses deux mains pour se maquiller avec l'une et se peigner avec l'autre, et prit l'ascenseur pour retrouver Marie-Claude. Elle baissa son masque pour vérifier son reflet dans la glace. Il était radieux, sans une seule trace de gêne ou d'évidence de sexe à haute dose. Pas de traces de suçons dans le cou.

De son côté, David avait sprinté jusqu'à la villa privée, où il fut accueilli par une Gong Waï sereine et enjouée.

– Tu t'es bien amusé ? L'eau était bonne ?

– Comme d'habitude.

– Alors c'est parfait. Change-toi, puis allons dîner.

Lorsque Isabelle arriva sur le roof top avec un bon quart d'heure de retard, elle eut la surprise de voir Marie-Claude en grande conversation avec Giacomo et Philippe. Sanglée dans une longue robe assez décolletée, la Bretonne avait fière allure, son ossature saillante mise en valeur par la robe dont les plis savamment étudiés la faisaient ressembler à un rapace exotique. « Bettina grande époque », murmura Isabelle, soufflée. Philippe ressemblait au loup de Tex Avery, n'écoutant pas un mot de ce que Marie-Claude pouvait dire, se contentant de la regarder d'un air aussi concupiscent qu'affamé. Il semblait lui aussi sorti d'un univers

Old Hollywood, un film d'Howard Hawks ou d'Henry Hathaway, version maigrichonne de John Wayne dans *Hatari*. Il s'habillait toujours en guide de safari kenyan, ce qui ne lui allait pas trop mal. Ses costumes taillés dans une toile beige commençaient à s'harmoniser à son récent bronzage. Cabrol était passé de patient souffreteux à aventurier des grands espaces. Giacomo, chemise bleu et pantalon marine, était la version Café Society de Philippe. Le regard clair, toujours empreint de sa mélancolie vénitienne, il observait les joutes entre ses deux compagnons d'un air amusé. Quand il aperçut Isabelle, il se leva avec précipitation puis lança d'un ton enjoué :

– Ah, voilà enfin notre reine de la nuit !

Isabelle aurait été séduite par ce joli compliment s'il lui avait été formulé la veille, mais après ce qu'elle venait de vivre, il tombait à plat. Giacomo nota cette absence de réaction. Marie-Claude surenchérit avec le soupçon de condescendance d'une femme qui se sait en beauté et qui accorde un accessit à une consœur.

– Très élégante, ma chère. Et si nous allions dîner ?

– C'est un peu tôt, non ? répliqua Giacomo. Peut-être Isabelle souhaite-t-elle prendre un verre.

– Non merci, je suis un peu en retard, allons dîner.

Elle venait d'apercevoir David sortir de l'ascenseur en compagnie de Gong Waï qui ressemblait à un gros tournesol endiamanté, tout de soie jaune vêtue. Lui, chemise noire, veste noire, pantalon noir, les écrasait tous, ajoutant à sa beauté le je-ne-sais-quoi de vulgarité qui rend hommes comme femmes irrésistibles. Elle se composa un visage qu'elle souhaitait neutre, mais qui fut en réalité glacial. Ils se levèrent tous pour se diriger vers leur table. Isabelle calcula une seconde de retard sur les autres pour pouvoir contempler David. Elle ne l'avait pas vu aussi somptueux. Gong Waï la dépassa, un léger sourire flottant sur son visage impassible. David la suivait tel le grand chambellan de la reine, mais lorsqu'il fut au niveau d'Isabelle il lui glissa à mi-voix : «*You're dressed to kill.*» Le sang d'Isabelle lui afflua au visage, l'illuminant de l'aura des femmes désirées, et c'est d'un pas langoureux qu'elle rejoignit sa tablée. La conversation fusait dans tous les sens, rythmée par une Marie-Claude brillante qui faisait assaut d'esprit. Isabelle ne put s'empêcher d'éclater de rire lorsque les plats arrivèrent, soupe minable pour ces dames contre écrevisses à la nage pour les messieurs, et que Marie-Claude constata :

– L'égalité homme-femme n'est pas pour demain ! Savourez, savourez comme des rois, messires, nous, nous sommes condamnées au pain sec – et encore, ce luxe nous est interdit. Isabelle, croyez-vous que nous pourrions corrompre Fernando pour ce soir ? Je vais l'appeler. Fernando ? Fernando ? Mais que fait-il celui-là, jamais là quand on a besoin de lui.

Le serveur se matérialisa deux secondes plus tard.

– Cher Fernando, nous avons tous dû marcher ce matin pendant des heures dans votre belle sierra Nevada et je dois dire que cela fut éreintant, surtout pour Isabelle, regardez comme elle est fatiguée… Oui, je sais que vous prenez soin de nous avec un professionnalisme qui confine au génie, mais si, mais si, Fernando, au génie… Alors (elle battit des cils comme une séductrice aguerrie), pourriez-vous faire une légère exception pour moi et ma malheureuse amie ? Un poisson ? Quelques vrais légumes croquants ? Sans sauce ni gras, nous comprenons bien, mais je vous jure que cette soupe miso commence à éveiller des instincts criminels.

Fernando daigna sourire.

– Vous êtes une vraie rebelle ! Bien, pour cette fois, mais cette fois uniquement.

– *Gracias*, Fernando.

Marie-Claude avait quitté la supplique pour retrouver son ton de douairière satisfaite. Isabelle ne s'en plaignit pas, elle précisa qu'elle défaillait de faim, omettant d'avouer qu'elle avait fait des exercices physiques supplémentaires au cours de la soirée. Elle tenta d'apercevoir David, mais il lui tournait le dos. Elle cessa de fixer sa nuque lorsqu'un bout de poisson atterrit dans son assiette.

– Mâchez lentement, c'est la clé de tout, lui conseilla Marie-Claude. La lenteur est parfois nécessaire, dans la vie.

Isabelle crut saisir une lueur de goguenardise dans sa prunelle, mais elle avait dû mal voir.

– Ah, quelle bonne soirée, approuva Philippe qui avait retrouvé couleurs et appétit.

La conversation resta joyeuse, bienveillante. Isabelle s'anima un peu plus, entraînée par le charme des uns et des autres, et ne remarqua pas le départ de David ni de celle que Marie-Claude avait surnommée « la veuve Mao ». Giacomo prit congé, joignant le sourire à son baisemain décidément parfait tandis que Philippe, au mépris de toute règle sanitaire, tentait de déposer un baiser sur la joue de Marie-Claude, laquelle fit semblant de l'esquiver. « Du grand art », s'amusa Isabelle.

À peine les hommes partis, Marie-Claude se tourna vers elle.

– Bon, passons à présent aux choses sérieuses. Je suppose que vous avez fricoté avec l'Américain toute la sainte journée… non, s'il vous plaît, ne mentez pas, après tout vous avez bien raison, il est à tomber, et puis il peut nous servir. Ne faites pas ces yeux ronds, par pitié, je ne suis pas idiote et j'ai bien compris ce qui se passait ce matin. J'espère, au moins, que cela valait le coup !

– Comment osez-vous ? Avec le chasseur de zèbres qui rêve de vous entraîner dans sa chambre, je trouve que vous avez un sacré culot de vous mêler de mes affaires ! Pour votre gouverne, ça valait le coup, et je vous conseille une bonne baise avec Cabrol, cela vous détendra.

– Ne soyez pas vulgaire, cela ne vous va pas. Et puis on est hors sujet. Le sujet, ce sont les médecins et j'ai grandement besoin de vous. J'ai pris des notes sur chacun d'entre eux. Venez, partons nous isoler pour en parler.

Elles se dirigèrent vers la partie arborée de la terrasse, leur QG du soir. Vautré dans un canapé sous l'auvent, le réalisateur Alex De Las Reinas les vit passer.

« Que mijotent ces deux commères ? Je parie qu'elles ont remarqué des choses intéressantes… », murmura-t-il. Il se releva pesamment, décidé à mieux observer les Françaises. Il entendit la dernière réplique d'Isabelle :

– Et puis d'abord, ça rimait à quoi ce dîner avec les deux lascars ? Nous étions censées faire le point ensemble sur votre enquête de la journée.

– Vous aviez vingt minutes de retard et je déteste attendre. Ça vous apprendra. Bon, rattrapons le temps perdu…

Alex ne put saisir la fin de la réplique de la plus âgée des deux. Il prit la direction de sa chambre, intrigué. En parler à ses amis Montez ? Non, il valait mieux attendre. Elles avaient retrouvé leur coin près des oliviers préservés de la nuit noire par de pâles lampions. Un banc en rotin ouvragé était devenu leur lieu de réflexion.

Isabelle, un peu calmée, jeta un œil aux notes de Marie-Claude en maugréant.

– C'est trop peu pour définir le profil psychologique du tueur, même si, je suis d'accord avec vous, le plus âgé – comment s'appelle-t-il déjà ? on s'y perd avec leurs noms qui se ressemblent tous – est celui qui correspond le plus à celui que nous recherchons.

– Paco Olivares. Appelons-le le Portugais pour le différencier des autres. Imbuvable. Mais le plus fort de la bande. En cheville avec des tas de labos, je le crois capable de tuer sans se faire pincer. J'ai oublié de vous raconter que j'ai croisé Stacy. Je lui ai demandé de préciser ce que son gros lard de lord lui avait raconté : elle est formelle, il a bien dit qu'il y avait un criminel parmi les médecins et elle a aussi confirmé avoir entendu le suffixe « ez ». Je lui ai énuméré les différents noms des médecins, mais elle a eu la même réflexion que vous, elle a soupiré en répondant que ces noms se ressemblent tous.

– On peut la comprendre !

– Oui, mais dommage tout de même.

– Olivares est comment pour son âge ? Celui qui a tué l'Anglais et probablement la Russe doit être vigoureux.

– C'est là que le bât blesse, soupira Marie-Claude, il va chercher dans les soixante-dix ans. Bon, il semble assez musclé, mais de là à être rapide… Peut-être sont-ils deux ?

Isabelle poussa un petit cri.

– Vous avez songé à inclure Pablo Montez dans votre liste ?

– Le patron du lieu ? Quel intérêt aurait-il à tuer ses clients ?

– Tant qu'on ne connaît pas le mobile, il faut faire attention à chaque détail.

– D'accord, d'accord, surveillons aussi les Montez, mais je ne vois pas du tout à quoi cela rimerait, ronchonna Marie-Claude. Bon, je suis claquée, je propose que vous continuiez à sonder l'Américain, tant que vous y êtes, et moi je m'occupe de Cabrol. Ils pourront peut-être nous apporter des informations. Je suppose que le Vénitien est hors course. Dommage, je le trouve plus de votre genre.

– De mon genre ? Marie-Claude, arrêtez vos projections ridicules.

Isabelle était rouge de colère. Soudain, son portable bipa.

– Vous permettez ?

– Je m'en vais, n'ayez crainte.

Isabelle se retrouva enfin seule assise sur le banc. Elle ouvrit sa messagerie. Tomba sur un selfie de David dans sa salle de bains, suivi d'une chanson de Prince : *Kiss*. Touchée, coulée. Ils continuèrent leur discographie idéale jusqu'au *Fever* elvisien chuchoté à une heure du matin.

21

Il se retournait dans son fauteuil, n'en menant pas large. Il relisait le SMS de cette salope. Elle avait osé se moquer de son amour pour Maria Teresa, cette merdeuse de Montpellier, cette détraquée du cul, cette dominatrice du pauvre. Qu'elle ait vu juste décuplait sa haine. Il allait lui faire sa fête, elle ne méritait pas de respirer plus longtemps, et personne ne la regretterait. Même Pablo Montez avait fricoté avec Vanessa, il en était sûr. Tout le spa se l'était faite, sauf, et Dieu sait s'il le regrettait, Francisco qui ne remarquait aucune femme sinon la sienne.

Se dire qu'il l'avait désirée l'écœurait, et qu'il puisse encore bander en y pensant le perturbait. Associer le désir à la haine le fit presque sourire. Il allait planter ses banderilles sur le dos de cette raclure, et fissa. Il savait où elle créchait, elle avait dû se tortiller dans le bureau de Pablo Montez pour obtenir pareille faveur : une villa au sein du domaine, rien que ça.

Au milieu de la nuit, il se délectait à la pensée de l'achever… Elle l'avait tant suppliée de venir chez elle, il fallait une première à tout. Non seulement il allait la tuer, mais encore le meurtre allait être bien visible. De quoi anéantir les Montez. Un jour, quand ces charlots seraient à terre, il aurait de quoi offrir à Maria Teresa une vie à la hauteur de ses rêves, il ne la décevrait pas. Jamais. Elle allait devenir sa plus belle œuvre. Elle ne le savait pas encore, mais elle allait adorer cela. Elle était faite pour être une icône, une reine Trastamare, une fée andalouse, l'objet de sa dévotion, son équation parfaite, la somme de toutes. Mais d'abord, torpiller la traînée qui pensait, dans sa jalousie mesquine, pouvoir rivaliser avec son songe favori. Qu'elle ait pu associer son nom à Maria Teresa le faisait trembler de fureur.

Il avait travaillé tard au labo du spa et avait aménagé un *day bed* dans son bureau. Rester dormir au bureau, comme cela lui arrivait souvent ? Lui envoyer un message pour passer la nuit dans sa villa merdique ? Pourquoi pas. L'expédier *ad patres* dès ce soir l'excitait. Strangulation ? Égorgement ? Simuler un suicide en lui tailladant les veines ? Il eut un petit rire, il avait choisi.

22

Marie-Claude décida de repartir vers sa chambre par les escaliers. Cinq étages à descendre n'étaient pas la fin du monde, et en dépit de sa longue robe qui entravait ses pas, elle avait besoin de se dégourdir les jambes. Elle réfléchissait une fois de plus au profil psychologique du criminel, les yeux dans le vague, et faillit buter sur une silhouette recroquevillée sur la dernière marche accédant à la porte de son étage. Vanessa Garcia, la médecin esthétique qu'elle avait trouvée particulièrement antipathique. Elle s'aperçut que Vanessa pleurait en silence. Marie-Claude surmonta son aversion et se pencha vers elle.

– Que se passe-t-il ? Puis-je vous aider en quoi que ce soit ?

Vanessa sursauta.

– Je ne vous avais pas entendue arriver. Non, je vous en prie, ne vous en faites pas, la journée a été dure, c'est tout.

Marie-Claude savait saisir la différence entre fatigue et détresse. Les pleurs et le visage tendu de la plasticienne appartenaient à la seconde catégorie. Elle utilisa ses ficelles de femme puissante, elle s'agenouilla auprès de l'éplorée et se mit à la réconforter d'un ton d'une compassion qui faisait fondre le plus abrupt de ses collaborateurs. Marie-Claude savait moduler sa voix claire et la faire passer du glacial au presque tendre.

– Il y a quelque chose qui ne va pas ? Ça restera entre nous, je sais garder les secrets. J'imagine que c'est parfois difficile de travailler avec des clients exigeants, souvent capricieux…

– Non, non, aucun client n'est en cause ! Je… J'ai un coup de mou. C'est personnel.

– Un homme ? demanda Marie-Claude, compréhensive. Vous savez, mon mari m'a laissée tomber il y a deux ans, je compatis, c'est une épreuve. Croyez-moi, c'est un cliché, mais le temps cicatrise beaucoup de choses (« enfin, pas tout à fait »). Comme dit Nietzsche : « Ce qui ne vous tue pas vous rend plus fort » (« encore un révoltant mensonge de philosophe, ce qui ne vous tue pas laisse des traces »). Allez, calmez-vous, personne ne mérite qu'on se mette dans des états pareils (« hélas, si »).

Vanessa lui jeta un regard éploré et surpris. Elle n'imaginait pas cette cliente sèche et arrogante en parangon de l'amitié féminine. Elle répondit, presque machinalement :

– Oui, nous avons toutes nos problèmes. C'est dur d'aimer et de ne pas être payée de retour.

– Alors, rétorqua Marie-Claude d'un ton sans réplique, cela signifie que vous vous avilissez. C'est un médecin du spa ? C'est vrai que certains sont assez attirants…

– Oui, hoqueta Vanessa, mais il est amoureux d'une autre.

– Ne serait-ce pas par hasard le beau Gonzalez ? il doit faire des ravages.

– Non (Vanessa eut un petit rire), il est gay.

– Le psy, alors. Pas mal du tout.

Vanessa sourit plus franchement.

– Jimenez ? C'est un super amant. Mais non, ce n'est pas lui, je ne… enfin, c'est difficile de vous raconter ce qui m'arrive. C'est comme un pacte qui dégénère, un pacte faustien.

Marie-Claude la regarda avec intensité.

– Dites-vous bien qu'en chaque femme sommeille un trésor, et qu'il est absurde d'aimer un homme qui ne vous aime pas, donc ne vous mérite pas !

Elle se garda bien d'ajouter qu'elle avait passé trente années de sa vie à mettre en valeur un pignouf qui l'avait larguée sans ménagement pour une jeune coiffeuse. Le portable de Vanessa bipa. Elle se jeta sur l'engin puis son visage s'éclaira. Elle bondit.

– Merci pour cet échange, je dois y aller !

– Ah, soupira Marie-Claude, il réapparaît, n'est-ce pas ? Tâchez de ne pas vous oublier.

Vanessa semblait transfigurée. Son visage un peu trop refait avait repris vie. Elle lâcha un distrait : « Je n'y manquerai pas », puis disparut dans les escaliers. Marie-Claude entendit le bruit nerveux de ses talons aiguilles crépiter contre le marbre blanc et nota la vitesse avec laquelle elle allait rejoindre son amant. Bientôt, le spa redevint silencieux.

Marie-Claude rentra dans sa chambre, se dévêtit en ne cessant de réfléchir à la scène à laquelle elle avait assisté, se brossa les dents, procéda à un démaquillage méticuleux, s'enduisit le visage d'une crème de nuit assez grasse, puis sauta dans son lit pour lire trois pages de *Crime et châtiment*.

Voir Vanessa aussi à vif l'avait intriguée et même peinée. Marie-Claude pouvait être dure, mais elle était sensible au désarroi féminin. « Il y a quelque chose de pas clair non plus dans cette histoire », ressassa-t-elle. Décidément, ce spa bourgeonnait de passions humaines, et qu'y avait-il de plus intéressant qu'observer au microscope les misérables secrets des adultes ? Vanessa avait parlé de pacte faustien, qu'entendait-elle par là ? Marie-Claude sombra dans un sommeil lourd, sans rêves.

Il se préparait au grand moment. Cette pute lui avait donné le code de sa villa. Il avait bien tourné son SMS pour la persuader qu'il l'avait dans la peau, ce qui était, d'une certaine manière, vrai. Elle avait profané Maria

Teresa. Elle méritait de mourir. Mais avant, il la ferait un peu parler, cela faisait partie du plan avant de porter l'estocade. Prévoyant, il avait glissé ses gants de chirurgien dans sa poche ainsi qu'un sac dans lequel il mit les sandales trop grandes des patients de l'hôtel qui traînaient dans la remise.

Il avait aussi fait débrancher quelques mois auparavant les caméras de surveillance de la villa dans laquelle vivait Vanessa. Le risque existait, et ce risque l'excitait. Il sortit du spa par l'arrière. Personne ne pouvait l'avoir aperçu. La villa était juste à côté, on y accédait par un chemin bétonné et sombre. Il ne s'éternisa pas, enfila les sandales de l'hôtel puis courut vers la grille. Il était environ minuit lorsqu'il sonna chez elle.

À peine eut-il franchi le seuil qu'il se sentit happé par des bras avides et plongea sa tête dans une crinière au parfum ambré. Elle avait sorti le grand jeu : dentelle noire, porte-jarretelles, bougies. Elle ne le savait pas, mais il préférait la soie. Il aperçut entre les boucles de ses cheveux qui barraient en partie son propre regard un plateau avec une bouteille de Dom Pérignon. Il était attendu.

À son grand déplaisir, elle avait mis une chanson de Barry White. Quel manque total d'originalité. Il se dédoubla le temps de lui offrir ce dont elle avait besoin. Besoin d'être touchée, mais pas trop longtemps. Besoin d'être prise mais pas pendant des heures, contrairement à ce que les trois quarts de ses congénères croyaient. Se vanter de «tenir des heures» était s'exposer à l'exaspération d'un corps féminin. Il avait espionné suffisamment de conversations de gynécées pour pouvoir se targuer d'avoir percé les mystères des femmes et de leurs exigences. La satisfaction devait arriver durant les dix premières minutes. Le plus dur était de recommencer dans la demi-heure qui suivait. Pour l'instant, son corps pouvait encore fournir ces demandes. Elle l'avait agrippé par la bouche pour mieux le basculer dans le salon éclairé aux chandelles. Il se retrouva bientôt lové dans ce qu'il sentit être un canapé moelleux en velours. Il n'avait plus qu'à se laisser aller.

Lorsqu'il reprit souffle et conscience, il la regarda avec attention. Elle somnolait, un soupir rêveur aux lèvres. Il jeta un coup d'œil autour de lui. La pièce était meublée sans style, il eut soudain l'impression d'être dans une boîte de chocolats bas de gamme où dominaient le marron et l'anis.

Il eut la certitude que Maria Teresa n'avait jamais décoré cette demeure qui ressemblait à l'intérieur banal d'une maison pilote pour cadres interchangeables. Il était persuadé que Vanessa avait posé ses valises dans ce temple ordinaire de la domotique sans y avoir ajouté la moindre touche personnelle à part, peut-être, les deux tabourets de bar en aluminium et résine blanche qui semblaient sortir d'un film porno.

– C'est pas mal, non ? Tu veux visiter le reste ? Au moins la chambre…

Elle s'était réveillée, se méprenant sur son regard circulaire. D'un bond, elle se leva, lui faisant signe de la suivre.

– Ça, c'est mon domaine !

La chambre, mon Dieu. Il hésitait entre bordel et boudoir de cocotte, mais les photos de Vanessa nue sur les murs, dans un noir et blanc de star de deuxième zone, faisaient pencher l'endroit vers des escapades sans ambiguïté, tarifées ou non. Un peu éberlué, il se demanda combien d'hommes étaient venus se vautrer sur le lit recouvert de velours violet. À peu près tout le contingent médical, à en juger par les rumeurs – sauf, bien sûr, cette tarlouze de Gonzalez. Une toile au-dessus du lit relevait le niveau, une esquisse de Vénus ou autre déesse de l'Amour alanguie dans les nuages, veillée par un Cupidon chenu.

– C'est un peintre languedocien du XIXe. Eugène Devéria. Le musée Fabre de Montpellier voulait l'acheter, mais je le garde. Il provient de la maison de ma grand-mère. Joli, non ?

Il examina la toile de plus près. Effectivement, le dessin était ravissant, la chair semblait prendre vie, frémissante de sensualité et de lumière.

– Tu veux une coupe ?

Il secoua la tête en signe de dénégation. Elle se servit en soupirant :

– C'est infernal en ce moment, ce climat au spa. Sinon, félicitations pour ton traitement, depuis que je le prends, je pète la forme. Que penses-tu de la mort de Bowles ?

– Et toi ?

Il avait pris l'habitude de répondre à une question par une autre.

– Il était venu me voir pour quelques injections classiques, la ride du lion, les commissures des lèvres. Un peu gras, faussement gentleman, et vrai lourdingue si tu veux mon avis. Je n'avais pas son bilan santé, donc je n'ai pas d'avis sur sa mort soudaine. Une crise cardiaque dans le Watsu, ça ne m'étonne pas plus que cela. C'est plutôt la mort de Raïssa que je ne m'explique pas.

– Tu la connaissais ?

– Un peu. Une méritante. Elle ne parlait pas très bien l'espagnol, mais ses massages étaient divins. Tu n'en as jamais eu avec elle ?

– Non, jamais.

– Tu ne sais pas ce que tu as perdu, elle avait un don. Elle m'avait rapporté une sorte de mixture de Russie – une horreur purulente censée combattre les rides pour me remercier de lui avoir fait deux ou trois injections gratuites. Inutile de préciser que j'ai fichu ce truc à la poubelle. Ce suicide, tu vois, ça me gêne. J'ai des copines parmi les infirmières et elles disent qu'elle n'avait pas un mental à se suicider.

– Qui sait ? Peut-on vraiment connaître les gens… À ton avis, les frères Montez en pensent quoi ? répondit-il d'un air négligent.

– Pablo est mort de peur, ça, je le sais car je le connais un peu plus intimement, *see what I mean…*

Qu'elle était agaçante quand elle minaudait en anglais.

– Pour l'aîné, qui peut savoir ce qu'il pense… Il passe son temps en extase devant sa snob d'épouse.

Vanessa ajouta dans un rire artificiel :

– Ça change de la déco de cette pauvre Maria Teresa ici, non ? Ces chambres du spa… On dirait qu'elle est restée à l'époque du Greco. Oh, je sais, tout le monde la regarde comme si elle était la reine du lieu, mais je trouve qu'elle a pris un petit coup de vieux. Tu crois qu'elle est frigide ? Cela se pourrait bien, elle ne regarde personne dans les yeux, elle semble flotter au-dessus de tout le monde. C'est ridicule, cette attitude ! Une dame patronnesse désincarnée, voilà ce qu'elle est.

« Salope, tu n'as pas le droit de parler d'elle, tu es faite pour la boue de ta garçonnière piège à cul, tu es faite pour y mourir, tout de suite, TOUT DE SUITE. »

– Tu vas bien ? Tu as un air bizarre tout à coup.

Il se ressaisit à temps.

– Et si on s'amusait un peu ? Viens là que je te bande les yeux…

Il prit la ceinture d'un kimono pourpre qui traînait sur fauteuil. Tandis qu'elle frémissait d'excitation, les yeux recouverts de soie, il attrapa ses gants de chirurgien.

– Tourne-toi.

Elle lui offrit ses fesses. Il ne se fit pas prier et saisit la lanière du kimono, la déplaçant en serrant les pouces contre son cou. Elle tenta de se dégager, à peine une ruade, et pitoyable encore, mais la haine sortait enfin, entière, à nu, décuplée par la mise en scène.

– Tu croyais quoi ? lui chuchota-t-il à l'oreille tout en la tuant. Que je t'aimais, pauvre fille ?

Ce fut rapide, net, clair. Il la retourna. Elle n'était plus jolie à voir. La cordelette avait laissé des traces violacées sur la gorge qui s'harmonisaient avec le couvre-lit. Cela l'amusa. À présent, il fallait faire vite. Essuyer les empreintes digitales, ranger son préservatif dans la sacoche, donner une impression de désordre, inspecter le portable de Vanessa sans oublier de l'ouvrir en prenant l'empreinte du pouce de la morte. Il fit défiler leur pitoyable correspondance, puis l'effaça d'un clic. Elle ne méritait pas qu'on s'y attarde. Il vérifia les mails, les WhatsApp, et effaça aussi ceux où elle parlait de lui. Il fut assez surpris qu'elle soit aussi peu bavarde au sujet de leur histoire. Elle l'évoquait par leur surnom, Faust, mais beaucoup moins qu'il ne s'y était attendu. Seulement auprès de copines de Montpellier, et encore, par de vagues allusions. Il eut un rictus amusé. Cela collait avec la personnalité dominatrice de Vanessa, elle n'était pas du style à avouer sa soumission envers qui que ce soit, elle devait avoir ressenti une forme de honte à éprouver du plaisir dans la maltraitance. C'était souvent le cas.

Il regarda le grand dessin accroché au mur. Il était de belle facture. Il hésita à le prendre pour faire croire à un vol, mais c'était trop imposant à trimballer. Mieux valait orienter la police vers le crime passionnel, l'endroit s'y prêtait. Il vérifia tout. Elle ne possédait aucune photo de lui – il y avait veillé – alors qu'elle avait déversé sur son smartphone à lui des tas de cochonneries aux couleurs criardes qu'il effaçait méthodiquement. Il regarda à nouveau le portable de la morte. Vanessa donnait des surnoms à ses amants. Il gloussa en tombant en arrêt devant un échange avec un certain Cojones. Un des médecins ? Pablo, peut-être ? Ce serait trop beau.

Il prit quelques captures d'écran qu'il rangea dans ses documents secrets. Puis il remit le smartphone à côté du corps. En revanche, il allait embarquer l'ordinateur. Il y aurait peut-être des indications intéressantes. Si jamais il y trouvait des preuves d'une coucherie avec Pablo Montez, c'en était terminé de la réputation des frères. Ça, plus le nouveau pays allié… Les pauvres, le jeu de massacre avait commencé, et il n'était plus loin de penser qu'il n'avait pas buté Vanessa pour rien, uniquement parce qu'elle l'exaspérait. Non, ce crime allait l'aider à déboulonner la statue des Montez. Francisco allait déguster au moins autant que Pablo, par effet rétro. Finalement, il n'était pas nécessaire d'inclure ce dernier dans un protocole médical aux fins létales, sa ruine serait le plus efficace des châtiments.

Une fois la mise en scène terminée, il rassembla ses affaires, puis se faufila vers la porte arrière du spa qui donnait sur le labo, ses tatanes aux pieds. Là encore, les caméras de surveillance n'avaient jamais fonctionné. Il ne se sentait pas fatigué. Il avait bien accompli son travail. Il rangea les sandales en plastique dans sa mallette puis entra dans un couloir de service. Si jamais on le croisait, il n'aurait qu'à répondre qu'il avait travaillé toute la nuit. Il ne vit personne – il avait pris soin de remettre sa blouse de médecin. Une fois dans son antre, il prit son temps pour explorer l'ordinateur de Vanessa, qu'il trouva désespérant de bêtise. Il n'avait eu aucun mal à l'ouvrir grâce aux astuces que lui avait fournies cette pauvre Kim. Puis il démonta l'engin. Soudain, il sentit l'épuisement le cueillir. Il mit le réveil à sept heures avant de s'endormir, la conscience satisfaite.

Au début de la matinée, personne ne s'aperçut de l'absence de Vanessa. Ce ne fut qu'à la plainte de sa première cliente, sur le coup de onze heures du matin, que l'équipe du spa constata qu'elle manquait à l'appel. On prévint les Montez. Pablo tenta de joindre la doctoresse, sans succès. Que se passait-il donc ? Pourquoi tout merdait en ce moment ? Il croisa Francisco.

– Dis donc, tu ne pourrais pas aller voir ce que fiche Vanessa Garcia ? Elle ne s'est pas présentée à son bureau aujourd'hui.

– Quoi ? Allons-y. Heureusement qu'elle n'habite pas loin.

Les deux frères arrivèrent à la villa de Vanessa l'estomac noué d'angoisse. Ils sonnèrent. Pas de réponse. Ils réessayèrent en vain pendant dix bonnes minutes.

– Que fait-on ? demanda Francisco.

– Au stade où nous en sommes, je crois qu'il vaut mieux appeler l'inspecteur Greus. Remontons, j'ai sa carte sur mon bureau.

L'inspecteur au bout du fil leur annonça qu'il allait dépêcher une voiture de police, et leur demanda de rester dans leur bureau jusqu'à son arrivée. Une demi-heure plus tard, la porte de la villa était ouverte par un policier. Greus s'engouffra dans la maison. Il en ressortit, l'air grave. Il s'adressa à son équipe :

– Mettez les cordons de sécurité.

Puis il se tourna vers les frères Montez :

– Elle est morte. Strangulation. Je vous préviens, c'est un triste spectacle.

L'inspecteur guida Pablo et Francisco vers la chambre. Ils virent alors une scène d'épouvante. Dans cette pièce aux volets fermés et aux effluves de bougies parfumées à l'ambre et à l'amande, éclairée par des lumières tamisées, Vanessa Garcia gisait sur un lit gigantesque, silhouette perdue parmi des draps coûteux, le visage boursouflé indiquant sans aucun doute possible une mort violente. Elle avait encore sur elle un harnachement érotique qui rendait cet assassinat encore plus insoutenable. Pablo émit un faible son. Greus leur demanda de retourner dans leur bureau. Il allait attendre le médecin légiste, puis il irait les voir dans un deuxième temps pour les interroger sur la victime.

De la terrasse de sa chambre où elle prenait une infusion entre deux soins, Marie-Claude vit la voiture de police arriver à l'hôtel. Elle chaussa ses lunettes de soleil, le cœur battant. Elle se félicitait à présent d'avoir une vue sur le parking alors qu'elle avait fait un esclandre, furieuse de ne pas avoir la vue sur la sierra Nevada. À tout prendre, il était beaucoup plus intéressant de regarder les allées et venues au sein de ce mystérieux endroit. Elle avait ainsi suivi hier soir, juste avant de se mettre au lit, la silhouette de Vanessa qui courait dans la nuit vers une villa. Soudain, elle eut un déclic : Vanessa Garcia, qui était si mal en point hier soir. La police était là pour elle. C'était une évidence. Elle dévala les escaliers aussi vite qu'elle le put. Elle sortit du hall à toute allure pour se rendre vers la villa, mais fut arrêtée par la police.

– Que se passe-t-il ? bégaya-t-elle.

– Nous ne pouvons rien vous dire, madame.

– Je suis une cliente de l'hôtel, et à ce titre, j'ai le droit de savoir s'il se passe ici des choses qui peuvent mettre nos vies en danger !

– Vous vous sentez en danger ?

– Je veux voir votre inspecteur en chef ! hurla Marie-Claude d'une voix stridente.

– Il est occupé pour l'instant. Mais vous pouvez nous laisser votre nom.

– Très bien. Je m'appelle Marie-Claude Le Goff (elle se reprit, c'était la première fois qu'elle réutilisait son nom de jeune fille), pardon, Marie-Claude Hardy-Mondeville, et mon numéro de chambre est le 2020. Voici également mon numéro de portable. Dites bien à votre inspecteur de m'appeler. Il se passe des choses très étranges ici.

Puis elle tourna les talons. Le soleil était à son zénith. Marie-Claude, éblouie, tenta de joindre Isabelle.

– Allô ?

– Isabelle, dépêchez-vous, on se retrouve à l'endroit habituel sous les arbres de la terrasse, la police est en bas, j'ai entrevu un cordon de sécurité autour d'une des villas privées. L'assassin a encore frappé.

– J'arrive.

23

À l'ombre des oliviers, Isabelle écoutait Marie-Claude avec attention.

– Donc, nous avons eu en l'espace de quatre jours trois crimes, dont un dernier avéré, la police sur place le prouve. À qui pourraient profiter ces crimes ? Récapitulons. D'abord un patient, ensuite une masseuse et à présent une dermatologue plasticienne. Nous pouvons penser que la masseuse russe s'était trouvée au mauvais moment sur le lieu du premier crime. Mais Vanessa, quel pourrait être le lien ? Je l'ai croisée dans les escaliers après votre départ, elle était en larmes. Je reste persuadée que nous avons un assassin qui agit sur deux tableaux, crimes perpétrés de sang-froid et un crime passionnel.

– Pourquoi dites-vous cela ?

– Vous allez sans doute vous moquer de moi, mais le jour de mon arrivée, j'ai surpris une conversation, en apparence anodine, qui m'a tout de suite intriguée. Dans le couloir, un médecin masqué échangeait des banalités avec la belle Maria Teresa Montez. Cela a duré une seconde, mais j'ai eu le temps de capter les regards. Celui du médecin révélait qu'il était sous l'emprise d'un sentiment très violent.

– Et elle ?

– Elle semblait bien plus paisible. Vous savez, ces femmes très belles sont tellement habituées aux compliments qu'elles ne se rendent pas compte des véritables sentiments de ceux qui les émettent.

– Bien, supposons que vous ayez vu juste, quel serait le médecin incriminé ? L'avez-vous reconnu parmi les professeurs que vous avez interrogés ?

Marie-Claude laissa son regard errer vers la direction des montagnes.

– C'est difficile à dire, en fait, je crois qu'il faudrait que je les consulte tous, pas seulement ceux avec le suffixe « ez ».

– Pourtant, Stacy a bien précisé…

Marie-Claude balaya les objections d'Isabelle d'un geste impatient.

– Et si Stacy avait mal entendu ? Pour l'instant, les seuls que je peux définitivement éliminer, si je me réfère à la scène à laquelle j'ai assisté et qui m'a marquée – c'était le regard d'un fou –, ce sont Gonzalez, probablement homosexuel, et Jimenez, dont la profession cadre mal avec le premier crime.

Isabelle soupira.

– Pouvez-vous s'il vous plaît me rappeler les quatre noms de vos suspects ainsi que leurs caractéristiques ? Je m'y perds.

Marie-Claude répliqua lentement, comme si elle réfléchissait avant de répondre :

– C'est normal, ils se ressemblent tous… Nous avons affaire à une bande de médecins espagnols, sauf Olivares qui est d'origine portugaise, qui sont assez grands, très bruns et globalement du même âge, hormis Olivares. Cela ne facilite pas l'individualisation d'un meurtrier potentiel. Si j'élimine Gonzalez et Jimenez pour les raisons déjà évoquées, il reste José Gutierrez et Paco Olivares. Olivares, lorsqu'il enlève son masque, dévoile un âge plus avancé que les autres, mais avec un masque il peut faire illusion.

– Donc, si je comprends bien, il reste deux « ez » en piste.

– Oui.

– Et vous ne retrouvez ce fameux regard ni chez l'un ni chez l'autre.

– José Gutierrez semble un bon vivant au profil extraverti et jovial. Trop bavard, trop brave type pour un serial killer. De plus, la forme de ses yeux, un peu ronds, n'est pas, si je me souviens bien, celle de ceux que j'ai vus sur le visage masqué. Olivares a un regard perçant. J'opterais pour lui, car non seulement il possède une vivacité silencieuse, mais c'est aussi celui qui a le CV le plus étonnant. J'ai vérifié, des quatre il possède une culture et un rayonnement qui dépassent largement l'Espagne. Mais…

– Mais quoi ?

– Isabelle, reprit Marie-Claude d'une voix non dénuée d'une certaine amertume, travaillant à la Cour des comptes j'ai beaucoup fréquenté les politiques. Ce sont des êtres qui ont, pour la plupart, une pathologie. Une pathologie plus ou moins lourde. Le pouvoir est une addiction puissante, plus puissante même que la cupidité. Le talon d'Achille des hommes politiques est toujours leur sexualité. Vous n'imaginez pas le nombre de détraqués qui existent dans ces rangs – mais passons, je m'éloigne du sujet. Enfin, pas tout à fait. Olivares semble prendre l'humanité entière de haut, il n'est pas animé par la rage d'en découdre ni par des pulsions qu'il aurait du mal à refréner, j'en jurerais. Je peux me tromper, mais j'ai observé tellement d'hommes puissants dans ma vie que j'ai appris à vite les scanner et à saisir dans la seconde ce qu'ils valent.

Isabelle digérait l'information. Ce milieu était à des années-lumière du sien…

– Et Vanessa ? demanda-t-elle, était-elle la maîtresse de l'assassin ?

– Aucun doute ! La pauvre se lamentait hier soir d'être amoureuse de lui alors qu'il ne l'aimait pas. Cette grande bringue n'était pas aussi sûre d'elle qu'elle le laissait entendre… Elle a parlé d'un « pacte faustien ».

Dans ce lieu d'éternelle jeunesse, si on se réfère au personnage de Goethe…

– Merci, Marie-Claude, je connais l'histoire, coupa Isabelle.

– Un savant capable de tout, murmura Marie-Claude, mais lequel ?

– Et si nous les mettions en face de Maria Teresa ? suggéra Isabelle. Si votre hypothèse est la bonne, vous retrouveriez alors le coupable ?

– Excellente idée ! Bravo, Isabelle, c'est ce qu'il faut faire !

– Mais comment ?

– D'abord, nous devons approcher la belle Andalouse, décréta Marie-Claude.

– Vous allez raconter ce que nous savons à l'inspecteur de police ?

– Presque…

Avant de recevoir l'appel des Montez, Guzman Greus rêvassait dans son bureau. L'inspecteur se contentait de son sort, celui de gérer de menus problèmes de chiens écrasés et d'affaires de famille, la délinquance et le fléau de la drogue touchant de plein fouet les villes de la côte andalouse, épargnant les paisibles villes de l'arrière-pays.

Grenade restait une oasis majestueuse, bénie des dieux. Veillée par l'Alhambra, diamant de l'architecture islamique des derniers souverains nasrides, elle conjuguait tourisme, flamenco, bâtiments médiévaux, souvenirs de son occupation mauresque, et les Trastamare, tout à la reconquête de leur pays, n'avaient pas eu le cœur de détruire l'architecture des Nasrides. L'importante communauté gitane de Grenade, basée dans le Sacromonte, sur la colline de l'Albaicín, était sédentarisée depuis si longtemps qu'elle avait fini par se fondre dans le paysage.

Oui, Guzman avait une belle vie. Comme tout le monde, il avait accueilli la construction de l'hôtel de luxe Alfonso avec curiosité. Comme tout le monde, il avait été surpris qu'il fût construit dans un des endroits destinés en priorité à la fruiticulture de masse et non sur les contreforts de la vieille ville. Ces Montez avaient sans doute leurs raisons…

L'appel affolé des Montez le cueillit alors qu'il paressait, insouciant. Il fut d'autant plus réactif que la mort de la Russe Raïssa Petrov n'était pas bien claire. Suicide ? Règlement de comptes entre Russes et la lointaine Ukraine ? Il avait titillé Pablo avec la Jaguar, mais au fond de lui il avait pensé clore l'affaire par un suicide, cela ne valait pas la peine de trop creuser ce genre d'histoires. Là, il prit vite sa voiture et demanda à une petite brigade de policiers de l'accompagner.

La porte de la villa forcée, il eut un choc devant le cadavre de Vanessa Garcia. Écœuré par la fragrance des bougies, il s'approcha pour contempler le corps à demi nu de la morte. Il avait déjà assisté à ces scènes de crime, mais c'était peu fréquent, et pas dans ce genre d'endroit auquel il savait, sans en éprouver de jalousie, qu'il n'aurait jamais accès. Il la regarda attentivement. Elle avait dû être belle, malgré le visage boursouflé par la strangulation ; la languette de soie qui avait servi à la tuer était encore accrochée à son cou. Guzman se demandait toujours comment on pouvait tuer, le métier ne l'avait pas aguerri, bien au contraire, il restait un trentenaire sentimental qui constatait, surtout dans les séries qu'il regardait avec son épouse, combien l'imagination humaine n'avait pas de limites dans le mal. Guzman était croyant, il croyait aux processions des pénitents de sa ville, il croyait à l'enfer, et pour la première fois de sa courte carrière, il ressentit l'envie forcenée de découvrir celui qui avait tué cette pauvre femme.

Après les formalités d'usage (appeler le médecin légiste, poser les cordons de sécurité), il resta un moment avec son équipe avant d'aller interroger les Montez sur la personnalité de la morte. Une médecin d'origine française, c'était tout ce qu'on lui avait dit. Laura, une des jeunes policières, lui signala qu'une cliente de l'hôtel venait de se présenter et qu'elle voulait voir la scène de crime. Il lui ordonna sèchement de la repousser. Il n'était pas question que les clients du lieu polluent le début de son travail. Il regarda avec soin la chambre. La photo en noir et blanc de la femme nue sur le mur le mit mal à l'aise. Il frissonna. Il demanda aux policiers de ne toucher à rien avant l'arrivée du médecin légiste, puis prit la direction du bâtiment principal. Cette fois-ci, il n'était pas question d'être indulgent envers les Montez. Il décida de les interroger un par un et de commencer par Francisco. Pablo, le médecin, passerait en second. C'était sans doute celui qui aurait le plus de choses à dire au sujet d'un membre de son équipe médicale. Guzman prit l'ascenseur pour monter jusqu'aux bureaux. Les deux frères l'attendaient dans le couloir, l'air défait. Guzman s'efforça de teinter d'autorité sa courtoisie.

– Je souhaiterais m'entretenir avec Francisco Montez en premier.

– Suivez-moi, répondit l'aîné, visiblement bouleversé.

Guzman entra dans une vaste pièce lumineuse et fraîche. Le grand bureau marqueté de palissandre se situait devant une large baie vitrée à la vue imprenable. D'un geste, Francisco Montez lui fit signe de s'asseoir sur un fauteuil en cuir beige. Une assistante sans âge arriva.

– Je peux vous offrir quelque chose à boire ? J'ai besoin d'un café serré, en ce qui me concerne.

– Alors moi aussi.

Francisco demanda à l'assistante de s'exécuter, puis, le visage épuisé, il fixa l'inspecteur Greus.

– Je vous écoute, posez-moi toutes les questions au sujet de Vanessa Garcia. Nous sommes, mon frère et moi, anéantis par ce crime au sein de notre établissement.

– Dites-moi ce que vous savez sur cette femme.

Francisco se cala dans son fauteuil tandis qu'on apportait les cafés. Il rassembla ses mains, comme un priant, entre ses sourcils. Puis il partit dans un long monologue :

– Vanessa Garcia venait de Montpellier. Elle avait un diplôme de dermatologue spécialisée dans les injections de Botox. Elle était arrivée récemment, au début de la pandémie, je crois, je vais bien sûr vérifier les dates exactes. Mon frère s'était chargé de l'embauche, il gère la partie médicale. Moi, je m'occupe des salaires.

– Est-ce fréquent que vos praticiens logent au sein de l'établissement ? coupa Guzman.

– Non, c'est la seule qui a bénéficié de ce privilège, mais le Covid nous était tombé dessus, nous avions de la place et cela nous a permis de la payer un peu moins cher. Tout le monde était gagnant dans cet arrangement.

– Comment s'est-elle intégrée ? Que pensiez-vous d'elle ?

– Professionnellement, rien à dire, ou presque. Nous avons un système de notation qui permet à la clientèle de s'exprimer au sujet de chaque médecin. Vanessa Garcia était très bien notée par la clientèle masculine qui vient ici. Un peu moins bien par les femmes. Je pense qu'avec elles, elle devait être un peu abrupte, d'une franchise parfois… rugueuse. Vous savez, je ne suis pas très psychologue. Mon rôle est celui d'un gestionnaire. Pablo en sait sans doute plus que moi sur l'intégration du docteur Garcia. Ce que je dirais à titre personnel est que c'était une jolie femme assez joyeuse et plus à l'aise dans un environnement masculin. Elle était travailleuse, intelligente, ne semblait pas avoir d'attaches, pas d'enfants… Elle avait un côté un peu corps de garde, pas très délicate. Mais elle mettait de l'ambiance.

– Une dernière question : sa chambre est assez… révélatrice. Vous a-t-elle fait des propositions ?

Francisco esquissa un pauvre sourire.

– Les propositions, comme vous dites, sont le drame de ma vie. J'approche de la soixantaine, inspecteur. J'ai été dragué depuis l'adolescence. Autant par les femmes que par les hommes. Or non seulement je déteste séduire, mais en plus je n'aime qu'une seule femme, la mienne.

Guzman regarda une grande photo qui trônait sur le bureau.

– Ma femme, répondit simplement Francisco Montez. Maria Teresa. Nous sommes mariés depuis presque vingt-six ans. Personne d'autre ne m'a jamais intéressé. Et si Mme Garcia avait des vues sur moi, cette photo l'a sans doute arrêtée avant de tenter des approches déplacées.

L'inspecteur Greus prit des notes sur son calepin.

– Bien, je vous remercie, monsieur. Une dernière question : avait-elle des ennemis au sein du spa ?

– Pas à ma connaissance, soupira Francisco. Pablo pourra peut-être vous éclairer. C'est atroce, incompréhensible. Si vous avez besoin de quoi que ce soit, nous sommes là, interrogez tout le staff, nous voulons savoir au plus vite si cette… horreur a été commise par quelqu'un d'extérieur ou par quelqu'un de l'hôtel, ce qui me semble inimaginable, mais je sais que l'inimaginable est, hélas, à envisager.

Guzman se dirigea vers la porte, après avoir salué l'aîné des Montez.

– Ah, j'oubliais, dit-il la main sur la poignée ouvragée, il faut que je vérifie les caméras de surveillance. Qui s'occupe ici du pôle technique ?

– Ils sont trois surveillants : Carlos, Martin et Ahmed. Mon assistante va vous accompagner auprès d'eux après votre entretien avec mon frère.

– Bien. Merci.

Puis Guzman Greus partit frapper à la porte du cadet. Il entra dans un bureau sensiblement identique à celui de l'aîné en taille et en luminosité, mais qui était saturé de couleurs criardes et d'affreux tableaux contemporains. Au milieu, accoudé à sa table de travail qui était elle aussi en palissandre, Pablo semblait encore plus effaré que son frère.

– Il y a beaucoup de couleurs chez vous, lâcha Guzman pour tenter de le mettre à l'aise.

Pablo bredouilla :

– Ce sont les choix de ma femme, Libertad. Inspecteur, pardonnez-moi…

Il se mit à pleurer.

– Cette pauvre Vanessa… C'est horrible ! Horrible !

Guzman contempla le petit homme tout rond qui s'écroulait. Il éprouva un début de compassion et assouplit le ton.

Pablo confirma tous les dires de son frère et précisa les dates d'embauche. C'était lui qui avait examiné les CV pour ce poste. Il avait choisi la Française pour l'excellence de ses recommandations, et aussi parce que les dermatologues hexagonaux avaient la réputation « de ne pas trop en faire », de piquer juste ce qu'il fallait, de ne pas aller au-delà de la limite qui donnait des visages cartonnés.

– Était-elle sympathique ? demanda Guzman.

– Oui ! C'était une grande rigolote au contact facile. J'en ai connu, des comme elle à la fac de médecine. Des femmes plutôt libérées, pas farouches, qui en jettent, qui sont toujours partantes pour les fiestas et qui ont bon cœur, quand on creuse un peu plus. Oui, j'aimais beaucoup Vanessa.

– Vous avez eu une histoire avec elle ?

Pablo releva la tête, sembla hésiter l'espace d'une seconde et répondit :

– Oui. Au tout début, un soir de bamboche, je l'ai raccompagnée à la villa et elle m'a sauté dessus. C'était, comment vous expliquer, un coup d'un soir ! Rien d'engageant. D'ailleurs elle ne m'a plus jamais dragué.

– C'est elle qui vous avait sollicité ?

– Les femmes, comme elles font toujours le premier pas, cela fait partie de leur personnalité. Vanessa était une séductrice, une collectionneuse. Mais elle n'avait pas une once de perversité. Je ne comprends pas ce qui s'est passé, trouvez l'auteur de cette monstruosité, je vous en prie.

Pablo se remit à sangloter. Un chantage ? se demanda l'inspecteur. Il ne fallait pas écarter la piste. Dans le couloir, il retrouva l'aîné des Montez, le visage préoccupé :

– Ah, inspecteur, j'ai pris la liberté de prévenir le pôle technique : un de nos techniciens a disparu ! Martin Novak. Un Tchèque ou un Slovaque, je ne sais plus, récemment embauché chez nous comme gardien.

L'inspecteur Guzman se précipita à la salle de surveillance, guidé par les deux frères. Une grande femme aux cheveux coupés court l'apostropha dans le couloir :

– Inspecteur ! Je suis une cliente de l'hôtel ! Il faut que je vous parle.

Il fit un signe pour indiquer que cela n'était pas le moment, puis courut derrière les deux frères à grandes enjambées.

Novak avait pris l'argent. Il devait être loin, à présent. Il s'était arrangé pour lui trouver un vol Grenade-Prague qui était parti aux premières lueurs du matin précédant son forfait. Quel était le prénom de Novak, déjà… Miroslav ? Non, Martin. Après, il était attendu en Slovaquie, où il ferait discrètement usage d'un joli pactole en reprenant sa véritable identité. Il se marra devant la tête que feraient l'inspecteur et les deux frangins devant les caméras de surveillance… Le téléphone sonna. Il se doutait de qui l'appelait. La voix était douce, mais il savait son interlocuteur intraitable.

– Avez-vous trempé dans les nouveaux événements ?

– Cela ne vous regarde pas, répondit-il sèchement.

– Vous avez raison, cela ne me regarde pas, mais c'est chronophage, les crimes. Chronophage et pas très intelligent. J'aimerais que vous avanciez un peu plus vite. Compris ?

– Compris.

Il raccrocha. Il fallait passer à la vitesse supérieure. La phase 3. Cabrol allait être le dernier patient.

Au local technique, c'était la consternation. Avant sa fuite, Novak avait effacé toutes les bandes de surveillance de l'hôtel. Guzman Greus regarda son smartphone. Le corps, envoyé au labo du médecin légiste, venait de rendre son verdict et faisait remonter la mort de Vanessa à deux heures du matin. Guzman soupira. Il allait non seulement devoir interroger tout le personnel de l'hôtel, mais aussi, sûrement, rouvrir le dossier de Raïssa Petrov. Il fallait se montrer diplomate avec les Montez qui employaient beaucoup de Grenadins.

À l'accueil, les clients se pressaient en masse pour obtenir des renseignements. Jouant des coudes, Marie-Claude eut la confirmation avant les autres du bien-fondé de son hypothèse : « Il y a eu un problème dans la villa d'un membre du personnel » était le message laconique des malheureuses hôtesses d'accueil, suivi d'un «on en saura plus dans la journée, reprenez vos soins s'il vous plaît, pas de panique» qui provoquait des réactions aux antipodes du résultat escompté. Stacy hurlait pour qu'on lui réserve un taxi direction l'aéroport, et un groupe de Néerlandais exigeaient le remboursement des soins. Marie-Claude s'éloigna, songeuse. Un crime avéré, comme c'était excitant. Elle ne voulait pas se l'avouer, mais elle aimait ce climat. Elle croisa Philippe Cabrol.

– Hello ma belle ! C'est tellement feng shui ici, si vous saviez comme je suis heureux d'être venu dans ce spa ! Je sens que mon corps astral et mon corps subtil se retrouvent. D'ailleurs, je sens en vous un être à un haut niveau vibratoire…

Elle se contenta de lui sourire machinalement après avoir accepté un thé dans la soirée. Elle avait besoin d'être seule pour rassembler les pièces du puzzle. Elle relut son carnet de notes. Deux médecins correspondaient à ce qu'avait raconté l'Anglais à Stacy. Mais elle n'était pas satisfaite.

L'Anglais, justement. Elle consulta les journaux britanniques sur son iPad. Les obsèques avaient eu lieu et elle apprit ainsi que Peregrine Bowles Lyons reposait dans le caveau de famille de son sinistre manoir néo-gothique du Devon après être passé par la case crématorium, ce qui ne faisait pas du tout son affaire. Elle restait persuadée, à cause de l'enchaînement avec la mort soudaine de Raïssa, que Peregrine avait été assassiné, mais il était à présent impossible de le prouver. Restait Raïssa Petrov. Elle devait vérifier quelque chose avant de reprendre sa petite enquête : appeler Michel Rapin, son ami des RG, avant de pouvoir éliminer l'improbable, mais possible, piste d'un règlement de comptes russo-ukrainien.

Elle sursauta. Un message de la part d'Isabelle venait de clignoter sur son appareil. «Suis à la guérite des fumeurs. Venez immédiatement.» La guérite des fumeurs, et puis quoi encore? Pourquoi pas l'antichambre de la mort? Ce pauvre Cabrol avait peut-être raison avec son charabia holistique et sa confiture émotionnelle. Marie-Claude se jura qu'après cette affaire, elle allait prendre la santé de son amie en main. La guérite des fumeurs, après quelques renseignements, était située à côté du garage des voitures, pas très loin du lieu du crime. Voilà qui remit Marie-Claude de meilleure humeur. Elle y retrouva Isabelle flanquée de Dylan. Tiens, l'épave cocaïnomane avait repris des couleurs, encore un miracle douteux d'un des gourous médecins? Isabelle fondit sur elle, laissant Dylan sucer son mégot, puis l'entraîna sous un auvent. La chaleur tapait, intenable.

– En venant ici, j'ai croisé les équipes de police qui discutaient entre elles. Vous aviez raison, c'est bien Vanessa Garcia qui a été assassinée.

– J'ai toujours raison! s'exclama Marie-Claude, gaullienne.

– Oui, mais je parie que vous ne savez pas comment elle a été assassinée.

– Comment ? rebondit Marie-Claude, le souffle coupé.

– Elle a été étranglée dans la nuit. Ils l'ont retrouvée nue sur son lit.

24

Les interrogatoires s'enchaînaient dans la salle de conférences. Dans cette immense pièce, chacun était réduit à sa simple nature de mortel, plus de riches médecins, de millionnaires de tous bords, mais uniquement des coupables potentiels. Guzman Greus se sentait pour la première fois de sa vie sous le feu des projecteurs, et savait que les journalistes n'allaient pas tarder à réagir, au grand dam des Montez. Il avait exigé une liste complète des patients. Comment les interroger, c'était une autre histoire. Il y avait beaucoup moins de monde que les Montez l'avaient prétendu, mais interroger une cinquantaine de clients qui venaient de tous les pays allait s'avérer une tâche délicate. Il se concentra d'abord sur l'équipe médicale. Ils étaient les premiers suspects. D'après ce qu'il avait entendu, et qui était confirmé par la décoration sans ambiguïté de la chambre de Vanessa, elle avait couché avec tout le personnel médical.

Le premier sur la liste était le docteur Paco Olivares. Il vit entrer un très bel homme aux pommettes saillantes et à la mâchoire carrée. Ses cheveux noirs restaient fournis. Les yeux sombres semblaient prendre l'humanité de haut. L'interrogatoire se passa dans une ambiance polie. Olivares n'avait pas grand-chose à dire sur sa collègue.

– C'était une femme extravertie, assez sûre d'elle. Mais nous ne boxions pas dans la même catégorie. Vous comprenez, c'est – c'était – une dermatologue (il eut une légère moue de mépris), moi, je travaille dans la recherche et le rajeunissement cellulaire sur la base des travaux en biotechnologie de Robert Langer.

– Robert Langer ?

– Oui.

Olivares prit un air un peu condescendant, comme s'il devait expliquer les additions à un élève de CP.

– Un chercheur américain. Il travaille pour Moderna, entre autres. Ici, inspecteur, nous autres formons une équipe de super-techniciens de la jeunesse. Grâce à un système d'infiltrations ultra-perfectionné qui s'applique au cas par cas, selon les antécédents médicaux des patients. Vanessa, elle, était la « Madame Botox », mais ne s'occupait pas de renouvellement cellulaire. Donc je n'avais pas de discussions particulières avec elle.

– J'ai entendu dire, répliqua Guzman, qu'elle se montrait assez… entreprenante avec ses collègues.

Paco Olivares sourit, d'un sourire que Guzman Greus jugea déplaisant.

– Inspecteur, j'ai beau avoir soixante-dix ans…

– Vous ne les faites pas ! s'exclama Guzman qui le pensait sincèrement.

– Je vous remercie, mais je disais donc, j'ai soixante-dix ans et je suis marié depuis de longues années avec une femme charmante, père et grand-père, et si, ou plutôt quand je chasse sur d'autres terres, je les choisis plus jeunes que Mme Garcia. Trente-cinq ans, pas plus. Je préfère être chasseur que chassé. Et Vanessa Garcia était trop vieille pour moi.

Guzman, le visage de sa jeune épouse imprimé dans la rétine, catalogua, non sans dégoût, le docteur Olivares dans la case des prédateurs. Prédateur qui avait a priori un alibi solide, son épouse et ses enfants, justement. On fêtait, semblait-il, hier soir, les fiançailles de son cadet. À deux heures du matin, le médecin dansait un flamenco endiablé avec la fiancée, et pouvait fournir quantité de témoignages.

Olivares, doyen des médecins de l'Alfonso, sortit de l'auditorium d'un pas satisfait, laissant Greus à ses pensées. Et si Olivares avait tenté sa chance avec la morte et avait reçu une fin de non-recevoir ?

Le médecin suivant était un quadragénaire, le docteur Juan Gonzalez. Guzman commençait à se demander si on ne choisissait pas ici les médecins sur des critères essentiellement esthétiques. Gonzales ressemblait un peu à l'acteur Miguel Bosé, traits fins, barbe bien coupée, yeux doux et visage un peu féminin. Sur Vanessa, il fut plus humain que le précédent.

– Je l'aimais beaucoup. Vanessa semblait heureuse, elle était gaie, drôle. Mais en réalité, elle avait cinquante ans et une peur panique à l'idée de vieillir. On en parlait souvent. Je suis gay, inspecteur, et après quarante-huit ans, chez les gays, on est morts. Vanessa était douée dans sa partie. Elle m'avait fait quelques injections de Botox très efficaces.

Ses yeux brillaient en parlant, sous le coup de l'émotion. Il continua :

– Vanessa avait l'âme d'une midinette. Une vraie sentimentale. Elle n'avait plus ses parents, mais je crois, selon ses confidences, que son père avait été un père défaillant. Elle était assez seule, n'ayant pas eu d'enfants. Enfin, je ne suis pas psy, c'est le métier de mon collègue Javier Jimenez qui pourra vous en dire plus. Ce que, moi, je peux affirmer en revanche, c'est qu'elle était très engagée dans la cause gay. Elle était gentille, elle avait peut-être un problème narcissique qui la rendait un peu agressive avec les jolies femmes, mais au fond elle n'était pas méchante.

– Pensez-vous qu'elle aurait pu jouer un jeu sexuel dangereux avec un homme ?

Juan Gonzalez réfléchit.

– C'est possible, énonça-t-il avec lenteur. Elle avait la libido d'un homme. Elle aimait m'en parler, elle croyait un peu naïvement qu'étant gay, je comprenais. Elle cherchait toujours à tester de nouvelles aventures, à

« tout essayer », comme elle disait. Elle a dû tomber sur un tordu. Pauvre Vanessa…

– Je suis obligé de vous demander…

– Ce que je faisais la nuit dernière ? (Gonzales eut un sourire un peu triste avant de continuer.) Eh bien, inspecteur, je « faisais ma Vanessa ». J'étais au Six Colours et j'en suis sorti avec un touriste allemand vers trois heures du matin.

Greus nota la déclaration. Le Six Colours était un des plus gros bars gays de Grenade, la confirmation du témoignage du docteur Gonzalez serait facile à obtenir. Gonzalez salua Greus avec respect, puis s'en alla, les épaules affaissées, comme s'il avait du mal à porter sa peine.

Greus fit entrer Rupert Saint Johns, le seul praticien d'origine anglo-saxonne de l'équipe, pâle héron cendré qui tranchait avec ces médecins aux physiques d'hidalgos. Saint Johns possédait la carnation rosée de son pays ainsi que son flegme. Il compatit sans outrance à la mort de Vanessa. Quand Guzman lui demanda s'il l'avait intimement connue, il répondit par un « oui » nonchalant, ne se justifia pas, sinon pour dire que Vanessa était une formidable amante et qu'ils avaient des relations sexuelles épisodiques.

– Vous alliez chez elle ?

– Oui. C'était commode.

– S'était-elle confiée à vous sur un danger, sur quelque chose qui la préoccupait ?

– Non. Nous étions assez occupés à ce que nous faisions. Il n'y avait pas d'affect entre nous. Ce n'était pas une amie, et je ne suis même pas sûr qu'elle m'appréciait. Nos rapports relevaient uniquement du registre du besoin. Elle me sonnait, je venais. Rien d'amical.

– Avait-elle des pratiques sexuelles qui pouvaient mener à une strangulation ?

Rupert parut pour la première fois de l'interrogatoire un peu gêné.

– En fait, c'était plutôt l'inverse. Vanessa était une excellente dominatrice. Nos rôles étaient ainsi définis, elle commandait, j'obéissais…

Il découvrit sa poitrine qui montrait des œdèmes – traces de talons aiguilles ? Greus commençait à se sentir las devant ces hommes et leurs misérables petits secrets. Saint Johns avait, lui aussi, un alibi : il dînait ce soir-là avec des amis chez lui. Il ne restait plus que quatre médecins à interroger : Gonzalo Lapuente, Antonio Vega, José Gutierrez et Javier Jimenez. Il décida de faire une pause. Son portable sonna.

– Allô, inspecteur, c'est Laura. On a fini de fouiller la villa et on a trouvé quelque chose. Un petit poudrier dans sa coiffeuse rempli de cocaïne. Sinon, zéro empreinte digitale, nulle part. J'ai aussi reçu un message du labo : Vanessa Garcia a eu un rapport sexuel protégé peu de temps avant sa mort. On va tâcher de remonter la filière de la drogue avec la brigade des stups pour voir si elle avait des liens avec les dealers du coin. J'ai aussi lancé un mandat d'arrêt international sur Martin Novak, comme vous me l'aviez demandé.

Guzman Greus acquiesça et raccrocha. Puis il fit entrer le médecin suivant, Gonzalo Lapuente. Lapuente était du coin à en juger par son accent andalou, à moins qu'il ne l'ait attrapé à force de vivre en Andalousie. Il était grand et bien bâti, avec un charme latin et des yeux très foncés. Oui, lui aussi avait couché avec Vanessa, et pour l'alibi, il avait passé sa nuit à travailler chez lui dans sa maison de Grenade.

– Vous étiez seul ?

– Oui. Je suis désolé, je n'ai pas de témoins. Mais j'étais en conf' call avec un collègue de Chicago qui pourra vous confirmer mes dires.

– Que pensiez-vous de Vanessa Garcia ?

– Pas grand-chose, murmura Lapuente. Ce qu'on appelle une femme facile. Un peu paumée, grande gueule, mais au point d'être tuée…

Il frissonna. Greus notait tout, à charge pour lui de vérifier les alibis. Il passa au docteur Antonio Vega, lui aussi resplendissant de santé, avec également une allure andalouse et un regard perspicace. Comme les autres, il avait été l'amant de Vanessa. Il en parla avec une certaine gourmandise, mais sans sentiment. À la question « Que faisiez-vous cette nuit-là ? », il répondit avec un sourire aigre-doux qu'il avait attendu un date Tinder jusqu'à minuit à l'Arrozante, un restaurant chic de Grenade, puis il était directement rentré chez lui.

Ce fut au tour de José Gutierrez de faire son entrée. Plus petit et moins beau que les autres, il semblait affolé. Il gesticula dans tous les sens, précisa qu'il adorait Vanessa et qu'il prenait souvent des pots avec elle, mais que non, à sa grande déception, il n'avait jamais couché avec le docteur Garcia.

– Et pourtant, si elle avait voulu…, soupira-t-il.

Pour le déroulement de sa nuit, il était resté chez lui à regarder un match de la ligue espagnole en replay et s'était endormi assez tôt. Enfin un qui ne prétendait pas avoir de témoins.

Le dernier de la liste, Javier Jimenez, entra. L'inspecteur Greus en fut bouche bée. Javier Jimenez était le sosie d'Antonio Banderas. L'homme s'avançait en prenant un air avantageux.

– Ah, quelle triste affaire, constata-t-il d'emblée. Notre chère Vanessa…

– Vous la connaissiez bien ?

– Oui. Je pourrais vous en parler pendant des heures, j'étais son psy.

– Avez-vous eu une histoire avec elle ?

– Comme tout le monde, oui. Mais cela n'a pas duré, elle était trop perturbée pour moi. Nos rapports ont pris une autre tournure, et elle avait pris l'habitude de venir discuter dans mon bureau.

– Vous semblait-elle heureuse ?

– Non. Elle avait été marquée par un père violent et une mère inexistante. Elle faisait son possible pour harmoniser ce qui ne pouvait l'être et avait transformé la violence de son père en intense activité sexuelle, comme si elle avait une revanche à prendre sur le masculin. Mais cela ne la rendait pas heureuse. Ses plaisanteries de corps de garde s'arrêtaient à la porte de mon bureau. Moi, je voyais la Vanessa désespérée, celle qui n'arrivait pas à bâtir quelque chose de solide, celle qui tombait toujours amoureuse de cinglés.

– De cinglés ?

– Vanessa couchait avec beaucoup de monde, mais cela n'excluait pas les sentiments. Elle consommait, et parfois s'attachait. Et chaque fois qu'elle s'attachait, c'était à un homme désastreux. Oui, je plaignais Vanessa. Beaucoup. Pour ne rien arranger, son âge la taraudait, elle ne supportait pas l'idée de vieillir.

– Vous a-t-elle dit qu'elle avait des ennemis ?

– Non. En revanche, elle me racontait ses ressentis, les gens qu'elle n'aimait pas. Elle avait une aversion marquée pour Maria Teresa Montez, la femme de notre patron, Francisco Montez, mais c'est à mettre sur le compte d'une grande jalousie – la *señora* Montez est d'une beauté à couper le souffle. Ces derniers temps, elle semblait plus vulnérable. Je crois qu'elle avait quelqu'un de plus régulier avec lequel elle traversait des hauts et des bas. Je ne saurais dire s'il faisait partie de l'établissement ou si c'était un homme rencontré dans un bar de Grenade, elle en était capable.

– Saviez-vous qu'elle prenait de la cocaïne ?

Jimenez prit un air stupéfait.

– Non, je l'ignorais. Ce n'est pas dans les habitudes des médecins de ce spa, et même si nous sommes soumis à de grosses cadences, nous adhérons tous à la philosophie saine de ce lieu. Les Montez auraient été horrifiés de l'apprendre et ç'aurait été un motif de renvoi immédiat. Qui pouvait lui avoir fourni cette cochonnerie…

– Nous allons tâcher de le découvrir.

Guzman Greus termina l'après-midi avec une migraine lancinante et une profonde désillusion envers la génération de ses aînés.

25

David, la tête confortablement calée sur les fesses d'Isabelle, portait un toast à leur rencontre. Il imita le miaulement d'un chat façon Prince tout en attrapant un verre qu'il remplit d'un liquide ambré.

– Soja ?

– *Whisky, for God's sake!* Tiens, j'ai pris des mini-bouteilles avant de venir ici. Gong Waï a besoin de maigrir, pas moi…

– Eh ! Je suis ici pour la même raison que ta déesse de l'empire du Milieu, le nargua Isabelle.

– Toi, ça te va bien ! J'ai envie de bouffer ta peau et ta chatte. *Get up, get up, get up!*

Ils repartirent pour des minutes de corps-à-corps. Puis, harassé, David s'endormit contre elle. Isabelle ne voulait pas bouger tant les bras de l'homme lui faisaient du bien. Elle n'osait le réveiller alors que son portable avait vibré. Mais David avait ouvert l'œil. À la surprise d'Isabelle, il se mit à chuchoter : «Je ne pouvais plus entrevoir la moindre différence entre son corps et le mien. Je ne pouvais plus voir qu'une similitude hurlante… Je n'avais plus de patrie que l'amour même. Hiroshima mon amour. Tu as la douceur triste de l'héroïne. Ma chérie… *My missing ingredient…* » Il se pencha sur son portable, se rembrunit l'espace d'une seconde puis se tourna vers elle.

– C'est Gong Waï. Elle a un soin, mais je ne vais pas trop tarder. Quel endroit…, dit-il en se relevant. C'est le bordel, il y a des flics dehors. Tu sais pourquoi ? Ils n'ont rien voulu dire à l'accueil.

Isabelle hésita à le mettre dans la confidence, mais les yeux de l'Américain ne la lâchaient pas, plus curieux qu'inquisiteurs.

– J'ai entendu les policiers quand j'étais en train de fumer à la guérite parler d'un assassinat cette nuit. Quelqu'un a étranglé la dermatologue, Vanessa Garcia.

– *What?*

– C'est horrible, non ? D'ailleurs, je trouve qu'il se passe de drôles de choses ici.

– Comme quoi ? demanda David, l'air inquiet.

– Ces techniques de rajeunissement, tu crois qu'elles sont sans danger ? Depuis la mort de l'Anglais d'une prétendue crise cardiaque…

– Tu n'y crois pas, *darling* ?

– Tu connais ce genre de techniques ? C'étaient les mêmes dans le spa thaïlandais où tu allais avec Gong Waï ?

– Je n'en sais rien. Je laisse cette médecine à Waï. En plus, ça la passionne.

– Elle voit quel médecin ?

– Aucune idée !

David se mit à rire avec la cruauté des hommes qui se savent irrésistibles, et qu'il se moque de Gong Waï rendait Isabelle hilare. Elle ne savait plus du tout où elle en était, naviguant entre sexe et crimes. Ce fut finalement elle qui le mit à la porte, pour aller à son prochain massage.

Pendant ce temps, Marie-Claude sirotait un thé vert avec un Philippe Cabrol plus nébuleux que jamais.

– Et si on se tutoyait ?

– Euh, oui, pourquoi pas ?

En Bretonne à la fois pudique et coriace, Marie-Claude n'était pas très à l'aise avec les manifestations d'intimité.

– Tu as un excellent équilibre acido-basique, je l'ai tout de suite vu. Moi, j'avais un encrassement des émonctoires limite stéatose. Cet endroit m'a aidé à drainer et à soulager ma lymphe.

Éberluée, Marie-Claude écoutait ce langage de naturopathe qui se piquait de mots compliqués. Le jargon, elle y était habituée, mais pas à celui-là. Elle tâcha de ramener la conversation sur le corps médical du spa lorsque Philippe, consultant son portable, poussa une exclamation :

– Que se passe-t-il ? Mon rendez-vous avec le docteur Vega a été déplacé ! Et celui avec le docteur Jimenez aussi ! Ce dernier sait si bien écouter mon enfant intérieur…

– Philippe, je, vous, tu… Tu n'es pas au courant ?

– De quoi ?

– La police est au spa. Pour l'instant, ils n'ont pas prévenu les clients, mais j'ai entendu dire qu'il était question de Vanessa Garcia. Elle… elle aurait été assassinée.

Philippe devint livide.

– Ne t'inquiète pas, je crois que c'est un crime passionnel.

Il resta immobile, les yeux fixes.

– Une si belle âme… Qui a pu faire une chose pareille… Je dois faire mon deuil intérieur, mon ange le sait. Excuse-moi, Marie-Claude, il faut que j'y aille.

26

Le lendemain du crime, l'ambiance à l'Alfonso était devenue exécrable, la nouvelle s'étant répandue comme une traînée de poudre auprès des clients, au grand dam des Montez. Sous les masques, les regards s'étaient faits suspicieux. Chacun restait terré dans un entre-soi terrorisé. On mangeait ses feuilles de salade dans un silence pesant. Plus question de femmes vêtues en oiseaux de paradis ni d'hommes en vestes de lin. L'humanité fortunée se contentait de rester enroulée dans les peignoirs du lieu. Philippe Cabrol tentait de dérider les uns et les autres, sans grand succès.

– En ce moment, c'est karmiquement soldé. Essayons de travailler notre ancrage, de nous conscientiser. Faut une restriction calorique sinon notre truc ne sera pas abouti.

– Oui, oui, répondait Marie-Claude, la tête ailleurs.

Les autres n'écoutaient plus. Dylan avait retrouvé figure humaine. Mais était-ce dû au sevrage de la cocaïne ou aux injections de cellules souches ? Il ne saignait plus, se tenait plus droit et racontait à Isabelle que sa chambre avait été fouillée sans succès à la recherche de substances prohibées. Bon gars, il n'avait pas fait de scandale, mais il n'en pensait pas moins. Isabelle nota l'information sans s'émouvoir plus que cela. Dylan, se disait-elle, était une gentille épave irrécupérable, en aucun cas un criminel en puissance. Une pichenette pouvait mettre à terre cet homme à la bedaine pendante et aux jambes vacillantes.

Le serveur Fernando allait de table en table en s'abstenant de complimenter les hôtes, déposant les assiettes sans ses commentaires fleuris habituels. L'heure était à la tragédie et au solennel, il en était conscient.

Seule Maria Teresa, dans ses maillots de bain spectaculaires, restait une apparition entre Grace Kelly et Audrey Hepburn, son panama penché sur sa lourde chevelure. Maria Teresa ne déviait jamais de sa trajectoire, irrémédiablement gainée dans des tailleurs Balenciaga, des escarpins délicats et des bas couture. Cette élégance surréaliste associée à sa beauté la rendait quasi inabordable. Marie-Claude songea qu'il était temps de venir la saluer, se demandant avec perplexité comment elle allait fendre l'armure de cette reine des glaces. Elle se glissa entre les tables, se félicitant d'avoir mis un short et une chemise décente pour essayer de lier connaissance avec cette femme d'un autre monde. « Quel beau temps ! » fut tout ce qu'elle trouva à dire à la créature aux lunettes noires. Maria Teresa eu un tressaillement qui pouvait s'apparenter à une surprise teintée d'hostilité. Bravement, Marie-Claude poursuivit son entreprise de séduction.

– Vous permettez que je m'assoie à votre table pour le thé ?

Le café, au spa, était prohibé au désespoir de Marie-Claude qui pouvait difficilement carburer à autre chose.

– Vous êtes d'une beauté stupéfiante, une véritable ode vivante à ce lieu enchanteur.

Maria Teresa se détendit et indiqua d'un mouvement de tête que la Française pouvait se joindre à elle. Marie-Claude eut l'impression d'être une gueuse du Finistère face à la duchesse parisienne qui les avait invités un jour, elle et Hubert, à un déjeuner dont elle gardait une humiliation brûlante lorsque cette dernière l'avait interrogée sur son nom de famille.

– Cela a dû prendre des années pour construire ce rêve, babilla Marie-Claude dans son espagnol de compétition. Et cette décoration… Ma chambre possède un immense miroir XVIIIe.

– XVIIe, corrigea Maria Teresa d'un ton feutré. Vous êtes donc dans la chambre Borbón – c'est la seule à posséder un tel miroir. Je me suis personnellement occupée de la décoration. Oui, ce fut une belle aventure.

– J'imagine que ces… événements récents vous bouleversent.

Marie-Claude comprit tout de suite qu'elle avait commis un impair en lançant trop rapidement l'offensive. Maria Teresa se referma aussitôt. Elle daigna laisser tomber un :

– La police espagnole fait son travail. Et elle le fait bien, je suis certaine qu'on saura bientôt qui est l'auteur de cet horrible méfait.

– Oui, vous avez raison, convint humblement Marie-Claude, nous saurons vite le nom de l'assassin.

Maria Teresa frissonna au mot « assassin ». Marie-Claude tenta de changer de sujet, consciente de sa gaffe.

– J'adore l'Andalousie, en fait j'adore l'Espagne. J'y ai effectué de nombreux stages dans ma jeunesse dans le cadre de l'ENA.

Visiblement, l'ENA, ce temple français du savoir et du pouvoir, n'évoquait rien à Maria Teresa au grand dépit de Marie-Claude qui, elle, connaissait sur le bout des doigts les classements des universités espagnoles.

– J'ai étudié l'histoire de l'art à l'université de Séville, énonça tranquillement Maria Teresa.

« Tiens donc, et Isabelle qui a traîné sur les bancs des Beaux-Arts, voilà qui pourrait faire avancer l'enquête ; elle va être plus douée que moi pour la faire parler. » Ayant fait tout ce qu'elle pouvait, Marie-Claude salua Maria Teresa, puis retourna à sa table.

Pendant ce temps, dans la chambre du cadet des Montez, lampes et autres objets contondants volaient sous les *cabrón* et autres *ostias de cojones* d'une Libertad déchaînée.

– Une fois, et encore, c'était nul !

– Connard ! Ne me répète pas que tu t'es fait avoir par cette pute liftée, y en a eu combien ?

– C'était la seule, j'te jure ! Elle m'avait sauté dessus…

– C'est ça ! Et t'étais un puceau pas foutu de se défendre ?

Libertad serra les dents. Pablo était arrivé les épaules rentrées le lendemain du crime pour « lui parler ». Ayant avoué à l'inspecteur Greus qu'il avait couché avec la victime, il se sentait le devoir de le confier à Libertad. Bêtement, il avait compté sur l'horreur du crime pour bénéficier d'une indulgence, mais c'était oublier l'impétueux tempérament de sa moitié.

– Et dire que je te croyais au-dessus de tous les sagouins qui gravitent dans mon métier ! T'es qu'un enculé d'urologue qui se fait faire des pipes par n'importe quelle pouffe en blouse blanche !

– C'est la seule fois en plus de vingt ans, JE TE JURE ! Et elle est morte…

– Tant mieux ! Cette salope est bien là où elle est.

– Libertad !

– Tu l'as embauchée pour ça, hein ? Dis-le. Elle avait la gueule de l'emploi !

– Mais pas du tout, enfin ! Elle avait un CV en béton, elle venait de la meilleure clinique de Montpellier…

– Tu parles ! Vous l'avez tous sautée ! Son CV est une banque internationale du sperme !

– Ne sois pas grossière, *querida*…

Pablo récolta une gifle magistrale pour ultime réplique.

– T'oses parler de grossièreté ? Tu préfères la grossièreté ou le divorce, crétin ?

– Libertad, non, je t'en supplie, il n'y a que toi, c'était juste une fois et je le regrette plus que tout. Tu es ma vie, mon cœur, enfin tout ! J'ai été minable, faible, débile, une seule fois, une malheureuse connerie ne peut pas tout remettre en cause…

Il éclata en sanglots. Libertad était dans une rage telle qu'elle laissa Pablo pleurer un bon moment sans dire un mot, avant de lâcher d'un ton sec :

– Je suppose que tu t'es couché devant l'inspecteur Greus, ce qui me vaut ces confidences de merde…

Le silence de Pablo fut éloquent.

– Et tu comptes sur moi, pauvre idiot, pour lui donner une image merveilleuse de notre couple. Que je joue à celle capable d'une admirable abnégation, qui a supporté en silence tes minables galipettes ? Qu'il en va de la vie de l'Alfonso ? C'est le sommet ! Avoir trimé pour en arriver là… Ta poisse, tu l'as bien cherchée. Tout seul. Comme un grand.

– Libertad…

– Je devrais foutre le camp…

– Libertad !

– Mais je ne le ferai pas. Ne te réjouis pas trop vite ! Je le verrai, ton inspecteur. Et il aura la version que tu souhaites, mais trouve-toi une autre chambre. Tire-toi, file, tu me dégoûtes ! termina-t-elle en hurlant.

Et Pablo détala aussitôt comme un rat malheureux.

Dans sa chambre, Stacy avait été avertie qu'elle ne pouvait pas quitter l'hôtel tant que l'enquête n'était pas bouclée, ce qui ne faisait plus du tout son affaire depuis l'annonce de son héritage. Elle tenta de créer une émeute, sans résultat. À bout d'arguments, elle appela Dylan, mais ce dernier subissait une longue séance d'injection de placenta. Elle songea un instant à sa petite réserve personnelle de coke. Pas une bonne idée non plus, avec les flics sur le terrain. Elle repensa à Vanessa. Une chouette nana. Elles avaient parlé poudre, et Vanessa n'avait pas paru choquée par sa consommation. « Cela libère les chakras », avait-elle dit d'un air complice.

Stacy avait été bouleversée par sa mort. Dylan la lui avait annoncée. Il l'avait su grâce à la Française un peu grosse, mais jolie, avec laquelle il clopait à la guérite. Finir comme ça, à poil sur son lit, quelle horreur ! Stacy eut un frisson. Soudain, la solitude lui tomba dessus comme une chape de plomb. Elle allait recevoir un pactole inespéré. Fini, les soirs de pole dance et les vieux schnocks, mais pour tomber sur qui ? Des mecs intéressés par son argent ? Compter sur la solidarité des nanas ?

Pas évident... Elle n'avait pas souvent joué cette carte-là. Elle repensa aux deux Françaises qui parlaient toujours ensemble et qui semblaient se faire du bien. Trouver *une* coloc à son retour... Pourquoi pas ? En attendant, elle résolut de reprendre ses leçons de « gym » avec Enrique, mais et si c'était lui, le criminel ? Décidément, on ne pouvait plus rien faire, ici. Pesamment, elle se leva pour aller faire un petit tour à la piscine. Deux ou trois selfies sur fond d'eau claire, voilà la bonne idée pour se détendre : nourrir son Instagram...

Francisco et Maria Teresa sirotaient un thé glacé en silence, à l'ombre de leur terrasse privée.

– Tu as une idée de qui a pu faire cela ? murmura Maria Teresa, les yeux mi-clos.

– Aucune, mon amour, répondit Francisco de son air las qui lui allait si bien. Cette femme était un peu folle, si tu veux mon avis, et j'avais entendu des bruits dans l'hôtel la concernant. Visiblement, elle ramassait pas mal d'hommes, hors et dans l'Alfonso – mais de là à finir ainsi...

– Je ne l'aimais pas, déclara Maria Teresa.

– Moi non plus. Elle me faisait un peu peur. Mais maintenant qu'elle est morte, nous n'avons pas le droit de dire ça.

– Pourquoi ? répliqua Maria Teresa, surprise. On ne va pas imiter la plèbe et se répandre en regrets hypocrites alors que nous ne l'appréciions ni l'un ni l'autre ! Je crois qu'elle me détestait, en plus.

– Ah bon ?

– Oui. Elle était méchante avec moi. Elle n'arrêtait pas de me proposer son Botox, et elle a même eu le culot de me conseiller des injections de lubrifiant dans le vagin, « pour ton plaisir ».

Francisco eut un gloussement inattendu.

– Elle était jalouse ! Tu étais trop belle pour elle. Pure mesquinerie féminine. Rassure-toi, elle ne m'a jamais fait d'avances, elle n'était pas complètement idiote, les femmes sentent quand un homme ne pense qu'à l'une des leurs.

Maria Teresa ne put s'empêcher d'esquisser un sourire de contentement. Ces deux-là perdaient rarement leur sang-froid. Ils intériorisaient les drames grâce à la complicité que leur procurait la similitude de leur caractère comme celle de leur physique. Des jumeaux placides, sages et un peu égoïstes. Maria Teresa s'étira.

– Que va-t-il se passer pour l'Alfonso ?

Francisco marqua un temps avant de répondre :

– A priori rien de bon, mais on ne sait jamais. L'odeur du crime va peut-être attirer une clientèle avide de faits divers. Pablo est aux quatre cents coups, moi, je me fais plus de soucis avec la mort de Raïssa et celle de l'Anglais. Là, on touche à l'intégrité du spa.

– Tu ne crois pas à l'infarctus de Sir Peregrine, chéri ?

Francisco soupira.

– Je ne sais pas… Nous n'avons aucune preuve et je sais que l'autopsie n'a rien montré de bizarre, mais Pablo est dubitatif. Pablo est médecin, pas moi.

– Oui, mais Pablo est urologue, son métier est de prescrire du Viagra, pas d'être le maître du rajeunissement. Tu soupçonnes un membre du corps médical ?

– Qui sait, grommela Francisco. Comme je ne suis pas médecin, je n'ai pas lié de relations informelles avec cette bande de carabins. J'aurais peut-être dû.

– Ils sont tous charmants avec moi ! répliqua-t-elle en souriant d'aise.

– Charmants jusqu'où ? demanda Francisco avec une fausse inquiétude.

– Oh, des compliments, pas plus. Jimenez fait un cirque un peu appuyé, Olivares joue les vieux beaux avec une timidité assez amusante, Vega et Lapuente sont aux petits soins… Tu vois le genre.

– Ton préféré ?

– Notre cher gay : Juan Gonzalez. Un amour. Difficile de songer à lui en meurtrier de Vanessa, non ?

Francisco opina.

– Lui, au moins, ne me regarde pas de haut. Ces médecins sont des caricatures pétries d'orgueil. Franchement, je n'aimerais pas être à la place de Pablo… À la gestion, je suis moins exposé à leurs caprices et à leurs névroses.

Maria Teresa posa sa main aux longs doigts fins sur le bras de son mari.

– Tu sais toujours quoi faire, mon amour.

Il les voyait paresser sur leur terrasse depuis la caméra de son ordinateur, mais les micros étaient trop faibles pour pouvoir les entendre. Ce spectacle de leurs deux corps alanguis lui était intolérable, et pourtant, il ne pouvait s'empêcher de les observer, fasciné par leur harmonie qu'il avait tant envie de détruire. Lorsque Maria Teresa posa sa main sur le bras de son mari, il ressentit physiquement son toucher. Ils avaient l'air inaccessibles. Il secoua la tête. Bientôt, il les mènerait à la ruine. Bientôt, il relèverait une Maria Teresa en lambeaux. En joueur d'échecs, il prévoyait ses coups à l'avance, les retenait pour mieux les assener au bon moment… Sauf celui de Vanessa. En l'assassinant, il avait pris un risque qui ne lui ressemblait pas, mais cette conne avait insulté Maria Teresa. Il chassa cette pensée, il était protégé. Seul le coup de fil de la veille au soir l'avait un peu inquiété, il ne voulait pas qu'ils se mêlent de sa vie. Cela relevait du privé. En revanche, il savait qu'on s'activait pour lui fournir l'argent nécessaire à son triomphe, c'était la seule chose qui importait. Il consulta son agenda : Philippe Cabrol était le prochain patient. « Parfait ! » murmura-t-il en se frottant les mains.

Gong Waï ajusta ses lunettes. Les nouvelles de Singapour étaient excellentes, les chiffres s'envolaient. L'extension de son palais hawaïen était bientôt terminée, ils seraient rentrés après les travaux. La décoratrice française l'avait déçue. Il allait falloir redire à cette pimbêche de changer son code couleur et de revenir à la laque, à ses précieuses antiquités chinoises et aux figurines d'ivoire à traiter dans des niches construites spécialement à leur intention. Elle eut un sourire narquois. Pour qui la prenait-on ? Pour une de ces milliardaires ignares, elle dont le père avait été un maître calligraphe ? Elle passa un rapide coup de fil à l'agence pour la virer. Elle eut une autre idée. Elle se pencha sur ses implantations à Taïwan. Il fallait agir de ce côté-là, la politique de son pays, elle le prévoyait, lorgnait vers cette île dont la bonne santé économique la narguait. Pourrait-elle, en tant que Chinoise, continuer à triompher là-bas ? Pour l'instant, elle préférait attendre, mais elle devait surveiller la situation de près. David entra, plus radieux que jamais.

– Tout se passe bien ? lança-t-elle, sachant que son visage était une preuve affirmative.

Il répondit un délicieux «*Amazing*» avant de s'affaler sur le lit.

Marie-Claude eut le temps de glisser un mot entre deux rendez-vous de soins à Isabelle. Elle lui demandait d'approcher Maria Teresa de toute urgence. Isabelle en déduisit que Marie-Claude avait échoué dans sa tentative d'amitié, Marie-Claude ayant précisé : «Elle ne s'intéresse qu'à l'art.» La chance était de son côté, la belle directrice de l'Alfonso venant de pénétrer dans le sauna où Isabelle, le visage gonflé après l'effort du cours de gym, tentait de survivre tout en rêvassant à David. Maria Teresa la salua d'un mouvement de tête, puis déploya sa longue silhouette sur le banc le plus proche de la source de chaleur. En anglais, Isabelle la félicita sur sa ligne et c'est dans un français parfait que Maria Teresa répondit que c'était un travail de tous les instants. Isabelle retint un sourire en pensant à Marie-Claude qui avait conduit sa conversation avec l'Espagnole en employant son meilleur castillan.

– Ce lieu est sublime, renchérit Isabelle dans sa langue maternelle. J'aime beaucoup les différentes tonalités de jaune dans ma chambre. Quelle belle idée d'avoir utilisé une couleur nerveuse pour les rideaux et une couleur plus douce sur les murs, c'est à la fois harmonieux et original. J'ai l'impression d'être dans une magnifique hacienda hors du temps. C'est un paradis.

– Je vous remercie, répondit Maria Teresa dont les yeux s'étaient illuminés. Je me suis occupée personnellement de la décoration, et je suis heureuse que vous ayez compris ma démarche. Chaque chambre est différente.

Isabelle hocha la tête.

– Je suis décoratrice d'intérieur, et je suis attristée par tous ces hôtels qui se ressemblent jusqu'à l'indigence, sans aucun effort pour mettre en valeur la civilisation de leur pays ou, pire, la caricaturant sur un mode anecdotique. Vous avez effectué un travail remarquable en intégrant aussi bien le baroque espagnol d'une époque que son sens de l'épure.

Maria Teresa rayonnait. Isabelle continua :

– Je serais très heureuse de pouvoir en parler plus longuement avec vous, vous ne devriez pas vous arrêter à cette réussite, vous êtes douée, vous savez. Très douée.

– Bien sûr, approuva Maria Teresa. Je crois que je suis libre en fin de journée, que diriez-vous de sept heures ce soir à la terrasse pour prendre un thé ?

– Avec plaisir. Bien, je dois sortir pour aller à un massage, à tout à l'heure.

– Avec qui, votre massage ? demanda gentiment Maria Teresa.

La glace était fendue.

– Avec un certain Javier.

– Il est très bien, répliqua Maria Teresa, mais n'hésitez pas à lui demander d'y aller un peu plus fort, il est parfois trop doux pour être vraiment efficace.

– J'y penserai, mentit Isabelle. *Hasta luego…*

Elle enfila sa robe d'été en songeant qu'elle avait obtenu un bon résultat pour une première approche.

27

Dylan se trouvait dans la salle des injections. Un endroit immaculé qui évoquait l'hôpital avec son cortège d'appareils sophistiqués, ses patients sous perfusion et l'odeur de l'éther qui flottait, provoquant une somnolence générale. Mais ici, les patients n'étaient pas cloisonnés dans des box et pouvaient discuter. Dylan était difficile à piquer, ses veines étaient peu visibles. L'infirmière le rata deux fois. Il n'y prêta pas attention. Il avait tant fait souffrir son corps qu'un impair médical de plus ou de moins…

Il songeait à sa vie, à la mort de sa femme qui n'avait pas tenu le rythme des soirées londoniennes et s'était éteinte après une agonie cancéreuse. Pauvre Lisa… Une partie de lui-même souhaitait la rejoindre tandis que l'autre s'escrimait à vivre. Enfin, cela dépendait des jours. Il savait qu'on le prenait pour une épave, mais il clamait qu'il restait une épave maligne, intelligente. Longtemps, il avait fait de sa laideur un atout. C'est ainsi qu'il avait séduit Lisa, dans une soirée de sa boîte de prod, sur la musique de *While My Guitare Gently Weeps.* Sa consommation de drogue explosa après la mort de sa femme. Il n'avait qu'une envie, mourir. Si possible en pleine conscience.

Il y échappa de peu pendant le Covid, le cœur lâcha en même temps que la voûte de son palais et la cloison nasale qui se désagrégèrent. Une clinique chic de Kensington le rattrapa de justesse, et après la très désagréable expérience d'un triple pontage et d'un sevrage sévère, il dut obéir, à moitié assommé de fatigue, aux ordres médicaux. Et c'est ainsi que Dylan rampa jusqu'au soleil andalou sans véritable but sinon « essayer d'aller mieux ».

Il rencontra sur place un médecin compréhensif, un certain Olivares, qui lui suggéra, en plus des soins de sevrage, une bonne cure de rajeunissement. Il s'était marré. Rajeunir ? Pourquoi donc, bordel de Dieu ? Il ne bandait plus depuis quatre ans, il s'en fichait bien et, à part la musique, plus rien ne l'intéressait. Il n'avait pas été loin de prendre cet Olivares pour un sale con prétentieux, mais ce fut le psychiatre Javier Jimenez qui le persuada d'une simple phrase :

– Tant que vous avez une passion, vous n'êtes pas mort.

Cette phrase le réveilla et il accepta d'être pris en main. À présent, une seringue plantée dans le bras, il regardait la poche d'un liquide transparent se vider lentement dans son pauvre corps. Depuis quelques jours il se sentait réellement mieux. Le nez ne saignait plus, la marche était plus assurée, il avait même, exploit suprême, réussi à effectuer ce minitrek dans la sierra Nevada. La présence de la petite Stacy l'amusait plus qu'il ne l'aurait cru. Il allait aider cette pauvre gosse à faire face aux avocats de la City; si, au moins, il pouvait continuer à faire des choses, ce serait pour la bonne cause.

Il n'avait jamais pu sacquer les aristocrates de son pays qui adoubaient les musiciens en surface. Dans la vraie vie, il en avait supporté, des gorets de poche et des cochonnettes des beaux quartiers avec leur titre en bandoulière qui leur servait de prétexte pour se comporter comme des enculés. *Fuckin'* Peregrine! Mais cette vieille enflure avait pris la seule bonne décision de sa vie en mettant Stacy à l'abri du besoin. Dylan serait là, vent debout contre les avocats à perruque. Enfin, quand il pourrait rentrer chez lui. Le crime de Vanessa, curieusement, l'avait à peine étonné, c'est dans les lieux les plus classe qu'on trouvait le pire.

Il jeta un vague coup d'œil à sa gauche. Le Français végane – quel était son nom déjà, ah oui, Philippe – s'était avachi sur son siège d'une manière curieuse. Son corps s'était comme coupé en deux, le torse penché sur le côté, le bras contenant la perfusion pendait dangereusement au risque de faire tomber la perche.

Dylan osa un «Philip?» qui laissa son voisin sans réaction. Il utilisa alors sa voix déformée de stentor pour renouveler l'appel dans un meuglement qui ne fonctionna pas mieux, mais eut le mérite de faire accourir l'infirmière. Felicidad Lopez prit vite les choses en main, et secoua le Français qui sembla émerger d'une profonde léthargie.

– Où je suis ? prononça-t-il d'une voix tremblante.

– Vous êtes à l'hôtel Alfonso, répondit Felicidad d'une voix apaisante. Je vais prendre votre tension.

Philippe se laissa faire avec un calme qui ne lui ressemblait pas.

– 12/8 ! Une tension de jeune homme ! Vous avez dû vous endormir. Vous vous sentez comment ?

– J'ai lâché le mental. Mon *ki* vital, ou *prana* en sanskrit, fonctionne moyen.

Felicidad, qui n'était pas habituée au langage des herbivores, prit cette réponse comme un signe de santé mentale chancelante, et lui annonça gentiment que la séance était terminée pour aujourd'hui et qu'il devait aller se reposer dans sa chambre.

– Ah mais non, j'ai payé pour mon placenta stellaire !

Felicidad resta intraitable.

– La poche est presque vide, je vous raccompagne.

À son retour, elle se dit qu'elle devait raconter cette scène au docteur Montez, mais un appel urgent d'une Saoudienne mécontente détourna son attention.

Au commissariat, Guzman Greus et son équipe avaient exploré le portable de la morte sans trouver d'autres indices. Vanessa Garcia passait une partie de ses soirées sur Tinder, et Greus n'avait jamais vu une telle activité physico-sensorielle. Interroger la liste de ses amants allait se révéler quasiment impossible. Il avait envoyé ses gars dans les bars à la mode pour essayer de glaner des témoignages, mais dans l'immédiat, il n'avait pas grand-chose à se mettre sous la dent. Il repensait à Pablo Montez, affolé par ce qu'il avait avoué et à la scène aigre-douce de l'interrogatoire avec la femme de Pablo. Libertad avait tout de suite débuté l'interrogatoire par un :

– Je suis au courant pour mon mari et cette femme. Vanessa n'était pas méchante (le regard infirmait cette dernière phrase), un peu fofolle, certes, mais ce meurtre, quelle horreur…

– Comment la perceviez-vous ? avait demandé Greus de son ton le plus compréhensif.

– Une grande gueule, plutôt douée dans son domaine. Et dire que cette salope avait pratiqué sur elle de nombreuses séances de Botox…

– Mais je la voyais peu, sauf aux événements du spa – je m'occupe de toute la communication du lieu. Autant vous dire que ce… meurtre affreux n'arrange pas nos affaires. Nous nous en serions bien passés ! On n'avait pas besoin de ça !

– On n'a jamais besoin de ça, rétorqua Greus en souriant.

Libertad avait dû produire un effort inouï pour poursuivre.

– Je venais d'arriver à l'Alfonso pour régler des festivités en vue d'un partenariat avec Dubaï. Mon beau-frère était en contact avec eux pour un projet d'implantation là-bas, ainsi qu'à Singapour. Nous sommes en pleine expansion et notre centre dépasse les frontières espagnoles. C'est une telle fierté, pour nous et pour notre pays !

Libertad comptait sur la fibre patriotique de Greus.

– La mort de Vanessa Garcia nous accable, bien sûr. Mais je ne peux qu'être franche avec vous, je ne la portais pas dans mon cœur.

– Vous n'êtes pas la seule, avait paisiblement répliqué Greus.

– Avouez que cela n'est pas très agréable d'être trompée sous son propre toit, avait poursuivi Libertad avec une hargne qu'elle ne pouvait plus dissimuler. Je ne vous cache pas que cela fut douloureux de l'apprendre. Mais j'ai pardonné à Pablo. Nous sommes plus forts qu'une affaire de coucherie.

Greus avait longuement observé la boule de nerfs devant lui. Libertad était fascinante à contempler tant elle était incapable de rester immobile. Cette femme était perpétuellement en mouvement. Il émanait d'elle une énergie sans limite, presque une sauvagerie en dépit de sa grande bouche mobile qui souriait volontiers – sauf quand elle évoquait Vanessa. Était-elle capable de tuer ? Pour sauver sa famille, peut-être. Il avait conclu l'entretien avec sa suavité andalouse, puis était passé au couple Francisco et Maria Teresa. Là encore, rien à déceler de gênant, ces deux-là ressemblaient à des gravures de mode, aussi superbes que complices et qui trouvaient le crime avant tout vulgaire, sans songer à la tragédie humaine. Greus avait entendu les pontes médicaux et les directeurs du lieu, il allait bientôt passer au personnel paramédical, lequel pouvait s'avérer plus intéressant que la version officielle unanime d'un temple intègre.

Il attendait, pour le moment, les témoignages des fêtards de Grenade au sujet de la victime. Il passa une main dans son épaisse chevelure lustrée. Et si tout cela n'était qu'un crime perpétré par un voyou des bas quartiers ? La ville n'était pas, tant s'en fallait, un terreau pour la délinquance, mais il y avait, comme partout, quelques psychopathes anonymes qui attendaient leur heure et Vanessa Garcia n'avait pas brillé par sa prudence. Il attendait aussi les indications d'Interpol au sujet de Martin Novak. En voici un qui s'était envolé au bon moment… Il pouvait être le criminel.

Isabelle était à l'heure à son rendez-vous avec Maria Teresa. Affronter pareille allégorie du style avait nécessité une minutieuse préparation, surtout pour elle qui se contentait de jouer la carte de la simplicité féminine. Elle s'était efforcée de se maquiller sans asymétrie et de dompter sa chevelure avec plus de soin qu'à l'ordinaire en songeant aux phrases tirées d'*All About Eve*, le film de Mankiewicz. L'une d'entre elles l'avait marquée : «Oh, ma chère, quelle élégance ! Une telle allure suppose que vous allez déjeuner non avec un homme, mais en compagnie d'une consœur.» Le même personnage ajoutait, vers la fin du film : «Comme toujours avec les femmes qui essaient d'obtenir des informations, elle en a dit plus qu'elle n'en a entendu.» Il fallait donc faire attention à ne pas trop en dire…

Elle chantonna entre ses dents un imperceptible *You're So Vain* en pianotant sur la table en rotin vernis. La traditionnelle mixture aux pommes commençait à lui donner des nausées. Les portes de l'ascenseur s'ouvrirent et, soudain, Maria Teresa s'avança avec grâce. Elle s'installa auprès d'Isabelle, dans une économie de gestes relevant du grand art.

– Vous avez déjà commandé l'Apple Tea ? Je vais vous imiter.

Maria Teresa n'eut pas le temps de lever la main pour interpeller un serveur que Fernando et son équipe arrivaient avec la commande. Isabelle sourit.

– On vous connaît bien !

– C'est vrai, confessa l'Andalouse en riant. Et j'ai l'immense avantage d'être d'originaire de Séville. Cette région est ma région, je l'aime plus que tout au monde.

Isabelle trouva alors l'angle de la conversation.

– L'Andalousie est une région à part, sophistiquée et sauvage. Personnellement je préfère l'intérieur à la côte. Ah, les canyons de Ronda…

Maria Teresa exultait.

– Je suis bien d'accord avec vous ! Rien ne vaut l'arrière-pays. J'ai passé ma jeunesse à étudier l'art mauresque et celui de la Reconquista, aussi bien que l'art de l'avant-garde espagnole de ces dernières années, et seule l'Andalousie offre une vision globale de la richesse des apports de l'Espagne.

– Cela se voit dans le travail que vous avez effectué ici, approuva Isabelle. Vous avez mélangé simplicité et ornementisme avec maestria ! On vous a laissé les mains libres ou d'autres sont intervenus ?

Maria Teresa se pencha légèrement en avant.

– Ma belle-sœur Libertad a bien tenté d'apporter sa touche, mais elle est si peu douée que cela en était risible.

Maria Teresa se rembrunit.

– J'avais un lot superbe trouvé pour trois fois rien, des croix très sobres en bois poinçonné aux armoiries de Valence, elle m'a interdit de les mettre aux murs. Je trouve ridicule cette cancel culture qui nous oblige à renier nos racines.

– Oh ! J'adorerais les voir !

– Attendez, je crois que je les ai en photo.

Maria Teresa fourragea dans un réticule en soie bleu pâle pour en extirper son smartphone.

– Regardez, poursuivit-elle avec des accents de triomphe, il n'y avait pas de quoi hurler au catholicisme réactionnaire ! Elles étaient simples, magnifiques. Mais Libertad croit qu'avoir des rééditions Vitra dans son salon signifie avoir du style… Enfin, il a fallu faire quelques concessions, comme vous le voyez.

Isabelle soupira.

– Si vous saviez ce que les clients me demandent, à Paris… C'est effrayant, cette époque d'uniformité. On a l'impression que les gens confondent faute de goût avec absence de goût, la deuxième étant pire que la première.

– Je suis bien d'accord. Pablo et Libertad ont des animaux en résine dans leur salon… hideux. Mais le plus laid, ce sont leurs canapés bleu pétrole, on les voit partout.

– Vous êtes une vraie esthète, Maria Teresa, tout le prouve.

S'ensuivit une conversation passionnée sur l'architecture et les jeunes designers espagnols. Isabelle écouta patiemment ses remarques, cherchant à trouver une manière de venir au sujet qui l'intéressait. Elle décida de continuer à flatter l'Espagnole sur son physique.

– J'imagine, dit-elle sur le ton de la plaisanterie, que tous les hommes de l'Alfonso sont amoureux de vous. Vous êtes d'une beauté à couper le souffle et l'équipe médicale ne manque pas de messieurs !

Maria Teresa frissonna d'aise.

– Oh, ils sont adorables, mais mon couple est solide !

– Vous formez en effet un couple étonnant avec votre mari. Vous vous ressemblez de manière troublante.

– Oui, on nous le dit souvent. Vous savez, Francisco et moi aimons avant tout le calme. Nous avons peu d'amis parmi le personnel, même si nous nous entendons bien avec tout le monde.

– Vraiment ? Pourtant, on a l'impression ici d'une grande famille. Ce qui est, du reste, assez agréable pour la clientèle dont je fais partie.

– Francisco et moi sommes très amis avec Juan Gonzalez, mais comme il est gay je ne risque rien, répondit Maria Teresa en riant. Le docteur Jimenez, le psy, m'a fait quelques avances, mais rien de bien méchant. Il s'amuse à flirter, sans grandes conséquences, et surtout sans espoir.

– Un bel homme, approuva Isabelle. J'ai eu une consultation avec lui, mais je ne dois pas être son style ! Il est vrai que j'ai des kilos à perdre…

– Vous êtes au bon endroit ! Vous avez vu quels médecins ?

– J'ai vu un médecin d'un certain âge qui portait beau.

– Olivares, opina Maria Teresa. Il est un des plus doués dans les techniques de rajeunissement, mais vous n'en avez pas besoin. Lapuente, Vega et lui sont formidables, paraît-il. Et qui d'autre ?

– Eh bien, la malheureuse qui est morte. Mais sans vouloir médire, elle ne m'avait pas plu du tout. Elle a été agressive et maltraitante.

Il fallait tout de même lâcher quelques informations pour en recueillir.

– Ah bon ?

Maria Teresa paraissait plus ravie que choquée.

– Oui. Elle m'avait poussée à faire des injections de Botox dont je ne voulais pas, et s'était montrée grossière en suggérant que mon corps n'était plus fait pour le plaisir. Passé un certain âge, il fallait vous équiper de je ne sais quel lubrifiant, une technique chinoise, paraît-il... Enfin, j'avais tout refusé et elle a semblé furieuse. Je me suis demandé si elle n'était pas payée au nombre de soins exécutés – je précise que je suis, comme tout le monde, horrifiée par ce qui s'est passé.

– Que cela reste entre nous, Isabelle, mais Vanessa Garcia a utilisé les mêmes arguments avec moi.

– Non ! Elle a osé ?

– Je crois que cette pauvre âme était assez perturbée, lâcha Maria Teresa avec une totale absence de compassion dans la voix. Je pense qu'il s'agit d'un crime crapuleux. Vanessa aimait choisir ses amants parmi des êtres peu recommandables. Enfin, ce fait divers lamentable n'entame pas la confiance que vous avez dans nos soins, j'espère...

– Bien sûr que non ! mentit Isabelle.

– Votre amie française est contente ?

– Nous nous sommes rencontrées ici, je ne la connais pas plus que cela, répliqua Isabelle avec prudence. Vous savez, les relations de vacances... Il est normal qu'on sympathise avec ses compatriotes.

Maria Teresa parut rassurée.

– Elle est un peu cassante, je trouve.

Isabelle eut une pensée coupable envers Marie-Claude avant de poursuivre :

– C'est une énarque, une haute fonctionnaire de l'État français. Dans notre pays, nous encourageons, dans leurs études, l'arrogance des technocrates. Je comprends très bien votre sentiment envers elle, et je vous avoue qu'il m'arrive de le partager, elle n'a pas votre finesse.

Maria Teresa sourit à nouveau.

– Mais elle est très intelligente et elle a bon cœur. Elle vaut mieux que son manque de tact, je vous l'assure.

Maria Teresa esquissa une moue avant de laisser tomber :

– Je dois reconnaître qu'elle a une certaine allure.

La suite de la conversation bifurqua sur le cinéma espagnol. Isabelle se leva en ayant le sentiment d'avoir accompli sa mission, l'amitié entre les deux femmes se consolidait sans gaffes, bévues ou boulettes. Il était temps d'aller exposer son compte rendu à Marie-Claude. Cette dernière lui donna rendez-vous dans sa chambre, pour être à l'écart des autres.

– Donc, elle non plus n'aimait pas Vanessa, rétorqua Marie-Claude. Un point à retenir. Quant aux médecins cités, ils correspondent à nos recherches. Olivares, qui revient souvent... Les deux autres méritent que nous nous y intéressions. Bien, vous avez fait du bon travail. Je ne vois qu'une chose pour nous faire avancer et prouver ce que nous soupçonnons : que je devienne cobaye des trois en prétextant une soudaine envie de rajeunissement.

– Marie-Claude, je vous en supplie, ne faites pas cela ! Tenons-nous en à notre plan initial, essayer de mettre en contact celui que vous soupçonnez en face de Maria Teresa.

– Le temps presse, s'impatienta-t-elle. Il faut se rapprocher d'eux, c'est la seule solution.

Isabelle, trop stupéfaite pour répondre, se contentait de fixer son amie avec effarement.

– Et si vous vous rapprochiez de Philippe Cabrol pour suivre son état ?

Marie-Claude soupira.

– Philippe est très gentil, ma chère, mais c'est une tête de linotte malléable et influençable. J'ai essayé de le faire parler, et je n'ai récolté que des bribes confuses et farfelues. Comment faire comprendre le danger qui règne ici à un homme qui me demande d'embrasser les arbres et qui me parle de son chakra racine ? Il a aussi baragouiné des délires sur mon « corps éthérique » !

Isabelle ne put s'empêcher de rire.

– Vous avez une histoire avec lui ? la taquina-t-elle. Les chakras étaient raccord ?

Marie-Claude vira à l'aubergine.

– Eh bien oui. Mais ce ne fut pas une grande réussite. Chakras ou pas chakras, je me demande, à soixante-trois ans, si la vie sexuelle mérite encore d'être vécue. J'ai dû passer l'âge des treks au lit.

Isabelle se tordait de rire. Marie-Claude ne put s'empêcher de l'imiter. Comme elle aimait amuser les autres ! C'était si nouveau, pour elle, qu'on reconnaisse son sens comique. Rien que pour cela elle appréciait Isabelle, qui s'esclaffait facilement de ses traits d'humour.

– C'était épuisant ! Imaginez-moi en train de faire le poirier dans son dressing. J'ai failli hurler un « Finissons-en ! » tant j'étais excédée par ces acrobaties, mais bon, il faut être indulgente, et ne pas froisser les ego masculins sur ce sujet, non ?

– Le poirier ? hoqueta-t-elle.

Marie-Claude se sentait gagnée par la complicité féminine.

– Oui, et si vous voulez vraiment tout savoir, à la fin il a poussé un tel hurlement que j'ai cru qu'il allait me claquer entre les pattes. Il était rouge brique, le visage déformé par l'effort, j'ai eu une de ces peurs… J'ai failli appeler la réception, mais il a sombré dans un sommeil de bébé après sa série de grimaces pré-coït. Vraiment, si c'est ça, à présent, les joies du sexe, je donne ma démission.

Isabelle n'en pouvait plus.

– Bon, trêve de blagues, on fait quoi ? finit par intervenir Marie-Claude. À part être candidate aux cellules souches, je ne vois pas trop.

– Je vous l'interdis ! S'il vous arrivait quoi que ce soit…

– Des tas de clients ont suivi ces protocoles sans qu'il leur arrive quoi que ce soit, l'interrompit Marie-Claude. Voilà ce que je propose, je vais consulter les trois médecins cités par l'Espagnole, pendant ce temps vous continuez à faire amie-amie avec elle, et vous tâchez de lui parler de moi en termes flatteurs (Isabelle rougit) pour que je puisse me joindre aux futures conversations. J'ai bien compris qu'elle n'éprouvait pas de sympathie pour moi, alors essayez de plaider ma cause. Si nous arrivons à provoquer un face-à-face entre elle et celui qui lui voue un culte, je crois qu'on sera fixées. Je sais que c'est un peu tiré par les cheveux et peu rationnel, mais je pense qu'elle est indirectement liée à tout ce qui se passe.

– Et la police ?

Marie-Claude eut un geste de mépris fataliste.

– La police refuse de m'entendre. Elle va gentiment classer l'affaire dans les crimes passionnels non élucidés pour ne pas déplaire à l'un des centres les plus pourvoyeurs d'emplois de la région. Non, Isabelle, nous seules pouvons agir. J'espère toujours pouvoir compter sur votre aide.

Cette fois-là, Isabelle la regarda avec admiration.

– Vous pouvez.

28

Philippe Cabrol se réveilla avec une sensation de fatigue anormale. Depuis hier, il était dans un tel état de faiblesse qu'il ne se nourrissait quasiment plus. Il se concentra sur ses expirations, sans grande amélioration. Il avait reçu un message engageant de Marie-Claude qui demandait de ses nouvelles et s'inquiétait de ne pas l'avoir aperçu au déjeuner – il était trop patraque pour lui répondre. Il tangua en prenant l'ascenseur, puis se dirigea à petits pas vers la porte du médecin.

Lequel l'attendait. Avec un soupçon de curiosité, et sachant qu'il ne le trouverait pas en bon état. Et lorsque Cabrol pénétra dans la pièce, spectral, éreinté, il dissimula un sourire. On y était. Cela avait mis du temps ! Il croisa ses longues mains contre son menton, prêt à écouter ses plaintes. Philippe Cabrol se laissa choir sur le siège en face de lui, et sembla chercher ses mots.

– Je ne comprends pas, docteur. Jusqu'à hier, j'étais en pleine forme, et depuis ce matin je suis HS. Comme si mes émonctoires étaient saturés. Je crois qu'une réforme de vie s'impose. Je n'ai plus de respiration cellulaire, c'est ça ?

Il masqua un sourire. Sans s'en rendre compte, perdu dans son jargon de yogi amateur, Cabrol avait vu juste. Il entreprit de le rassurer.

– C'est un petit effet secondaire sans gravité qui passera demain ou après-demain, je vous le promets. Votre tension est bonne ?

– 12/8, murmura Cabrol d'un ton boudeur.

– Vous voyez ! Et pas de fièvre, je le lis sur votre fiche. Comment se sont passés les deux derniers jours, ceux avant le sentiment de fatigue ?

Philippe Cabrol s'éveilla un peu.

– Pas si mal ! J'ai eu une relation sensuelo-karmique avec une cliente de l'hôtel, et j'ai donné le maximum. Le corps ne ment jamais, les émotions étaient au rendez-vous, et je crois qu'elle a été impressionnée, j'ai même pu réaliser la cinquième position du Kamasutra, la liane, pas facile, hein, mais maintenant, ajouta-t-il de manière un peu lamentable, je suis loin de pouvoir fournir.

Il retint un gloussement.

– C'est peut-être la faute à ce crime horrible. Elle avait une belle lumière, le docteur Garcia. Une aura assez rare… Je n'aurais pas été étonné qu'elle fût Poissons, c'est un signe très créatif. Ou bien taureau, c'est celui de la sensualité. Les femmes taureau m'ont toujours fait de l'effet.

Il ne put s'empêcher de tressaillir, mais son patient était trop autocentré pour s'en apercevoir. Il décida de continuer à le laisser parler.

– Et puis quels beaux cheveux elle avait ! Une fille du sud de la France... C'est comme si on avait tué mon pays. Ces femmes-là, elles sont libres comme des chevaux de Mongolie, ce sont des morceaux de bravoure.

« Ben tiens. »

– Des amazones.

« Si tu savais. »

– Des sirènes de Lesbos.

« Hum. »

– Du miel sur le feu !

« Pas pour toi tout ça, mon gars. »

– Elles vous emportent vers l'essentiel de l'humain : notre animal fétiche y révèle son harmonie pulsionnelle.

« Tu peux le dire, on est tous des bêtes. »

– Tout cela est désolant. Celui qui a fait cela mérite d'être effacé de la terre et placé sous la malédiction d'Isis.

« Il se tient juste devant toi, crétin. » Il décida de sonner la fin des éloges envers sa misérable victime.

– Et si nous revenions à vous, monsieur Cabrol ?

– Bah, à quoi ça sert...

– Monsieur Cabrol, voyons... Ne vous arrêtez pas en si bon chemin, votre... intelligence hypersensible vous rend perméable – et c'est une grande qualité – aux drames du monde extérieur.

– Ah ça, vous pouvez le dire ! Déjà quand j'étais gosse...

– Mais il faut rester concentré sur vos… chakras.

– Ah oui ?

– Oui. Je vous prescris une nouvelle séance d'injections de cellules souches dans une heure, cela vous fera du bien. On va la faire dans mon bureau, on sera plus tranquilles et je vous surveillerai au cas où il y ait le moindre problème. Vous vous nourrissez correctement ?

– Je n'ai plus faim du tout, je ne suis pas allé déjeuner.

– Prenez ça, répondit-il.

En se rendant compte que Cabrol observait la boîte de compléments alimentaires d'un air méfiant, il s'empressa de le rassurer :

– C'est de la vitamine D, du fer, du zinc et un peu de jus de bouleau. Vous allez vous sentir mieux après avoir avalé trois cachets. Cela vient de notre laboratoire personnel. Revenez me voir dans une heure, et demain, promis, cette fatigue ne sera plus qu'un mauvais souvenir.

– Vous êtes sûr ? demanda Philippe, décidé à rester geignard.

Il commençait à s'impatienter, on était si près du but. Il répondit d'un ton plus coupant :

– Vous allez récupérer au-delà de ce que vous pouvez imaginer.

Vaincu, Philippe se dirigea vers la porte.

– Bon, d'accord, mais c'est parce que c'est vous, j'ai entrevu votre pouvoir de médiumnité qui est nettement supérieur à celui de vos confrères.

Tandis que Cabrol refermait la porte, il enfouit sa tête dans ses mains. Comment ne pas réagir à l'indicible bêtise des trois quarts de ses patients ? Parfois, il avait envie de leur sauter à la gorge, mais il avait appris à garder son sang-froid. Il prit son portable, celui qu'il n'utilisait que pour une seule personne.

– Allô ? Dans une heure, je passe à la phase 3.

– Rappelez-nous après.

– Je n'y manquerai pas, répondit-il d'une voix sans timbre.

La fratrie Montez avait décidé de se réunir dans une des salles prévues à cet effet pour « faire le point ». En arrivant, Maria Teresa ne put s'empêcher de jeter un coup d'œil désapprobateur au plateau qui accompagnait la rencontre, rempli de chocolats et autres douceurs. Si Libertad voulait continuer à ressembler à un pachyderme, libre à elle, mais pour l'image du spa, Maria Teresa trouvait qu'elle détonnait un peu avec ses djellabas pour obèses. « Nous sommes là pour donner l'exemple d'une vie saine, pas pour nous empiffrer devant nos clients », disait-elle souvent à Francisco, lequel, à son grand dépit, prenait la défense de sa belle-sœur en répliquant qu'elle était, certes, rondouillette (« rondouillette », un tonneau, oui), mais que le spa avait de la chance de posséder une communicante de cette trempe-là.

Chacun entra dans la pièce aux vastes baies vitrées et aux spectaculaires fauteuils en cuir qui avaient été réalisés par les meilleurs architectes brutalistes brésiliens, pièce dans laquelle Maria Teresa avait donné le ton : l'Amazonie domptée par Oscar Niemeyer. Sur les murs, des papiers peints aux arbres exotiques donnaient une gaieté contrebalancée par l'épure des fauteuils. Bien sûr, Libertad avait choisi le seul qui était confortable. Vautrée dans le « Mole » de Sergio Rodrigues qui ressemblait en soi à un bébé mammouth avec ses bourrelets en cuir dépassant de son armature en bois exotique, elle tirait d'un air agressif sur sa cigarette électronique, vêtue d'une robe qui aurait fait peur à un cacatoès. Sa belle-sœur la gratifia d'un sourire à peine aimable qui la surprit. Libertad avait beau posséder le goût d'une parvenue mal dégrossie, elle était d'un naturel joyeux. Maria Teresa sentit de la tension dans l'air, ce cher Pablo semblant lui aussi à cran. Que se passait-il donc ? Elle jeta un regard à Francisco qui sembla lui aussi étonné par leur nervosité. Francisco s'éclaircit la voix avant de prendre la parole :

– Bien, si nous sommes ici, c'est pour discuter ensemble de ce qui vient d'arriver. Je voudrais vous mettre au courant des derniers appels que j'ai reçus de l'inspecteur Greus. Ils sont sur la piste d'un crime sexuel commis par un voyou de Grenade. Ce qui est plutôt rassurant pour nous.

– Rassurant ? grinça Libertad. Je ne trouve pas spécialement rassurant qu'une folle se soit fait étrangler au sein de l'hôtel ! Et d'abord, qui a proposé de la loger ici ? Les autres médecins possèdent leur propre appartement à Grenade ou des villas dans les environs, non ?

– Libertad, je t'en prie, on en a déjà parlé, grogna Pablo. Le docteur Garcia est arrivé alors que la première vague du Covid menaçait, et comme la villa Almería était libre, nous avons pensé Francisco et moi…

– Francisco et toi, ou toi tout seul ?

Pablo jeta un regard affolé à son frère – qui saisit immédiatement qu'il devait prendre sa défense : ces deux-là se comprenaient sans avoir besoin de se concerter.

– Libertad, je confirme ce que dit Pablo, on a offert à Vanessa Garcia de loger ici en attendant qu'elle trouve quelque chose de mieux.

C'était loin d'être vrai. Ils avaient besoin de toute urgence d'un dermatologue spécialisé dans les injections de produits rajeunissants, et il s'était rendu aux arguments de son frère. Plus tard, lorsque la rumeur courut que la villa Almería était devenue un lieu de coucheries entre carabins, il en avait été ennuyé, mais, fataliste, il avait décidé de fermer les yeux.

– Cette salope ne s'est seulement pas tapé tout le corps médical, hurla soudain Libertad, comme si elle avait lu dans les pensées de Francisco, elle s'est aussi tapé ton petit frère ! Et il a été suffisamment débile pour dire la vérité à l'inspecteur Greus ! Alors si tu crois que Greus va gober l'histoire d'un crime commis par un enculé de sa race de Grenadin, on est mal barrés !

Un silence de plomb accueillit ses propos. Pablo fut le premier à se ressaisir. D'une voix lasse, il prit la parole.

– Libertad, nous en avons parlé tous les deux, et je me suis, je crois, excusé sur tous les tons. Il n'y avait rien de prémédité dans le fait que Vanessa soit logée au sein de l'établissement, on crevait tous de peur avec le Covid et avant que notre spa ne ferme pour le confinement, on s'est retrouvés avec cette embauche en ne sachant trop quoi faire. C'est tout. Et oui, je regrette qu'elle soit restée sur les lieux après la réouverture à un point que tu ne peux imaginer.

Il y eut un éclair et le tonnerre gronda, faisant sursauter tout le monde. Maria Teresa regardait fixement une coupe en céramique bleue garnie d'oranges. Libertad, elle, engloutissait des amandes au chocolat par poignées, le visage crispé de fureur. Les deux hommes ne savaient comment reprendre le fil de la discussion. Soudain, la voix calme de Maria Teresa résonna tandis que des trombes d'eau martelaient les baies vitrées.

– Soyons honnêtes, qui aimait Vanessa Garcia ? Pas moi, ajouta-t-elle de son air tranquille. Et c'était parfaitement réciproque, elle a toujours été odieuse avec moi.

Libertad parut désarçonnée.

– Ah bon ? Alors que cette garce me faisait des sourires mielleux et m'invitait parfois à prendre un verre…

Maria Teresa leva un sourcil.

– Prendre un verre ? Je n'ai jamais eu droit à cet honneur.

– Je m'en serais bien passée si j'avais su que cette pute se tapait Pablo ! Une perverse, voilà ce qu'elle était. Elle a dû essuyer un refus de Francisco, et elle t'a détesté pour cela – non, Francisco, ne m'interromps pas s'il te plaît – alors qu'elle a trouvé très amusant de devenir copine avec une *cornuta*. Mon Dieu… Et dire qu'elle m'avait offert les deux dernières séances de Botox… D'ailleurs je n'ai rien à faire dans ce petit groupe, je ne sais plus raisonner correctement. Continuez sans moi.

Libertad s'extirpa de manière bien plus souple que son poids ne le laissait présager du confortable fauteuil en cuir, puis claqua la porte.

– Bien, conclut Francisco, je crois que nous nous sommes tout dit.

Puis il se tourna vers son frère.

– Il va falloir qu'on ait une petite conversation tous les deux.

Pablo, gris de honte, acquiesça machinalement.

Libertad avançait à l'aveuglette dans les couloirs du spa comme un taureau furieux pris au piège de l'arène, et c'est par le plus grand des hasards qu'au détour d'une enfilade, elle heurta brutalement Marie-Claude qui arrivait en sens inverse.

– 'Scusez-moi.

– Non mais ! Vous ne pourriez pas faire attention ?

Libertad était à deux doigts de répondre à la Française d'aller se faire voir, et Marie-Claude lut sur les traits de l'Espagnole un regard de colère et de trahison. Un regard qu'elle connaissait.

– Vous allez bien ?

– Non.

– Venez, répondit Marie-Claude de son ton qui ne supportait aucune opposition, allons trouver un endroit pour parler, vous semblez en avoir besoin.

Libertad avait l'impression d'avoir perdu tout fil conducteur, toute maîtrise de sa vie. Son cher spa avait abrité une vipère qui avait transformé son triomphe de communicante en cauchemar, voilà ce qu'elle ressentait.

– Si on allait se faire un petit sauna ? suggéra alors Marie-Claude.

– Si vous me prenez par les sentiments…, railla Libertad. Venez plutôt chez moi, j'ai besoin d'un verre.

Marie-Claude acquiesça, curieuse de visiter la villa privée d'un des frères Montez.

– J'espère que vous n'avez pas peur de la pluie, cria Libertad en quittant l'auvent de verre qui surplombait l'entrée de l'hôtel pour se diriger vers une voiturette de golf.

– Pas vraiment, rétorqua Marie-Claude. Dans la région de mon enfance, la pluie est un pain quotidien, quand ce ne sont pas des tempêtes.

Elles roulèrent en silence durant ce qui parut une bonne dizaine de minutes à Marie-Claude vers une villa qui ressemblait à une réplique miniature du spa : un cube blanc immaculé aux immenses baies et à la végétation luxuriante ; mais sous l'orage, le cube avait pris des teintes sinistres. Marie-Claude nota qu'il était bien plus éloigné de l'hôtel que la villa occupée par Vanessa Garcia – laquelle, elle, jouxtait le parking –, et pourvu d'un jardin doté d'un magnifique couloir de nage à débordement.

Libertad fourragea dans un grand sac Vuitton pour y extirper un pass, puis elles pénétrèrent, trempées toutes les deux, dans une entrée de la taille d'une salle de bal. Libertad jeta son sac sur un divan et fonça vers une porte qui semblait ridiculement petite par rapport aux volumes du hall d'entrée.

– Venez, on sera bien, là.

Elle entra dans une pièce confortable qui devait avoir la double fonction de bar et de home cinéma. Sur les étagères, des dizaines de photos montraient une famille rieuse. Ces photos alternaient avec une série de trophées dont certains étaient au nom de Libertad Montez : festival du cinéma de Barcelone, prix de la meilleure organisation de la Fashion Week espagnole de 2017, prix des influenceuses de Madrid, trophée de la meilleure communicante, etc. Ceux concernant le spa trônaient dans des niches spécialement conçues à leur effet. Libertad les regarda d'un air mauvais. Elle se reprit, passa derrière le bar.

– Vous désirez quoi ? Pour moi, ce sera un whisky bien tassé.

– Deux, répliqua Marie-Claude.

– Quelle journée, mon Dieu !

– Ça a été si dur ?

– Ne m'en parlez pas… diriger ce centre est un travail de tous les instants et avec un crime dans nos locaux, c'est épouvantable.

– Vous avez un très beau prénom, la complimenta Marie-Claude. La liberté, quel mot !

Libertad tenta de sourire et de remercier la Française, mais elle ne réussit qu'à produire un son étranglé avant de fondre en larmes.

– Il n'y a pas que le crime, n'est-ce pas ?

Marie-Claude pouvait manquer de tact, jamais de compassion.

– Mon mari m'a trompée avec Vanessa Garcia, hoqueta Libertad. Alors à propos de mon prénom… Je crois que je vais la reprendre, ma liberté ! Il rampe comme un escargot coupable, il dit que c'est une erreur, mais je n'ai plus confiance. Tout se paie.

– Là, vous faites erreur, Libertad. Tout ne se paie pas, mais tout a un prix, ce qui est sensiblement différent.

– Vous parlez comme une religieuse !

– Non, je parle comme une femme plaquée par son mari. Votre liberté aura un prix. « Jugez les gens comme vous voulez être jugé », dit un proverbe de ma région.

Marie-Claude omit de préciser qu'elle ne se gênait pas pour contredire allègrement ce proverbe. Elle continua :

– Il y a un autre proverbe breton : « Fais pas chier l'marin, la mer est mauvaise. » C'est moins « bonne sœur », non ?

Libertad éclata de rire. Sa tignasse bouclée faisait des soubresauts frénétiques au rythme de ses changements d'humeur et ce rire la transfigurait. Marie-Claude, qui ne jurait que par la minceur, fut saisie par le charme qui émanait de Libertad lorsqu'elle s'éclairait.

L'Espagnole se tassa dans son fauteuil club et sembla reprendre ses esprits tout en cuvant son whisky. Elle se sentait à présent gênée par ses confidences faites à une cliente de l'hôtel, c'était contraire à tous ses principes. Marie-Claude était habituée à ces réactions, sa propre facilité de contact l'ayant souvent mise dans cette situation. Les gens lui confiaient leurs secrets intimes, puis lui en voulaient de s'être dévoilés plus qu'ils ne l'auraient souhaité. Fine, la Bretonne révéla un peu de ses propres secrets pour laisser à l'autre l'illusion de maîtriser la conversation.

– Vous savez, mentit-elle d'une voix douce, si c'était à refaire, j'aurais tout fait pour garder mon mari. Il est parti pour une femme du même genre que celle qui a été assassinée. Le vôtre, au moins, il s'est excusé. Moi, il m'a abandonnée, articula-t-elle, pour mieux marquer sa douleur. Abandonnée. Vous ne pouvez pas vous imaginer l'effet que cela fait après trente ans de vie conjugale sans nuages. Alors, s'il s'excuse…

Libertad écoutait Marie-Claude, bercée par sa mélopée.

– Merci. Vous m'avez fait du bien.

Marie-Claude sourit.

– Comme on dit aussi dans le Finistère, un bon ami vaut mieux qu'un parent.

– Vous en avez d'autres des comme ça ?

– Des tonnes. Pour le mariage, on dit chez nous : « En blanc l'matin, enfoncée l'soir. »

Libertad esquissa un sourire.

– On dit aussi : « À peine arrivée sur la plage y voulait voir mon coquillage, c'est mémé qui disait, c'est baiser qu'y voulait. » Privez-le de coquillage encore quelques jours, votre pauvre mari, du style « J'ai eu un peu froid », et puis après, vous allez reprendre la barre, vous faire offrir l'impossible et il dira oui à tout.

Libertad se marra franchement. Marie-Claude en profita.

– L'équipe médicale est bluffante, ici. Vous les connaissez bien ?

– À part le fait qu'ils se soient tous envoyés en l'air avec Vanessa ?

– Oui. À part le fait qu'ils aient fait joujou avec une nymphomane.

Décontenancée, Libertad marqua un temps avant de répondre à cette Française déroutante.

– Vous m'avez regardée ? Grosse comme une chatte enceinte à vie, vous croyez que j'ai l'allure d'une personne qui passe son temps chez les médecins ? J'en ai épousé un, ça me suffit.

Son visage s'assombrit. Elle se pencha vers Marie-Claude qui, instinctivement, se rapprocha d'elle. Leurs visages se touchaient presque.

– En fait, et ça me met hors de moi, celle que je connaissais le mieux était Vanessa. Si j'avais su que cette salope se tapait mon mari…

Marie-Claude lui coupa la parole avec son pragmatisme coutumier.

– Ah bon ? Elle était comment, je veux dire en dehors de sauter sur n'importe qui – enfin, pardonnez-moi pour le n'importe qui ?

– Ha ha ! ricana Libertad, ne vous gênez pas pour mettre Pablito dans le sac. Elle était… Comment vous expliquer…

– Drôle ? suggéra Marie-Claude.

– Hilarante, ça oui. Mais pas seulement. On pouvait penser que les femmes étaient ses rivales avec sa manie d'allumer tout le monde, mais lorsqu'on discutait un peu avec elle, c'étaient l'amertume et le mépris des hommes qui ressortaient. Elle appartenait à la famille des généreuses – le nombre de fois où elle ne me faisait pas payer les séances de Botox… Elle buvait beaucoup, et si elle avait une bonne descente, elle pouvait aussi parfois franchir la ligne. Une fois, alors qu'elle était raide, elle m'a confié des trucs.

– Ah oui ?

Marie-Claude fit un effort surhumain pour cacher son impatience et sa curiosité. Surexcitée par le whisky qu'elle avait descendu, Libertad fit rebondir son lourd derrière sur le fauteuil club avant de reprendre :

– Figurez-vous que Vanessa n'avait jamais connu son père, la pauvre. Sa mère – une femme horrible, soit dit en passant – lui a fait croire toute son enfance que son beau-père était son vrai père avant de mourir sans lui révéler le nom du géniteur. Vous imaginez le traumatisme ?

– Comme c'est triste, concéda Marie-Claude qui attendait plus qu'une analyse psychanalytique de bazar.

Libertad se tortilla à nouveau.

– Ces derniers temps, Vanessa n'était plus tout à fait la même... J'ai eu l'impression qu'elle était sérieusement mordue d'un type. Alors qu'en général, ses histoires ne comptaient pas et elle s'en moquait avec une cruauté qui me faisait mourir de rire. Si j'avais su !

– Continuez, intima Marie-Claude à l'impératif. Elle était amoureuse ? Vous connaissez l'identité de l'homme qu'elle aimait ?

Libertad sembla un instant interloquée, voire un peu méfiante, mais son goût pour les commérages reprit le dessus.

– Eh bien, elle me disait qu'elle vivait une histoire exceptionnelle, différente des autres. Je ne sais pas pourquoi, mais elle avait surnommé cet homme « Faust » et je n'ai jamais pu savoir son nom, ce n'est pas faute de l'avoir asticotée.

– Faust ? C'est étrange.

– Vous trouvez aussi ? Figurez-vous que je suis allée voir sur Internet l'histoire de Faust. La culture, c'est pas mon fort. Mon domaine, c'est la com', donc l'histoire de Faust, c'est le mythe de l'éternelle jeunesse et du diable…

– Je connais, merci, coupa Marie-Claude. Faust. Cela pourrait être un médecin, non ? Nous sommes dans une clinique de rajeunissement…

– Vous n'y pensez pas ! Le diable parmi nous !

– Vous avez raison, c'est inimaginable, approuva Marie-Claude avec une indignation feinte. C'est dommage, tout de même, qu'elle ne vous ait pas donné le nom de son amant.

Libertad en avait oublié ses problèmes de couple. Cette conversation la passionnait. Elle essaya de se souvenir des bribes de confidences de la morte.

– Elle a dit quelque chose d'assez étrange, il n'y a pas longtemps. Qu'un jour, son amant serait très riche. Ce qui semble exclure nos médecins qui sont payés des sommes folles ! D'ailleurs, j'ai toujours dit à Pablo que ces salaires étaient indécents…

– Elle a dit « qu'il serait un jour très riche » ?

– Oui. Et elle a ajouté quelque chose sur la Chine, il était question d'une ville où elle irait un jour, mais je ne sais plus si elle parlait de Hong Kong ou de Shanghai, et que ce serait fini de cette vie de merde à piquer les lèvres des vieilles biques. *Pobrecita…* Elle ne l'aura jamais visitée, sa Chine… Entre nous, ce sale pays qui nous a apporté le Covid ne m'inspire rien qui vaille, je préfère Singapour, nous y sommes allés avec Pablo et les enfants, c'est rutilant de propreté. Ce serait une bonne idée de demander à Pablo de m'offrir un nouveau séjour là-bas. Il y a un hôtel avec un roof top superbe. Une vue… Et la boutique-hôtel est géniale.

Marie-Claude passa une main dans sa courte chevelure drue et blanchie avant l'heure qui mettait son bronzage en valeur, geste qui lui était familier, songea au proverbe du Finistère qu'elle entendait enfant dans la bouche d'un père aussi aviné que têtu : « Vie de marin, vie d'chien, en mer dès l'matin, le soir par sa femme. » Mais Libertad ne ressemblait pas à sa propre mère. Libertad était aussi bonne fille que pragmatique.

Marie-Claude la félicita hypocritement du choix du voyage en amoureux à Singapour, puis lui récita des encouragements de son ton le plus enthousiaste. Elle sortit de la maison sous un arc-en-ciel annonciateur de bonnes nouvelles, attrapa son portable, composa le numéro d'Isabelle et attendit. Avec l'entrée de l'empire du Milieu dans les hypothèses, le prisme venait de se rétrécir…

29

Marie-Claude essayait de joindre Isabelle, sans succès. Que pouvait-elle fabriquer ? « Encore une partie de jambes en l'air avec le bellâtre de la Chinoise, je parie », murmura-t-elle entre ses dents. À la réflexion, cette idylle allait peut-être leur être utile… En attendant, Marie-Claude fixait son portable d'un air irrité, guettant un signe de vie de son amie. Soudain, la sonnerie retentit. Elle se jeta sur l'appel et eut du mal à cacher sa déception en entendant la voix de Philippe Cabrol.

– Allô, bonjour Marie-Jo.

– Marie-Claude, rectifia-t-elle un peu sèchement.

– Euh oui, pardon, je ne suis pas très en forme aujourd'hui. L'infirmière m'a conseillé de rester au lit. Je me demande si je n'ai pas un peu de fièvre. Et cette fatigue… Les docteurs Olivares, Vega et Lapuente sont aux petits soins, ne t'inquiète pas. Les totems vitaux me disent d'aimer mon corps, et bientôt, nous pourrons nous retrouver pour une fête des chakras.

Marie-Claude en avait par-dessus la tête de ses états délirants et ne prêta aucune attention à la sincérité de son ton souffreteux. Plutôt mourir que répéter cette laborieuse gymnastique d'obsédé du Kamasutra. Elle inspira un bon coup avant de répondre :

– C'est très bien, Philippe, repose-toi et on se verra demain au déjeuner.

– Après aussi, j'espère…

– C'est ça, au revoir !

« Quel lourdaud, et il fallait que ça tombe sur moi ! Isabelle a plus de chance, enfin façon de parler. Le sien est mille fois plus beau et semble plus dégourdi. Mais c'est étrange, je ne sens pas ce David, grommela-t-elle pour elle-même. Allez ma grande, reprends-toi, dans l'ordre, relis tes fiches, regarde les CV des médecins, essaie de trouver des accointances entre eux et les Asiatiques et réfléchis à un point commun avec la belle Maria Teresa. Fonce, Alphonsine. »

Isabelle, blottie dans les bras de David, le laissait dérouler des pans de sa vie. Ses yeux d'un bleu sombre l'avaient observée d'un regard qui lui faisait détourner les siens.

– Une huître, dit-il en riant.

– Pardon ?

– Je voulais dire que tes yeux ont la couleur des huîtres. Un peu bleus, un peu gris, un peu verts, avec un œil plus vert que l'autre.

– Je te remercie…

– Mmmh, c'est bon, une huître, c'est évocateur, une huître, d'ailleurs, à ce sujet… *I'm On Fire*…

Isabelle savourait ces moments de tendresse qui suivaient ceux où ils faisaient l'amour. Elle se nichait dans son cou, se demandant si elle ne rêvait pas. Ces instants lui rappelaient les meilleurs de sa vie d'autrefois.

– Parle-moi de toi, murmura-t-elle.

Elle sentit la fossette de David qui frôlait sa tempe se rétracter.

– Il n'y a pas grand-chose à en dire… Je suis de Chicago.

– Je connais ! Quelle ville magnifique.

– Attends. Je suis de la banlieue de Chicago. D'un coin qui ne sait même pas que Frank Lloyd Wright existe. Mieux vaut évoquer les années à Paris, c'est là que j'ai tout appris.

– Mais ton enfance ?

– Ma chérie, laisse tomber l'enfance. Je n'en ai pas eu, pas plus que je n'aurai d'enfants. Mon seul atout est d'être beau gosse. Le reste appartient à un passé, et il est oublié. Je suis né en posant le pied à Paris, et mes années en tant que mannequin furent une bouée de sauvetage. L'enfance est à mettre à la poubelle. Bien profond.

– Alors parle-moi de ces années.

La fossette de David réapparut contre la peau d'Isabelle.

– J'y ai appris les règles d'or, comment utiliser les bons couverts, les classiques à lire, les films à voir, la musique à aimer… Les femmes. Les Bains, le Palace, la totale. La fête, le fric, le luxe. La littérature. Sans les livres, je meurs. *Paris est une fête*.

Isabelle n'osait pas aborder Gong Waï, la compagne qui avait l'âge d'être sa mère. Cependant, elle en crevait d'envie. David chantonnait en la berçant. Elle décida de se laisser choyer par cette créature tombée du ciel. La tendresse, un mot qui lui avait tant manqué.

– *God Only Knows*, chuchotait David.

Giacomo Scarpa traînait sa mélancolie dans le hall de l'espace Harmony. Il se sentait plus seul que jamais. Pourquoi n'avait-il pas été plus direct avec la jolie Isabelle ? À présent, elle ne le regardait plus, et il se retrouvait poursuivi par une Milanaise agressive, qui lui rappelait son ex-épouse avec ses djellabas de luxe et son regard aussi vorace que vulgaire. Il jeta un coup d'œil autour de lui. Maria Teresa avait accompli un beau travail, les tons crème des murs aux portes arrondies donnant accès à de petits patios embaumant l'oranger avaient de quoi séduire une clientèle aussi riche qu'épuisée. Il nota qu'une forme d'indécence filtrait sa vision. Ils avaient l'air de quoi, tous, avec leurs misérables problèmes existentiels alors que l'humanité détraquée était incapable d'éradiquer la misère ! Un jour, sa première épouse lui avait dit qu'elle était « citoyenne du monde». Ce jour-là, il l'avait vraiment haïe. Citoyenne du monde… Citoyenne de ton entre-soi hideux, sombre conne ! Il eut un élancement de douleur. Voilà ce que Lourdes lui avait appris, que le monde était intensité et métissage. Il avait perdu cette richesse, cette densité-là.

Curieusement, il avait porté peu d'intérêt aux récentes affaires qui avaient agité l'hôtel. Il s'en voulut. Certes, il n'avait jamais été en contact avec la morte. Lorsqu'il avait croisé son ami Francisco dans les couloirs, le visage sombre, il n'avait pas esquissé un «Ça va ?» de rigueur. Il soupira, la dépression le rendait terriblement égoïste. Il ne se supportait plus. Il fallait que cela cesse. Son prochain rendez-vous avait lieu justement avec le psychiatre, le docteur Javier Jimenez. Il appréciait la gentillesse de ce bel homme vif et intelligent, même s'il devait lui avouer que, pour l'heure, il continuait à errer dans les limbes de l'inertie et du découragement. À cet instant, alors qu'il oscillait entre la détestation de soi et l'auto-apitoiement, le jovial Jimenez dont le masque n'arrivait pas à éradiquer l'allure et la prestance l'appela d'un ton amical.

Il entra dans son bureau moins impressionnant, et moins médical que les autres. Chez Jimenez il y avait des objets mystérieux, des statues étranges, une bibliothèque en acajou bourrée à craquer de livres, et surtout, un divan recouvert d'un tissu coloré aux accents gitans qui attirait Giacomo comme un aimant vers les rêves de ses amours passées. Il s'assit poliment en face du médecin, les traits tirés et le sourire triste.

– Comment allez-vous aujourd'hui ? lança aimablement Jimenez qui avait retiré son masque, révélant son visage mat aux traits bien découpés.

– Mal, mais j'y suis habitué, répondit Giacomo avec sa suavité vénitienne.

– Les récents événements ont-ils affecté votre forme ?

– Le crime, voulez-vous dire ? Non.

Jimenez se racla la gorge. Lui, d'un naturel si précis, avait du mal à encaisser le mot « crime ». Il ne pouvait l'avouer à son patient, mais l'idée qu'on ait étranglé Vanessa lui semblait encore surréaliste. La nuit, il faisait des cauchemars affreux d'un criminel le poursuivant dans les couloirs. Vanessa, la fragile Vanessa qui faisait tout pour paraître redoutable, dangereuse dans sa séduction, et qui n'était qu'une proie, sous ses allures de dominatrice, Vanessa qui appelait l'amour sans pouvoir s'empêcher de se détruire, l'avait-il assez protégée ? Protégée de tous les types passés sur son corps ? Protégée des jeunes voyous des bars de Grenade ? Des heures passées sur Tinder à envoyer des selfies qui criaient l'angoisse plus que la sexualité ? Tandis qu'il retournait ces questions dans sa tête, son patient attendait la suite des événements. Javier Jimenez reprit ses esprits.

– Voulez-vous vous allonger sur le divan, ou préférez-vous rester sur la chaise ?

– Je préfère le divan, répliqua Giacomo qui s'allongea sur le lit, fermant aussitôt les yeux dans un épuisement à peine contenu.

– Détendez-vous. Que voyez-vous en ce moment ?

– Je vois de l'eau qui coule, de l'eau mêlée de sang.

– Un ruisseau ?

– Non. Plutôt un tube.

Jimenez esquissa quelques hiéroglyphes sur son carnet de notes. Comme la plupart des médecins, il avait une écriture illisible, lui seul savait se relire – et encore, pas toujours. Il continua à entraîner son patient d'une voix sans timbre, douce, apaisante, vers le territoire des rêves et de l'inconscient.

– Que voyez-vous d'autre ?

– Du vernis à ongles.

– Intéressant. De quelle couleur ?

– Rouge coquelicot. Les mains d'une femme avec des coquelicots.

– Les mains d'une femme ?

– Oui. Des mains blanches, soignées, un peu potelées. Elles tiennent l'extrémité du tube qui contient l'eau et le sang.

– Et quoi d'autre ?

– Rien. Juste cette image.

– Elle vous rappelle un événement du passé ?

– Ma mère avait toujours les mains manucurées, même lorsque nous n'avions pas d'argent. Mais ses mains étaient noueuses, rêches, pas aussi raffinées.

– Votre mère était rêche ?

– Oui, ma mère était dure, amère.

– Pourquoi ?

– Parce que mon père l'avait ruinée. Je vois de l'or près de cette main.

– De l'or ?

– Oui, beaucoup d'or étalé, de la feuille d'or.

– L'or des doges vénitiens ?

– Peut-être. Je ne sais pas. Ou l'or des gitans, des boucles d'oreilles, mais non, c'est bien de l'or pur, pas un bijou.

Javier Jimenez essayait de trouver un lien entre ce que lui racontait le comte Scarpa et sa dépression. Il lui avait déjà retracé l'histoire de son cœur brisé par Lourdes, la gitane. Giacomo Scarpa lui avait aussi confié qu'il était le descendant d'une lignée de voyants et qu'il ressentait parfois des flashs, mais il avait précisé qu'il ne croyait pas à ces histoires de famille. Jimenez l'avait trouvé un peu mieux lors des premiers jours de son arrivée, Scarpa avait évoqué une Française à demi-mots, et Jimenez avait compris que la femme lui plaisait, mais le patient était retombé depuis dans son atonie. Jimenez, ne sachant où menait cette vision sortie de l'inconscient de son patient, essaya un autre angle, et dut, encore et encore, écouter la tristesse de Giacomo au moment de sa rupture avec Lourdes.

Une fois son patient sorti, Javier Jimenez, quarante-cinq ans et un succès jamais démenti auprès des femmes, soupira en repensant à Scarpa. Il le plaignait un peu, comme il plaignait ces hommes qu'une féminité douce et délicate empêchait d'obtenir l'intérêt de la gent féminine. Il ne s'agissait pas, oh non, de tresser des lauriers au mâle alpha tant décrié par les magazines mainstream, mais de constater à quel point il y avait un abîme entre ce qu'attendaient les femmes et ce que dévoilaient les hommes. Combien de ses congénères ne savaient plus y faire… En ce moment, il voyait bien plus d'hommes que de femmes sombrer corps et biens. «Les femmes sont épuisantes», gémissaient certains. «Je ne veux pas m'attacher», confiaient d'autres. Et, l'âge venu, ils confluaient vers la même supplique, la supplique éternelle de l'amour. Pour certains, c'était l'heure du pain noir, ils n'avaient plus les ardeurs des heures triomphales. Jimenez jeta un œil au miroir du bureau. Son pain noir n'était pas pour tout de suite, mais il savait qu'il n'y échapperait pas. Clooney avait mis du temps à se ranger, mais lui aussi avait finalement coché la case couple avec bébés.

Scarpa ne comprenait pas que les femmes aient besoin d'assurance en soi, et que l'époque sonnait le glas de l'homme mélancolique. Lourdes était partie vers un horizon plus rassurant, pour une femme libre de sa trempe. Jimenez hocha la tête. Il allait falloir l'expliquer à son patient pour l'aider à éviter de répéter éternellement les mêmes erreurs, ce lot, hélas, inévitable des personnalités névrosées ou au bord de la névrose.

« L'Histoire est une névrose, songea-t-il, elle se répète comme les névroses bégaient en permanence. L'Histoire repasse les plats. » Assez fier de lui, il vit là un bon sujet de livre pour faire coïncider la Grande Histoire avec la petite.

La séance avait un peu calmé Giacomo qui consultait son programme, à nouveau assis dans la salle Harmony. Soudain, une femme lui demanda où se trouvait le sauna. Il leva la tête. C'était la riche Asiatique nouvellement arrivée. Elle était habillée d'une tunique dorée. Son visage lisse ne traduisait aucune expression, elle pouvait avoir aussi bien trente-cinq ans que le double. Seule la silhouette qui s'affaissait trahissait le nombre des années. La bouche peinte souriait d'un sourire de poupée. Son anglais était musical, teinté d'accent américain. Il lui indiqua la direction à prendre et elle le salua d'un geste courtois. C'est alors qu'il vit ses mains, des mains grasses, blanches aux ongles laqués d'un vernis coquelicot.

Gong Waï se prélassait dans la chaleur sèche du sauna. Elle préférait ce style de délassement à l'humidité du hammam, qui lui rappelait trop les nuits étouffantes des moussons asiatiques. Pour l'instant, les choses se déroulaient comme prévu. Il fallait tenir David à l'œil, mais le reste était en bonne voie. « Ce cher David serait-il devenu sentimental ? », se demandait-elle. Il était à espérer que non. Elle retourna dans sa suite, de sa démarche aérienne et discrète. Elle évitait désormais les sports trop agressifs, et elle effectuait chaque jour sa gymnastique personnelle pour garder la santé. Elle préférait exécuter ses mouvements dans sa suite, sur sa terrasse, à l'ombre. Les roses, les orangers et les bougainvillées, aux teintes de feux d'artifice, saturaient l'air de parfums.

Elle mit ses écouteurs, choisit sa playlist de harpes et de xylophones de son enfance qui accompagnaient les voix sucrées des chanteuses d'Extrême-Orient, déplia son petit tapis en soie prune quand soudain, le smartphone vibra. C'était Francisco Montez. Elle l'écouta, drapée dans son quant-à-soi d'airain. Ces pauvres Montez en étaient à proposer une visite de Grenade en mode grand luxe pour sauver la face ! Elle répondit positivement à l'invitation prévue pour le surlendemain. Après tout, une petite pincée de culture générale ne pouvait pas faire de mal entre un crime et deux soupes miso. Elle ferma les yeux, ce qui eut pour effet de changer ses repères et de multiplier sa concentration par dix, puis effectua son premier grand écart.

Il surveillait Cabrol avec un soin jaloux. Pour l'instant, la situation restait prometteuse. Ragaillardi par les injections anti-âge précédentes, le Français pouvait endurer les suivantes. Il n'avait pas de fièvre, moins d'eczéma que le lord anglais, et il était si naïf qu'il ne soupçonnait pas ce qui était en train de lui arriver. L'Anglais avait été plus intelligent, et son intelligence lui avait coûté la vie. Tandis que lui... Cabrol, idiot et malléable, avait félicité le médecin en lui disant que ses maux de tête avaient disparu. Encore un jour à attendre et il saurait s'il avait atteint son but. Le dernier patient d'une longue série. Si oui, il serait le maître des lieux. Maria Teresa allait passer du fantasme à la réalité.

Après d'orageuses discussions, Francisco et Pablo étaient arrivés à reprendre leurs esprits. Mais l'aîné était fou de rage contre le cadet. Il avait appris avec consternation l'histoire de sa coucherie avec Vanessa, et son rôle de frère protecteur avait pris du plomb dans l'aile. Quel crétin ! Aujourd'hui, la situation semblait aller mieux entre Pablo et Libertad, mais Francisco, connaissant sa belle-sœur, savait que son frère ne s'en tirerait pas sans règlements de comptes, salves de pardons et cadeaux ruineux. Libertad avait d'ailleurs bien raison, pensait l'aîné des Montez. Si Mariaté lui avait fait une chose pareille... Il n'osait pas imaginer sa propre réaction.

Les deux frères avaient prévu une petite distraction pour rassurer les clients de l'hôtel, un tour de Grenade dans des conditions exceptionnelles. Libertad et Maria Teresa avaient promis de faire partie de l'aventure, pour égayer l'escapade. Son assistante frappa discrètement à son bureau. Consuelo avait son visage des mauvais jours, le visage au sourire plaqué et au regard implorant.

– Monsieur, je dois vous faire part des réserves en cours. Il semble que la mort du client anglais ainsi que celle de notre pauvre Vanessa ont eu des échos dans la presse européenne, et nous affichons, hélas, un taux de remplissage qui sera bien en deçà de nos espérances estivales.

Francisco soupira.

– Laissez-moi les chiffres, Consuelo, merci.

Sa chère et dévouée assistante repartit d'un pas lourd. Deux minutes après, elle l'appelait :

– Vous avez Singapour sur la ligne 3.

– Passez-les-moi, merci.

Une demi-heure plus tard, Francisco demandait un café bien serré. Ou plutôt non, un jerez. Deux, même.

Maria Teresa était ravie. Elle s'était trouvé deux amies, les Françaises. Tandis qu'elles étaient installées toutes les trois sur la terrasse du roof top, à l'abri des oliviers et des amandiers, elle leur décrivait la balade du surlendemain prévue à Grenade. Une balade qu'elle préparait avec ardeur, avec visite de l'Alhambra, bien sûr, mais aussi virée chez les meilleurs artisans de la ville. Soudain, elle lâcha étourdiment :

– C'est amusant, quand je parle de ce que je souhaite ici, j'ai toujours de la chance, je l'obtiens.

– Comment cela ? demanda Marie-Claude.

– L'autre soir, quand nous conversions ensemble, Isabelle, je vous ai parlé des ex-voto qu'on trouve dans une petite boutique à Grenade. Eh bien, le lendemain, par magie, j'en ai reçu un chez moi.

– C'était un cadeau de votre mari ?

– Pas du tout ! Francisco a eu l'air de tomber des nues. Il a été à deux doigts de me faire une scène de jalousie, le pauvre chéri.

– Ah…

Dans ce « Ah », Marie-Claude avait mis toute l'énergie de son énarchie bretonne. Et toute sa propre méfiance. Une fois Maria Teresa partie vers la piscine, la Bretonne se retourna vers Isabelle.

– Et si nous allions au parking ?

– Mais enfin, il fait une chaleur de bête !

– Suivez-moi.

Personne ne résistant au « Suivez-moi » d'une Marie-Claude au sommet de son autorité, Isabelle se retrouva à crever de chaud à côté des Tesla et des Porsche stationnées devant l'entrée du spa.

– Pouvez-vous m'expliquer ce déplacement ?

Marie-Claude prit une large inspiration.

– Vous trouvez normal que notre princesse andalouse voie ses vœux exaucés du jour au lendemain ? Traitez-moi de parano si vous le souhaitez, mais je pense qu'il doit y avoir des micros au milieu de ce fouillis d'arbres. Tout cela ne me plaît pas du tout… Et avec ce que je dois vous révéler, je préfère ne pas prendre le risque d'être écoutée. J'ai passé un long moment avec Libertad. Comme je le supposais, cela a été bien plus facile qu'avec Maria Teresa qui est naturellement plus proche de vous que de moi.

– Marie-Claude, voyons…

– Isabelle, rebondit Marie-Claude avec une pointe de lassitude dans la voix, je ne me suis pas toujours appelée Hardy-Mondeville. Je me nomme Le Goff et je viens du Finistère. Pas des beaux coins de carte postale aux eaux caribéennes et longères de contes de fées, oh non. Mon horizon, c'étaient les barres de HLM brestois. L'ENA, c'est peu dire si j'ai cravaché pour l'avoir. Vous vous êtes laissé berner, hein ? Vous pensiez que j'étais sortie de la cuisse de Jupiter, avec mes robes et mon assurance ?

Isabelle ne répondit pas. Impitoyable, Marie-Claude reprit :

– Vous, vous êtes une femme adorable, Isabelle, je le pense vraiment, croyez-le. Mais j'ai pris l'habitude de scanner les êtres humains. Et ce que vous n'aviez pas senti, la différence de classe sociale, Maria Teresa l'a aussitôt perçu. C'est la raison pour laquelle je pensais qu'il était plus facile pour vous de lui tirer les vers du nez. Libertad est plus dure, plus *punchy*. Je connais cette race de femme – j'y appartiens. Et j'ai su comment lui parler. Vous – et ce n'est pas une critique –, je parie que vous n'avez manqué de rien. Bien sûr que vous avez souffert, vous avez vécu une terrible tragédie et vous l'avez surmontée, mais vous ne savez pas ce que c'est que d'avoir faim, n'est-ce pas ?

Isabelle baissa la tête, puis murmura :

– Non, en effet. J'ignorais que la vie avait été dure pour vous, au départ.

Marie-Claude la fixait d'un regard mi-attendri, mi-moqueur.

– Ne vous méprenez pas. Je ne vous mets pas dans la même case que Maria Teresa, en dépit de votre sens esthétique très développé. Votre créativité s'accompagne d'une grande sensibilité à l'être humain. Elle m'est précieuse, vraiment.

Touchée, Isabelle ne sut quoi répondre. Marie-Claude continua :

– Allez, assez parlé de vous et moi. Libertad m'a dit des choses très intéressantes… qui confirment ce que vous avez appris de Maria Teresa.

Marie-Claude mit son cerveau en mode synthèse.

– Maria Teresa vous a parlé des trois meilleurs médecins, selon elle : Olivares, Lapuente et Vega. Libertad m'a confirmé ces noms. Elle a ajouté quelque chose de décisif. Elle était amie avec Vanessa qui lui aurait confié qu'elle était amoureuse d'un homme qu'elle surnommait « Faust », confirmant au passage les confidences que m'avait faites Vanessa. Faust est sans doute un des médecins. Vanessa comptait le suivre en Asie, si tout se passait bien. Or sur les CV du corps médical, seuls trois médecins sont en rapport avec les labos chinois :

Olivares, Lapuente et Vega. Autre chose, j'ai appelé le service français des RG, et Raïssa Petrov ne fait pas partie des espionnes fichées par les nôtres. C'est donc bien une innocente femme de ménage qui s'est fait, elle aussi, assassiner.

30

Ce fut dans un des patios que le personnel médical se réunit pour rendre un ultime hommage à Vanessa Garcia. Son corps avait été rapatrié en France, et l'affaire était sur le point d'être classée par l'inspecteur Guzman comme crime sexuel. La police avait conclu que Vanessa avait été victime de sa frénésie Tinder. Ou de la violence du fuyard de l'hôtel, un certain Martin Novak dont le nom était inconnu dans les pays de l'Est. Sa mémoire liée à sa consommation d'hommes l'avait à tout jamais réduite à rester gravée dans les souvenirs andalous comme une misérable victime de ses pulsions. On n'était pas loin du « bien fait pour elle », chez certain(e)s.

Les amandiers croulaient sous leurs doux fruits aux enveloppes d'un vert céladon duveteux dont la sensualité et le parfum d'enfance rappelèrent à quelques-uns des heures plus musquées à la villa de Vanessa. Même Libertad était présente, ses lunettes noires masquant des sentiments oscillant entre haine et lambeaux d'amitié.

Javier Jimenez, en sa qualité de psychiatre, prit la parole, suivi de Juan Gonzalez, seul de l'assistance à ne pas avoir couché avec la défunte. L'ancien amant rendit un hommage à la sensibilité de Vanessa et à sa vulnérabilité sous ses allures combatives. L'ancien ami répéta les mêmes mots en omettant de glorifier une sensualité qu'il n'avait jamais eu envie de connaître, sinon avec d'autres hommes. Les infirmières semblaient moins émues que la gent masculine, à l'exception de Felicidad Lopez qui pleurait pour un rien. Emportée par sa nature sentimentale, cette dernière murmura un Ave Maria qui fut repris par l'assemblée, chœur incongru, à la limite de l'absurde pour parer d'un manteau saint une Vanessa Garcia fantasmée en vierge immaculée. Puis chacun repartit vers ses tâches, comme si rien ne s'était passé.

Paco Olivares avait un emploi du temps peu chargé. Il attendait une nouvelle patiente, Marie-Claude Hardy-Mondeville, mais entre les annulations en rafale et le peu de nouvelles arrivées, le spa fonctionnait au ralenti. Il s'assit dans sa chaise Eames, admirant les orangers qui s'étalaient en face de sa baie vitrée, paysage qu'il connaissait si bien qu'il aurait pu le peindre de mémoire. Il frissonna, puis regarda ses mails. Soudain, son visage s'éclaira : l'invitation estivale aux régates de Majorque des Goicoerrotea tombait à point. Un peu de changement serait le bienvenu. Il appela la direction pour poser ses dates de vacances.

Gonzalo Lapuente feuilletait un catalogue de voyages de luxe. Le Covid limitait un peu les choix, mais partir loin de cette ambiance détestable ne lui ferait pas de mal. Il hésitait entre Naples et une croisière en Croatie quand l'infirmière l'appela, le metteur en scène Alex De Las Reinas voulait un nouveau rendez-vous.

– Quel emmerdeur, celui-là, bougonna-t-il avant de jeter un œil à son planning.

Antonio Vega rêvait aux prochaines corridas. Sa passion première le faisait tenir en attendant les vacances qu'il calquait sur les ferias andalouses. Séville, Ronda, sa ville préférée où il possédait une somptueuse hacienda en contrebas du canyon, Jaén… Ceux qui ne comprenaient pas l'art de la corrida et le réduisaient à un massacre animalier ne savaient pas ce qu'était la vie : un combat sans merci, une beauté sauvage, et puis la mort. Comme celle de Vanessa. Il se rembrunit.

Marie-Claude et Isabelle, inconscientes de la petite cérémonie qui se déroulait au rez-de-chaussée en hommage à la disparue, prenaient un bain dans la piscine. Marie-Claude nageait très bien le dos crawlé, Isabelle, plus à l'aise en apnée, se concentrait sur la brasse coulée. Après avoir fini leur demi-heure de longueurs, elles marchèrent dans l'eau.

– C'est très bon pour la circulation sanguine, expliqua Marie-Claude.

Isabelle acquiesça. Les deux femmes, conscientes que leurs conversations pouvaient être écoutées, se limitaient à présent à quelques banalités lorsqu'elles étaient aux abords d'un lieu fréquenté.

– Tenez, voici un de vos admirateurs. Il est gentil tout plein, celui-là, remarqua la Bretonne, avec une désapprobation à peine voilée envers David tandis que Giacomo Scarpa posait un orteil dans l'eau de la piscine.

Isabelle s'empourpra. Marie-Claude dépassait parfois les bornes !

Giacomo fit une légère grimace et décida d'attendre un peu avant de se mettre à l'eau, stagnant, morne et vertical, sous le soleil au zénith.

– Allez, venez Giacomo, vous allez voir, elle est bonne une fois qu'on y est, s'écria Marie-Claude en souriant.

Isabelle se crut obligée de confirmer avec un sourire emprunté. Voir Giacomo la gênait beaucoup maintenant qu'elle attendait les appels de David. En général, il se manifestait vers une heure de l'après-midi. Elle jeta un œil à sa montre : il était presque l'heure. Elle retira ses lunettes de plongée, prit congé des deux autres, puis disparut avant que Marie-Claude ait pu placer un mot.

– J'ai l'impression que je l'indispose, confia Giacomo à Marie-Claude d'un ton chagrin.

Il l'avait finalement rejointe dans le bassin.

– Mais pas du tout ! s'exclama Marie-Claude, elle vous aime beaucoup, vous savez. Je crois que tous ces meurtres l'ont un peu affectée, c'est tout.

Le bruit de l'eau rassurait Giacomo, son clapotis apaisait son âme meurtrie. Marie-Claude fit une drôle de cabriole destinée à le dérider, mais ce fut peine perdue. Elle sortit de l'eau en lançant un tonitruant *arrivederci* auquel il répondit par un misérable sourire. Tandis que la Française s'éloignait, il se mit à nager un crawl fluide, se vidant la tête comme le lui conseillaient les psychiatres. Au bout d'une heure, il faillit heurter une grosse forme imprécise qui se dirigeait droit sur lui. Il s'arrêta juste avant l'obstacle, s'avisant qu'il allait entrer en collision avec le réalisateur espagnol Alex De Las Reinas qu'il admirait pour avoir si bien filmé le monde gitan. Dans l'eau, le réalisateur multiprimé ressemblait à un mammifère aquatique aux yeux ronds et aux épaules tombantes. Sa large bouche s'ouvrit.

– Je vous reconnais, vous êtes l'ami italien des Montez ! On s'était croisés à Madrid, non ? Avec Lourdes, notre déesse flamenca. Vous savez, je n'oublie jamais un visage.

Au nom de son ex, Giacomo sentit qu'un aspic lui attaquait l'estomac. Alex le comprit et s'empressa de changer de sujet pour mettre à l'aise ce bel Italien. Aborder le crime pouvait s'avérer cathartique.

– Un bon crawl pour oublier les tragédies, je suis pour. Vous connaissiez Vanessa Garcia ?

– Non. Il semblerait que je sois le seul mâle à ne pas l'avoir connue.

Alex éclata de rire.

– Alors nous sommes deux.

Alex avait divisé la fratrie des homosexuels en trois catégories : ceux qui détestent les femmes, ceux qui ne peuvent se passer de leur compagnie, et ceux qui, tout en rêvant de débaucher un père de famille, apprécient non pas les femmes, mais la féminité. Il se situait dans la troisième branche des siens. Faire du gringue au Vénitien l'amusait, tout en se doutant qu'il avait affaire à une prise impossible. Un peu de séduction intellectuelle ne faisait pas de mal, son compagnon se montrant un peu trop irritable en ce moment. Alex ne se faisait aucune illusion sur son physique qu'il qualifiait d'adipeux, pour ne pas dire hideux. Souvent, il confiait à une assemblée hilare : « Quand je me vois dans un miroir, je pousse un sourd cri de douleur. »

En général, cette phrase faisait rire les messieurs et plongeait les femmes dans un état de compassion maternante. Mais sa laideur qui l'avait tant torturé lorsqu'il était plus jeune était passée au deuxième plan, la gloire avait recouvert de poudre d'or sa silhouette informe. Il avait encore quelques moments de dépression, mais depuis son premier oscar reçu vingt-cinq ans plus tôt, il n'avait pas manqué de partenaires décoratifs et intéressants. Il les payait bien. Il se demandait d'ailleurs combien la Chinoise devait lâcher à son escort boy de rêve. Un bon paquet, sans doute. Il repartit à l'offensive auprès de l'Italien qui lui dit combien il aimait son cinéma.

– Je vous inviterai à Madrid, une fois le Covid terminé, je referai des fêtes. On y rencontre beaucoup de monde, des gens de partout, différents les uns des autres – je déteste les petites coteries.

– Moi aussi ! répondit Giacomo avec force.

Alex était habitué à cerner les gens. Un Vénitien aux allures d'aristocrate amoureux d'une gitane devait être un rescapé de son milieu, un homme à l'aise dans les contrastes. Il saurait s'en souvenir. Ils évoquèrent ensuite les Montez. Giacomo lui demanda s'il avait vu Francisco récemment.

– Non, répliqua Alex gaiement, notre pauvre ami passe sa vie dans son bureau, et ne discute avec personne. Il faut dire qu'un crime en plus du Covid, ça commence à faire beaucoup pour maintenir la santé financière de l'Alfonso ! Je serais désolé que ce spa ferme, j'y viens deux fois par an. Mais je sais par les Montez que l'épidémie a fait beaucoup de mal à la trésorerie.

– Francisco m'a dit l'inverse ! Il a même précisé que l'établissement était complet !

– Ces deux dernières semaines, oui, mais la mort de l'Anglais a déclenché des annulations, et l'assassinat de cette tête folle de dermato n'a rien arrangé.

– L'affaire avance, au sujet de la dermatologue ?

– Pablo m'a raconté que l'inspecteur classait l'affaire. Crime sexuel inexpliqué. Un peu rapide, mais puisque cela arrange les Montez…

Giacomo ne répondit rien. Il ne savait pas comment la justice fonctionnait en Espagne. Il regretta d'avoir autant négligé son couple d'amis, le réalisateur semblait bien plus au courant que lui des tourments qui assaillaient Francisco et Pablo. Il ne savait pas quoi ajouter au bavardage du réalisateur. Il tenta de lui parler d'*Amor y Celos*, un de ses films préférés, mais il constata qu'il était à la limite de la gaffe, les artistes n'aimant pas trop qu'on leur rappelât leurs premières œuvres. Alex s'extirpa de l'eau et s'enroula dans un peignoir, puis invita Giacomo à son dîner avec les Montez.

– Avec plaisir, répondit Giacomo.

Cela allait le changer de ses regrets et de ses propres ratages.

Pendant ce temps, dans le bureau de Francisco, l'heure n'était plus du tout à la joie. Pablo et lui discutaient chiffres et menace de rachat. L'implantation singapourienne s'avérait n'être qu'un piège bien ficelé par les Asiatiques pour racheter la marque à prix d'or. Pablo était effondré. Francisco lui avait expliqué que le trust sino-singapourien de Gong Waï ne souhaitait plus de partenariat. En termes sinueux et ampoulés, la guerre était déclarée. Le groupe des Montez, fortement endetté par le Covid, n'était plus en mesure de décliner l'offre.

– Il faut trouver une solution, répétait Pablo en faisant les cent pas.

– Je le souhaite, soupira Francisco, mais il va falloir dénicher d'autres fonds d'investissement.

– Et ton ami Giacomo ? Son fonds suisse ne pourrait pas nous épauler ?

Le portable de Francisco bipa et son visage s'éclaira.

– Devine qui vient d'appeler ? Giacomo en personne ! Il dîne avec nous ce soir, je vais lui en parler.

– C'est le ciel qui nous l'envoie !

Maria Teresa, Isabelle, Marie-Claude et Libertad prenaient un thé glacé à l'ombre des amandiers du patio réservé à la direction. Celui-ci se tenait un peu à l'écart du « paquebot », surnom que Marie-Claude avait donné au spa. Ou plutôt, il était à la proue du bâtiment blanc posé sur la colline et dont la blancheur sublimait les arbres, plantes et autres luxuriances multicolores. Autour du patio, les pièces étaient réservées au personnel administratif et à la télésurveillance. Maria Teresa, volubile, s'était lancée dans ce qu'elle aimait le plus, souligner la splendeur de son Andalousie, et précisément de la ville de l'Alhambra, surnommée « la belle Andalouse ».

– Comme vous le savez, l'Alhambra est le palais le plus fréquenté d'Espagne. Il a été déclaré patrimoine de l'Unesco en 1984 et fait partie des candidats finalistes pour devenir l'une des « sept nouvelles merveilles » du monde. Lorsque Mohamed V créa le célèbre *patio de los leones* – dont je me suis inspirée pour définir les jardins de l'Alfonso…

– Mariaté, soupira Libertad, nos amies auront toutes ces explications demain.

– Nous allons visiter combien de musées ? demanda Marie-Claude avec inquiétude.

La Bretonne avait une vision assez américaine du tourisme : une demi-heure dans un lieu, quelques photos, puis basta – elle préférait les terrasses de café pour observer la nature humaine. Ou bien les boutiques pour se ruiner en tenues de stylistes étrangers. Elle rentrait de ses périples avec des nippes immettables comme ce sarouel déniché à Tanger et qui avait provoqué une remarque sarcastique d'Hubert : « Tes jambes ont disparu ou tu portes des couches ? »

– Oh, l'Alhambra sera le seul, répondit Maria Teresa, radieuse. Il faut dire que c'est la pièce maîtresse. En fin de journée, les filles, on ira se relaxer au hammam Al Àndalus, il est au pied de l'Alhambra. Une merveille d'architecture néomauresque du XVIIIe. L'atmosphère est très particulière, vous verrez. Nous irons dans deux ou trois de mes boutiques préférées, et le soir, spectacle de flamenco dans l'Albaicín ! La dernière fois que nous y sommes allées, Libertad, tu étais déchaînée !

Libertad fit tournoyer ses cheveux en guise d'assentiment.

– Dites-moi, demanda Marie-Claude dont l'esprit aiguisé n'avait pas de limites, nous sommes où, exactement ?

– Dans notre patio privé, répliqua Libertad, et si vous voulez quelques cornes de gazelle pour vous alimenter normalement, c'est possible.

– Libertad, reprocha gentiment Maria Teresa, ce n'est pas dans le programme du spa.

– Eh bien pour une fois, je ne dirais pas non ! approuva la Bretonne sous le regard reconnaissant d'Isabelle qui mourait de faim depuis une semaine.

Libertad appuya sur son portable et la seconde suivante, une femme se présenta avec citronnade et gâteaux au miel. Un rituel visiblement selon les goûts de Libertad. Marie-Claude lui en fit la remarque. Libertad gloussa.

– Figurez-vous que notre patio est situé juste à côté des bureaux de nos maris, et surtout, de la partie télésurveillance de l'hôtel.

Marie-Claude bondit.

– Nous sommes surveillées ?

Libertad sembla décontenancée.

– Oui, du moins dans les parties communes. C'est aussi pour éviter certains incidents qui ont pu arriver à notre personnel. L'une des jeunes masseuses a été agressée par un client pendant un soin. Ce porc n'a plus jamais remis les pieds dans l'hôtel !

Marie-Claude approuva d'un hochement de tête vigoureux, avant de demander, mine de rien :

– À ce propos, la villa de la dermatologue était-elle équipée de caméras ?

– Pas la villa, mais le chemin qui y accède, répondit Libertad en se rembrunissant, la bouche pleine de pâte feuilletée. Mais il y a eu des déficiences dans le système de sécurité le soir du meurtre.

Elle eut soudain un regard horrifié : les techniciens devaient posséder les bandes de l'arrivée de Pablo chez cette pute, ils avaient dû bien ricaner… Elle se promit d'aller faire un tour dans la salle des archives. Marie-Claude se promit de faire la même chose, mais dans un tout autre but. Comment n'y avait-elle pas pensé avant ? Isabelle et elle échangèrent un coup d'œil de connivence.

– En attendant, soyez prêtes à huit heures demain, *hijas* ! La journée va être fantastique !

– Je n'en doute pas, répliqua Isabelle, les yeux brillants. Il y a un renouveau du design andalou passionnant, en plus.

– Oui, abonda Maria Teresa. Le travail du bois, et surtout celui des tissus ! Les Andalous sont de grands coloristes, se rengorgea-t-elle en fuyant le regard de Libertad laquelle, en classique Madrilène débordée, n'était pas à l'aise devant les démonstrations d'esthète de sa belle-sœur.

Toutes les quatre sortirent joyeuses du patio, surtout Isabelle qui venait de recevoir un message plus qu'explicite de David. Que des caméras filment leurs ébats ne la gênait pas le moins du monde. D'ailleurs, Libertad avait précisé que ces dernières n'étaient posées que dans les parties communes. Du moment qu'il y avait ébats, la vie se révélait belle, même dans cette ambiance assombrie par le crime.

31

– Les palais nasrides constituent un ensemble de complexes architecturaux bâtis sur plusieurs générations, qui sont construits sur le site de l'Alhambra. On distingue trois zones : le Mexuar, le palais de Comares et le palais des Lions.

À dix heures du matin, la chaleur était déjà suffocante dans la cour du parking. Le groupe, accompagné par Maria Teresa, défiant les trente-cinq degrés dans sa petite robe noire, et Libertad dont la combinaison en lin ressemblait déjà à un tas de chiffons, s'éventait en se demandant quand on allait enfin entrer dans les enceintes ombragées des palais.

David et Isabelle échangeaient des remarques dans un américain enlevé et nerveux qui ne pouvait pas être compris par les autres et gloussaient de concert en attendant d'entrer dans le musée. Gong Waï, au dernier moment, s'était fait porter pâle. Marie-Claude nota, fataliste, le manque de délicatesse de son amie, qui ne faisait pas grand cas du pauvre Giacomo, plus lugubre que jamais. Elle nota aussi la forme retrouvée de Philippe Cabrol, forme qui allait de pair avec sa voix claironnante et ses rodomontades difficiles à endiguer.

« Mais qu'est-ce qui m'a pris de coucher avec lui », pestait-elle tandis que Philippe la prenait à la taille, et qu'elle se tortillait pour tenter de lui échapper sans paraître malpolie. Philippe arborait son sempiternel chapeau de safari qui l'avait, un temps, amusée, et qui le faisait ressembler à un Indiana Jones des faubourgs. Le guide reprenait, en anglais et en français, la liste des merveilles à venir, précisant la chance insigne qu'ils allaient avoir de découvrir ces splendeurs sans les grappes habituelles de touristes, Covid oblige. Ils avancèrent en groupe compact jusqu'à l'entrée du premier palais, puis se retrouvèrent plongés dans la fraîcheur de la citadelle. Sous les arcades, le premier patio. La salle du Mexuar, transformée en chapelle chrétienne, n'avait plus grand-chose à voir avec un alcazar nasride, elle avait même été sérieusement endommagée par une explosion en 1590 qui avait dégradé les restaurations de Charles Quint. Marie-Claude lut une des inscriptions sur les murs : « Entre et demande. N'aie pas peur de demander la justice car tu la trouveras. » Marie-Claude doutait que les décisions des cadis de l'époque fussent en accord avec la justice divine, mais elle admirait sans réserve la passion de Maria Teresa pour sa région. Si on touchait à sa Bretagne natale, quand bien même elle avait tout fait pour s'évader du Finistère, Marie-Claude montrait les dents. Soudain, une ombre surgit. Le visage de Maria Teresa eut une expression de surprise puis un sourire teinté de sympathie.

– Docteur ! Quelle surprise de vous trouver ici !

Et Marie-Claude, dans une déflagration de lucidité, sut qu'elle était face à l'assassin.

Il n'avait pas su résister. De toute manière, il devait aller à Grenade pour donner le dernier flacon, et il rêvait de voir Maria Teresa au cœur d'un palais, alors il avait pris sa journée. Il touchait au but, les Montez étaient coincés, au bord de la ruine, lui seul pouvait la sauver de la déchéance et de l'humiliation. Dissimulé derrière une colonne, il l'avait longuement observée. Sa reine. Même en pleine canicule, chacune de ses mèches était en place, surplombant son grand front avec une plantation capillaire en pointe, lui donnant un visage en forme de cœur. Plus bas, les sourcils noir de jais, épilés, adoucissaient ses sombres yeux en amande. Il détailla les pommettes saillantes, le nez bien proportionné, orné avec grâce d'une paire de Wayfarer. Lorsqu'elle les portait, elle ressemblait à Audrey Hepburn dans *Breakfast at Tiffany*. Elle possédait cette grâce veloutée de faon qu'on trouvait chez la star. Les lèvres, bien dessinées, à la fois charnues et aplaties, telles un prolongement de son épiderme. Néfertiti, la belle à l'horizon… La ligne du cou, la perfection du profil et du menton bien dessiné… Avide, il la dévorait des yeux, n'osant les porter vers ses lourds seins et sa taille étroite.

Ce fut elle qui l'aperçut, le désarçonnant une fois de plus. Il n'avait pas d'autre choix que se découvrir et de sourire, affable, comme à son habitude. « Quelle surprise de vous trouver ici ! » Elle avait prononcé ces mots avec chaleur. Il lui plaisait. Il en était de plus en plus certain. Elle le présenta à la Française fouineuse – il fallait faire attention à celle-là – puis se mit à le combler d'éloges :

– Vous savez, Marie-Claude, le docteur est sans doute le meilleur du spa. En plus, il vient d'une vieille famille de Cordoue, d'ailleurs je ne comprends pas pourquoi vous vous êtes débarrassé de la seconde partie de votre vrai patronyme. C'est le lord anglais décédé qui m'avait raconté que vous descendiez de la plus ancienne noblesse andalouse. Il s'y connaissait, le pauvre homme, paix à son âme. Il ne faut pas avoir honte de ses origines ! Lapuente de Aguilar y Jerez, quel nom splendide.

– *Señora*, murmura-t-il, vous me faites trop d'honneur…

« Trop d'honneur… quel con. »

– La famille était vieille, certes, mais dans tous les sens du terme. Cela fait longtemps, bien longtemps que les Aguilar y Jerez n'ont plus aucune signification à part les dettes des trisaïeuls et des vies difficiles.

– Je viens moi-même d'une vieille famille sévillane, vous savez !

Oui. Il le savait. Il le savait tant et tant qu'il n'était pas mécontent qu'elle ait découvert son vrai nom. Mais en observant la Française, il flaira le danger. Elle le fixait d'un air glacé, une statue du Commandeur, racée et granitique. Il bredouilla une excuse pour mieux s'éclipser. Il avait rendez-vous… Il sortit du palais à grandes enjambées, puis se mit à déambuler dans la vieille ville. Il était en avance. Il s'installa à une table et commanda une orangeade et un café serré.

La cohorte des clients transformés en touristes continuait à cheminer dans les palais maures, goûtant leur fraîcheur, s'extasiant devant le raffinement des sultans du XIIIe siècle. Les Trastamare avaient épargné, dans leur reconquête, cet ensemble de monuments d'exception, ce travail de paysagiste et ce génie civil qui semblaient atteindre une perfection naturelle que les débuts de la Renaissance ne pouvaient égaler.

Ce fut dans le palais des Lions, splendeur maximale de la dynastie nasride, qu'Isabelle constata que David avait disparu. Alors qu'elle le cherchait dans la cour centrale censée représenter le paradis musulman avec ses quatre ruisseaux et son jardin de plan carré, elle vit Marie-Claude accourir vers elle d'un pas pressé. Elle semblait bouleversée.

– Où est votre ami ?

– David ? Je ne sais pas. Il a dû rester dans la salle des Abencerrajes.

– Venez, allons dans celle des Dos Hermanas, il n'y a personne à l'intérieur. J'ai beaucoup de choses à vous dire. Je sais qui est le meurtrier.

– Quoi ?

Marie-Claude serra les dents.

– Au nom du Ciel, ne hurlez pas et suivez-moi.

Elle entraîna Isabelle dans les toilettes adjacentes à la salle des Mocárabes, vérifia que personne ne pouvait les écouter, puis se lança :

– Notre meurtrier est le docteur Lapuente.

– Mais son nom ne finit pas en « ez ».

– Ce n'est pas son nom complet. Alors que je discutais avec Maria Teresa, elle l'a reconnu dans la salle du Mexuar. Il s'était dissimulé derrière une colonnade. Elle l'a abordé avec enthousiasme. Vous auriez vu son visage, à lui… Un livre ouvert. La passion à vif, je n'ai jamais vu un homme fixer une femme avec cet air-là, cela frôle la psychose. Après, elle l'a gentiment taquiné sur ses origines : il ne s'appelle pas Gonzalo Lapuente, mais Gonzalo Lapuente de Aguilar y Jerez. Une vieille famille consanguine et ruinée de Cordoue. C'est le lord anglais, notre premier mort, Peregrine, qui avait raconté cette noble parenté à Maria Teresa. Le Gonzalo a semblé à la fois ravi de se faire mousser et ennuyé que cela soit devant moi. Il me déteste, je le sens, il sait que je sais.

– Il est toujours parmi nous ?

– Non, il a filé en prétextant un rendez-vous. Il avait une mallette à la main. Elle ressemblait aux paniers isothermes qu'on utilise pour les pique-niques.

– Et vous en déduisez quoi ?

– Qu'il transporte un produit médical. Pour qui ? La Chine ?

Isabelle frissonna, puis blêmit. Marie-Claude la regarda avec toute la sincérité dont elle était capable.

– Vous dites que David a disparu ?

– Oui.

– Essayons de le retrouver, et vite ! Sinon, cela signifie que nous avons un train de retard.

– Marie-Claude, vous croyez… Vous croyez que David est mêlé à tout ça ?

Marie-Claude eut un élan de compassion envers son amie dont le doux visage était gris de déception et d'angoisse. Comment lui répondre que la connexion sino-espagnole passait fatalement par lui ? Vanessa avait confié à Libertad qu'elle allait découvrir l'empire du Milieu grâce à Faust… Marie-Claude essaya de minimiser, avec une délicatesse rare chez elle :

– Pas aux meurtres, mais il doit être le porte-bagages de cette Gong Waï. La veuve Mao nous a eues sur toute la ligne.

Isabelle passa au pivoine, puis, le souffle court mais le regard plus déterminé, elle demanda à Marie-Claude ce qu'elles devaient faire.

– Nous éclipser et retourner au spa. On va prétexter n'importe quoi, une insolation ou je ne sais quoi, mais il faut absolument intercepter David ou Gonzalo Lapuente.

– On n'y arrivera jamais seules !

– Comptez sur moi pour aller défoncer le bureau des Montez.

Gong Waï descendit les marches de l'hôtel pour se diriger vers le garage. Tout se déroulait comme prévu. La Rolls Phantom était à sa place, le garagiste de l'Alfonso avait pris soin d'elle. La voiture rutilait. Elle lui fit signe qu'elle avait besoin de son véhicule, et lui donna un pourboire inespéré qui le fit s'agenouiller par terre avant de lui ouvrir grand la porte du véhicule. Gong Waï démarra la Rolls, jeta un ultime regard au spa, dépassa enfin les grilles bordées d'oliviers pour prendre sa vitesse de croisière. Elle avait discrètement réglé sa note, mais laissé ses habits dans son dressing. Avec l'affaire qu'elle venait de conclure, elle allait assurer l'opulence des cinq prochaines générations. David l'attendait, à l'aéroport. Elle relut le SMS : tout était parfait. Il était déjà sur place. Elle avait effectué la transaction avec Lapuente, comme convenu. Un an de travail avait suffi. Ce Lapuente était étrange, mais selon les Australiens, il était un des meilleurs du monde dans son domaine, et la dernière phase avait réussi.

Elle prévint Singapour : qu'ils l'attendent à l'arrivée avec une Rolls Phantom. Gong Waï était une femme d'habitudes. Le vol était prévu dans deux heures – un jet privé –, personne n'aurait le temps de se retourner, elle avait tout calculé au quart d'heure près. Elle sourit de contentement. Et le plus beau, c'est que tout était légal… Il était midi trente. Gong Waï allait pouvoir s'offrir le luxe d'embarquer plus tôt.

Pendant ce temps, Marie-Claude et Isabelle avaient beaucoup de mal à quitter le groupe. Très déçue, Maria Teresa insistait pour qu'elles restent. Isabelle n'eut pas à feindre le malaise, son écœurement était tel qu'au nom du restaurant, elle faillit vomir. Philippe Cabrol s'en mêla, apostrophant Marie-Claude de son grasseyant accent cannois :

– Reste avec nous, ma belle, il paraît que les agrumes de cet endroit valent le détour : de la vitamine en barre. Et leur huile d'olive est réputée pour son équilibre acido-basique… D'ailleurs je vais en rapporter une caisse.

– Rapporte ce que tu veux, mais je raccompagne Isabelle à l'hôtel ! Comme tu peux le constater, elle se sent mal.

– Mais enfin, Marie-Claude… C'est très important de se sustenter pour tamponner les acides.

– Je m'en tamponne, de tes acides ! Et de ton jargon stupide ! Allez, Isabelle, partons.

– Il y a une station de taxis à côté, intervint Giacomo, je viens avec vous.

Les trois se précipitèrent vers la place en contrebas de l'entrée de l'Alhambra. Il était une heure trente lorsqu'ils trouvèrent un taxi pour les ramener à l'hôtel.

Il était resté au Parador. Il avait jeté un coup d'œil à son portable. La transaction avait été exécutée, la Chinoise avait tenu parole. Maintenant, il était plus riche que les Montez réunis. Peu lui importait que son nom ne soit pas cité dans les découvertes majeures pour l'humanité, il avait l'argent, c'était le principal. L'argent et son titre retrouvé. Maria Teresa…

Il commanda par ironie un verre de vin de Jerez. Ses ancêtres lui devaient bien ça.

Soudain, il vit le groupe entrer dans le restaurant, avec en tête, formant le contraste habituel entre la perfection et la gourmandise, Maria Teresa et la grosse Libertad. Sa princesse semblait contrariée, alors que Libertad souriait sans s'apercevoir qu'elle était en nage dans sa robe-sac. Il fit un geste et Maria Teresa s'approcha. Voir ce corps se mouvoir spontanément vers lui provoqua une érection foudroyante.

– Ah, docteur, comme je suis heureuse de vous voir ! Voulez-vous déjeuner avec nous ? Trois de nos clients sont rentrés à l'hôtel, une des deux Françaises se sentait mal – un problème intestinal, sans doute – et son amie a tenu à l'accompagner. Le comte Scarpa, très gentiment, s'est offert pour les ramener.

Son instinct réagit au quart de tour. Il y avait péril ! Un grain de sable dans des rouages trop bien huilés… Il eut l'intuition que la Française l'avait percé à jour. Il n'avait plus de temps, pas maintenant alors que la situation allait basculer, il devait se concentrer sur ce qu'il avait de plus cher au monde, et ce qu'il avait de plus cher au monde se trouvait devant ses yeux ! Il regarda sa montre : une heure quarante-cinq.

– Voulez-vous venir une seconde dehors, *señora* Montez ? J'ai quelque chose à vous demander en privé.

32

L'aéroport Federico-García-Lorca se dressait, immaculé, comme une promesse de vacances. Comme David le supposait, en cette période difficile pour les voyageurs, il était à moitié vide. Pas de Néerlandais rougeauds et débraillés, d'Allemandes déguisées en gitanes ou de grappes d'Anglais bruyants qui profitaient de leurs virées sur le continent pour laisser tomber leur flegme insulaire et hurler plus fort que les Latins. David se dirigea vers le petit bâtiment réservé aux jets privés. Il était une heure trente, Gong Waï n'allait pas tarder à arriver. En dépit de la chaleur, il préféra rester à se dorer au soleil sur un banc. Il rangea la mallette à l'ombre, sortit sa paire de lunettes Aviator, puis attendit. La Phantom se voyait de loin. Il mit ses écouteurs. *Don't Worry Baby…*

Au nœud routier de la route 3424 et de l'autoroute 92 qui menait à l'Alfonso, les voitures faisaient du surplace, tandis que Marie-Claude était au supplice. Elle était prête à demander un hélicoptère pour arriver dans la minute. Il était, hélas, impossible de prévenir l'Alfonso qui était situé dans un désert numérique, barré par les premières montagnes de la sierra Nevada, et l'inspecteur Guzman Greus « était absent », lui avait répondu une voix peu amène du commissariat grenadin. « En vacances », avait ajouté la secrétaire désagréable. Marie-Claude fulminait, ces Espagnols étaient impossibles ! Comment pouvait-on construire une Europe puissante si les fonctionnaires du Sud se tiraient dès qu'un crime était commis ? rageait-elle, retrouvant ses réflexes de haute fonctionnaire d'État survoltée par l'urgence de la situation.

– Ça ne sert à rien de vous agiter, murmura Isabelle d'une voix morne, de toute manière, on va arriver.

Marie-Claude fut à deux doigts de la gifler, mais elle se souvint à temps de la déception et de la vulnérabilité d'Isabelle. Quant à Giacomo, coincé entre Isabelle et la porte arrière du taxi, il cherchait désespérément à comprendre ce qui se passait.

– Pouvez-vous m'expliquer ? demanda-t-il de son ton d'une politesse à toute épreuve.

– Il y a un meurtrier fou parmi les médecins ! rugit Marie-Claude, et il a tué au moins deux fois !

– Mais qui pourrait faire une chose pareille ?

– Quelqu'un prêt à vendre son âme au diable pour de l'argent. Allez, par pitié, dites-lui que je lui donne cent euros s'il nous tire de cet embouteillage. Quelle heure est-il ?

– Presque deux heures.

– Eh bien, dites à cet abruti de chauffeur que je surenchéris à deux cents. Fissa !

Il lui avait pris la main, sur le trottoir. Elle avait légèrement sursauté à la micro-injection, mais sans s'apercevoir de son geste.

– Ah, ces moustiques andalous, quelle plaie !

Il lui avait parlé de banalités, de programmes au spa pendant deux minutes, le temps que le sédatif fasse son effet, et lorsqu'elle murmura d'un ton las qu'elle ne se sentait brusquement pas très bien, il lui demanda, tout doucement :

– Voulez-vous que je vous raccompagne au spa ?

Elle porta sa main à son crâne.

– Oui, Gonzalo, cela serait gentil. Laissez-moi m'asseoir deux minutes. Auriez-vous l'amabilité de prévenir le groupe ? Je vais m'installer sur ce banc.

Elle l'avait appelé par son prénom. Il acquiesça puis fila avertir Libertad qu'il s'occupait de « la *señora* Montez qui se sentait fatiguée et voulait rentrer ». La femme de Pablo, déjà attablée avec Dylan le cocaïnomane, Philippe Cabrol, son patient qui valait dix milliards, ainsi que deux ou trois autres clients fidèles au poste, avait déjà commencé son numéro de communicante bien rodé qui s'accompagnait d'un flot de bière locale et de tapas. Libertad le remercia d'un mouvement de menton avant de reprendre sa conversation animée.

Il aida Maria Teresa à se relever – la frôler était en soi un instant de grâce –, puis lui demanda si elle pouvait marcher jusqu'à sa voiture.

– Je crois, oui, mais je ne sais pas ce qui m'arrive, je suis épuisée. J'espère que je ne suis pas malade, je suis désolée de vous importuner.

– Vous ne m'importunez jamais. Tenez-vous à mon bras.

– Merci, Gonzalo. Vous savez que je n'aime pas me donner en spectacle…

– Je sais, répondit-il avec vénération.

Lorsqu'ils arrivèrent devant la MG, il lui ouvrit la porte et l'installa avec une précaution de restaurateur maniant un Velázquez prêt à être accroché au Prado. Deux heures. Il était temps de filer. Il regarda le GPS. L'autoroute qui menait à Motril était fluide. Une chance, il pourrait arriver au bateau avant le déclenchement des hostilités.

Il roulait à toute allure. Maria Teresa dormait. Dans son sommeil, elle appuya sa tête contre son épaule. Il avait la vie devant lui.

Gong Waï arriva à l'aéroport. Elle sortit de la voiture, puis se dirigea droit vers David, d'une démarche qui rappelait un peu celle de la reine d'Angleterre. David s'en amusait toujours, il avait de l'admiration pour Gong Waï, même si l'heure était aux adieux.

– *Hello, my little China girl.*

– Tu as la marchandise ?

– La voici.

– Cela s'est bien passé ?

– Comme prévu. Tout est là : le flacon et le dossier complet. Il a vérifié son compte en banque avant la transaction, il a semblé satisfait et moi, je ne me suis pas attardé sur les lieux.

Gong Waï prit le temps de contrôler le contenu de la mallette avant de sourire.

– Tu es sûr que tu ne veux pas venir avec moi, David ?

– Sûr.

Ils se faisaient face. Il la dominait en taille, mais Gong Waï restait impériale sous le ciel sans nuages.

– Avons-nous le temps de prendre un café ? demanda-t-elle.

– Oui, mais rapidement, tu n'as que quinze minutes d'avance.

– Cela suffira, répondit-elle de sa voix fluette.

Ils se dirigèrent vers la buvette de luxe. Le pilote privé vint les avertir que l'avion était prêt et que Lady Gong Waï pouvait embarquer dès qu'elle le souhaitait.

– Revenez dans cinq minutes, Francis. Merci.

Une fois calée sur son siège, Gong Waï sortit de son sac une enveloppe.

– C'est pour toi.

– C'est trop gentil, mais tu m'as suffisamment gâté.

– Prends-la quand même, insista-t-elle de son ton monocorde.

– Si tu le souhaites…

– J'ai bien aimé le temps que nous avons passé ensemble.

– Moi aussi.

– Tu ne t'appelles pas David, n'est-ce pas ?

Il sourit.

– Non.

– Et tu n'es pas américain, je suppose.

Il rit franchement.

– Tu supposes bien.

Gong Waï eut un demi-sourire.

– Tu étais trop mystérieux pour être américain. Mais tu es un bon acteur.

– Je te remercie, fit-il d'un ton où perçait l'ironie.

– C'était bien avec la Française ?

Il ne répondit pas. Le pilote arriva à nouveau.

– Il est deux heures, madame.

– Merci, Francis. Bien, c'est l'heure. Tu seras toujours le bienvenu à Hawaï comme à Singapour, sache-le.

– J'en suis heureux, ma chérie. Rentre bien. Et, qui sait… ?

Ils se séparèrent sur cette interrogation. David alla garer la Phantom au parking de l'aéroport, puis se dirigea vers la zone d'enregistrement pour attraper son vol. Il pénétra dans l'espace des premières classes, resta songeur jusqu'au décollage, et s'endormit profondément.

Enfin, le taxi arrivait à l'Alfonso. Il avait mis plus d'une heure et demie pour parcourir les trente kilomètres qui séparaient le spa de Grenade. Un accident avait provoqué un énorme embouteillage sur l'autoroute 92, «Pas de chance», répétait le chauffeur de taxi, «*No suerte*»... À ce stade d'accablement, Marie-Claude ne disait plus un mot, mais son regard meurtrier parlait pour elle. À peine le taxi garé, elle sortit en trombe de la voiture et se précipita à l'accueil.

– Je dois voir les directeurs immédiatement ! C'est une affaire urgente !

L'hôtesse d'accueil, suffoquée par ces familiarités, faillit lui passer les coordonnées du psychiatre. Toutefois les mines sombres de Giacomo et Isabelle qui encadraient cette réchappée d'asile la convainquirent de s'exécuter.

– J'appelle leur bureau, je vous prie d'attendre.

– Nous n'avons plus le luxe d'attendre ! grinça Marie-Claude.

Dans le bureau vitré climatisé où régnait élégance, légèreté et palissandre, les Montez remâchaient leurs angoisses.

– Giacomo a promis son soutien, plaida Pablo.

– Oui, mais il n'est pas le patron du fonds suisse qui l'emploie. Le patron est le père de son ex-femme.

Pablo eut un regard suppliant.

– Il s'entend bien avec lui ?

– Je crois, oui. Il faut aussi qu'on demande à nos investisseurs américains d'intervenir, la banque des amis du beau-père de Scarpa ne suffira pas. À mon avis, le fait de voir notre groupe passer entre les mains d'Asiatiques peut les faire réagir.

Assis l'un en face de l'autre, les frères étaient incapables de bouger, sous le choc de l'annonce de la proposition de rachat qu'ils ne pouvaient refuser, à moins d'obtenir des crédits conséquents.

– Au moins, les derniers clients passent une bonne journée, soupira Pablo.

– Oui, Mariaté s'est beaucoup investie dans le déroulement de cette journée. Nos deux femmes nous ont tant aidées à construire l'Alfonso, souffla Francisco, l'air chagrin. Battons-nous pour elles.

On frappa à la porte.

– Oui ?

– Excusez-moi de vous déranger, murmura Consuelo, mais une cliente veut vous parler de toute urgence. Elle prétend qu'il en va de vos vies.

L'assistante n'eut pas le temps de terminer sa phrase que Marie-Claude, Isabelle et Giacomo Scarpa pénétraient dans la pièce.

– Qu'est-ce qui se passe ? Giacomo, peux-tu m'expliquer ? tonna Francisco.

– Écoute-les, rétorqua le Vénitien.

– Bien. Asseyez-vous, mesdames.

Chacune prit sa place sur les banquettes recouvertes de laine bouclée danoise. Isabelle ne put s'empêcher de calculer le prix du mobilier et des accessoires du bureau. Entre les lampes Wright, les fauteuils Saarinen et les rideaux en lourd coton indien, il y en avait pour une fortune. Marie-Claude se lança :

– Mme Gong Waï est-elle encore parmi vous ?

– Mais… bien sûr, pourquoi cette question ? Elle doit partir dans trois jours.

– Pourriez-vous vérifier si elle n'a pas quitté l'hôtel ?

– Consuelo ?

– Je m'en occupe tout de suite, *señor*.

Pablo se tourna vers la Bretonne, intrigué.

– Vous pouvez nous en dire un peu plus ?

Marie-Claude trouvait le cadet plus vif que l'aîné. Elle se tourna vers lui, ses yeux clairs réduits à deux fentes implacables.

– Nous soupçonnons Mme Gong Waï d'avoir acheté un de vos médecins à ses propres fins. Ce qu'ils ont tramé, nous n'en savons rien, mais en cette période de pandémie mondiale, tout est envisageable. Nous soupçonnons ledit médecin d'avoir tué par trois fois, d'abord Peregrine Bowles Lyons, puis Raïssa Petrov qui a dû assister d'une manière ou d'une autre à son méfait, et enfin Vanessa Garcia dont l'adoration commençait à devenir pesante.

Pablo ne put répondre, Consuelo venait de revenir dans le bureau avec un air d'incompréhension manifeste.

– C'est étrange, Mme Gong Waï est en effet partie ce matin en laissant toutes ses affaires. Elle a réglé sa chambre.

Il était quatre heures de l'après-midi.

Gong Waï survolait l'Est marocain. Une escale était prévue à Istanbul. De là, elle appellerait le laboratoire. La signature du contrat devait avoir lieu à la sortie de l'avion. Elle sourit en songeant à l'identité réelle de David, elle avait sa petite idée à ce sujet.

Maria Teresa se réveilla avec une sensation de nausée et de tangage. Elle ouvrit les yeux et constata qu'elle était installée dans la cabine d'un bateau à moteur, dans une marina. Devant elle, Gonzalo Lapuente de Aguilar y Jerez la contemplait d'un regard fiévreux. Elle se releva d'un bond, mais il fut plus rapide qu'elle.

– Non, reste allongée… j'aime bien te regarder quand tu dors, tu es si belle… Ton visage… Dès que je t'ai vue, j'ai su que tu étais pour moi. Tu sais, j'ai étudié la généalogie, nous avons des aïeux en commun !

Maria Teresa se demanda si elle était réveillée ou si elle était en plein cauchemar. Elle cligna des yeux, sans effet. Lapuente la tenait par les poignets, d'une main de fer. Elle se mit à crier, mais la main de l'homme lui bâillonna la bouche.

– Tutut ! Tu n'es pas jolie quand tu cries…

Il jeta un coup d'œil à sa montre. Puis, d'un geste leste, posa des sparadraps médicaux pour l'immobiliser et la bâillonner. Il la fixait à présent d'un air suppliant.

– Je ne veux pas te faire du mal, tu sais, chuchota-t-il, je te les retirerai quand nous serons de l'autre côté. Tu vas voir, on va mener une vie magnifique. J'ai tout prévu. On fera le tour du monde. Je vais te raconter une histoire…

Maria Teresa sentit la pointe de ses cheveux se dresser de terreur. Il approcha son visage du sien.

– J'ai le temps avant notre départ… Écoute bien, l'histoire est exceptionnelle… Il était une fois un gosse sans personne pour prendre soin de lui. Son père avait bu le peu que ses ancêtres lui avaient laissé, sa mère s'était enfuie. Il vivait dans une HLM de la banlieue de Cordoue. Les gosses du quartier se moquaient de son nom. Alors il décida de le couper. De le mutiler. De tuer son père. Après, il partit pour le Nord. Il lui arriva des tas de choses, mais je t'en dirai plus quand on sera là-bas. Il a rêvé, beaucoup rêvé… Il est devenu le meilleur chercheur de son pays, mais son pays ne lui offrait pas assez. Alors il est devenu le meilleur chercheur des États-Unis d'Amérique, mais les États-Unis lui volaient son travail. Alors, il partit pour l'Australie. Là-bas, son travail fut connu jusqu'à la mer de Chine. Il a noué des relations intéressantes avec l'Asie, des relations qui lui ont donné une liberté folle. Il plaisait aux filles, mais il ne les aimait pas. En Australie, il en a aimé une, la première et presque la dernière. Il l'a ramenée en Espagne quand il est venu travailler à l'Alfonso, hélas, elle n'a pas été très sage… Mais ce n'est pas grave, elle n'existe plus. Il en a trouvé une autre. TOI.

Le cerveau de Maria Teresa s'était dédoublé. Elle comprenait qu'elle était impuissante face à une invincible psychose et qu'elle devait rester immobile. Son sang-froid reprenait le dessus tandis qu'elle écoutait un homme qu'elle avait toujours considéré avec une grande admiration se transformer en monstre, un monstre racé au regard de fou. Il continuait, le cou tendu, les muscles gonflés, palpitants, comme si son cœur voulait grimper jusqu'au cerveau.

– Quand je suis arrivé, tu m'as souri. Tu te souviens ? Tu as regardé la photo de Cordoue dans mon bureau et tu m'as confié que toi aussi tu étais andalouse.

Il la fixait avec une intensité telle qu'elle crut qu'il allait tomber à la renverse. Mais il sembla se reprendre.

– Je t'ai observée chaque jour de ma vie au spa. Tiens, je connais la proportion de tes pommettes ; elles sont très légèrement asymétriques, mais ton visage reste un miracle de nombre d'or. Le temps n'y fera rien, tu resteras la plus belle du monde, ton architecture est splendide. Toutes ces femmes et ces hommes qui viennent nous voir pour être mieux physiquement… Je suis leur jardinier. Les roses doivent être durement mutilées au sécateur pour mieux s'épanouir, eh bien tu vois, ma chérie, les humains, c'est pareil. Je les taillade pour les rendre plus beaux et ils aiment la souffrance ! Mais toi... Personne ne peut te tailler.

Il eut un petit ricanement.

– Cette pauvre Vanessa te détestait. Elle était jalouse ! Un jour, elle a exagéré, elle a dit de vilaines choses sur toi. Alors elle a eu ce qu'elle méritait.

Maria Teresa se composait un visage attentif sous ses sparadraps, refoulant l'envie de vomir.

– Lors de la première vague de Covid, des labos chinois m'ont contacté pour travailler avec eux, mais j'ai refusé. En revanche, quand le meilleur labo de Singapour m'a approché, je n'ai pas dit non... Et tu sais quoi ? J'ai trouvé le meilleur vaccin du monde ! Mieux que les Américains, un vaccin à 99,6 % d'efficacité. Au début, ça n'a pas été évident, il y avait des effets secondaires, des eczémas par-ci par-là. Ce connard d'Anglais avait deviné, alors il a eu son compte, et la Russe m'a vu, du coup j'ai dû aussi l'éliminer, mais quand tu vois à quel point le crétin de Français pète la forme, tu comprends combien j'ai réussi. Lui et tant d'autres peuvent me remercier, le mien n'a pas besoin de rappel tous les quatre mois. Gong Waï va créer un partenariat avec la Chine. Mon nom n'apparaîtra pas, mais je ne cherche plus les honneurs. *Je t'ai.*

Son regard flamboyait.

– Je l'ai vendu à Gong Waï pour des milliards. Une femme remarquable. Tu sais que ton idiot de mari et son frère sont ruinés ? Ils ne te l'ont pas dit, je parie. Ils n'ont plus rien, que des dettes. Alors Gong Waï va les racheter, mais la belle vie, c'est fini pour eux. Heureusement, j'ai de quoi prendre soin de toi. Allez, on va y aller. Reste couchée, laisse-toi faire, je t'installe bien pour la route. La mer est calme, pas besoin de foncer, on a tout notre temps, tout notre temps… On va aller jusqu'à Gibraltar sans se presser, mon Targa est un engin facile à manier. Et après ? Après, surprise…

Il remonta d'un pas agile, la laissant seule dans la cabine. Elle entendit le bruit du moteur. Ils partaient. Il était quatre heures de l'après-midi.

Au même instant, les Montez apprenaient avec épouvante par Libertad que Maria Teresa avait disparu avec le docteur Lapuente.

33

L'Alfonso, perché sur sa colline, semblait toujours aussi paisible vu de loin. Personne ne pouvait se douter que le bureau des frères Montez s'était transformé en cellule de crise bourdonnante. Greus était revenu au pas de course de ses vacances. En deux heures, il avait pris la tête des opérations. La police avait les yeux rivés sur les ordinateurs tandis que d'autres membres de l'équipe appelaient les patrouilles. Marie-Claude avait été autorisée à assister à la fouille du bureau de Gonzalo Lapuente, sans résultat. La pièce avait été vidée. Même les photos sur les murs et sur les meubles avaient disparu. Marie-Claude fouilla sa mémoire. Elle se rappela un poster de Séville ainsi qu'un autre de la cathédrale de Cordoue. Il y avait une troisième image, mais elle n'arrivait pas à s'en souvenir. En sortant du bureau, elle croisa Philippe Cabrol qu'elle faillit ne pas reconnaître tant elle était obsédée par ce qui se passait. Il semblait perdu.

– Ah, c'est toi, Philippe. Justement, je voulais te parler.

– Pourquoi le docteur Lapuente a-t-il disparu ? Personne ne m'explique rien, j'avais rendez-vous avec lui ce soir !

– Philippe, viens. Il faut aussi trouver l'Anglais, Dylan, c'était Lapuente qui vous soignait personnellement tous les deux, non ?

– Oui, avec Vega et Olivares, mais Lapuente est dans une catégorie à part. C'est un être supérieur. Il m'a rendu mes chakras.

Marie-Claude soupira.

– Philippe, veux-tu me faire plaisir ?

– Tout ce que tu veux, ma jolie.

– Viens.

Elle empoigna un Cabrol un peu inquiet et l'entraîna vers la salle des examens sanguins. Elle héla une infirmière.

– Madame ! Monsieur souhaite faire un test PCR.

– Quoi ? Tu es folle ? Jamais !

– Philippe, tu m'as promis.

– Je ne t'ai rien promis, je vais très bien ! D'ailleurs, on devrait aller se reposer un peu, si tu vois ce que je veux dire.

– Si je te dis OK, tu fais le test ?

– Du chantage ? Enfin, Marie-Claude !

– Bordel de Brest, tu vas le faire, sinon tes chakras vont se fendre sous les castagnettes !

– Marie-Claude !

– Madame, considérez que le client est d'accord.

L'espagnol de Marie-Claude étant meilleur que celui de Philippe, on lui enfila deux tiges dans le nez avant qu'il ne comprenne ce qui était en train de se passer. Il hurla.

– C'est horrible, à cause de toi j'ai reçu des nanoparticules dans le corps !

– Tu vas voir, cria Marie-Claude, je te parie que tu n'as pas seulement des nanoparticules, mais que ton Lapuente t'a refilé autre chose. Bon, je retourne voir les Montez. Madame, envoyez les résultats directement sur le portable de Pablo Montez.

– Et moi ?

– Toi ? Marie-Claude le toisa, l'air énervé. Toi, tu ne risques rien ! File à la piscine !

– Et notre sieste ?

– Plus tard ! Ah, madame, n'oubliez pas de joindre Dylan Jones. Lui aussi doit faire le test.

Marie-Claude sortit en claquant la porte et escalada quatre à quatre les marches jusqu'au bureau des Montez. Les ascenseurs du spa, véritables fusées silencieuses, pouvaient être occupés par les rares clients qui erraient, désorientés. Les voitures de police avaient beau être arrivées dans la plus grande discrétion, plus personne ne cachait son angoisse. Lorsqu'elle ouvrit la porte, un désordre sans nom régnait dans la pièce. Greus finissait une conversation téléphonique.

– La voiture est où, exactement ? Près du péage d'Antequera, dans la direction de Cordoue ? Personne, bien sûr… Mettez un cordon de sécurité, j'appelle l'hélicoptère.

Marie-Claude se rendit compte qu'elle était la seule femme dans le saint des saints. L'inspecteur Greus, après son témoignage décisif, n'avait pu lui refuser sa demande de faire partie du groupe des enquêteurs. Marie-Claude s'assit au bout d'un canapé, les mains en position de prière ce qui, chez elle, était signe de concentration. Elle entendait Greus crier au bout du fil :

– Fermez l'autoroute vers Cordoue, faites évacuer toutes les voitures, on arrive. Il a volé une voiture sur une aire d'autoroute pour ne pas être repéré !

Le regard sombre de Gonzalo Lapuente s'affichait sur l'écran avec le qualificatif « activement recherché », accompagné de celui de Maria Teresa qui semblait sorti d'un conte de fées gothique. Marie-Claude écoutait Greus, en sentant confusément que jamais Lapuente n'aurait pris la direction des terres après un tel enlèvement. Les aéroports de la région avaient été inspectés et personne correspondant aux deux fugitifs n'avait été aperçu. Elle regarda Francisco. Ses joues creuses semblaient des béances prêtes à accueillir l'indicible. Mécontente, elle appela Isabelle, laquelle n'avait pas eu le droit de rester à ses côtés comme Marie-Claude l'eût souhaité.

– Isabelle, vous m'entendez ?

– Oui.

– Concentrez-vous, c'est très important. Je vous ai parlé des posters qui ornaient les murs du bureau de Gonzalo Lapuente après mon unique rendez-vous chez cet homme. Vous vous souvenez ?

La voix d'Isabelle était calme.

– Oui.

« Brave petite, songea brièvement Marie-Claude, heureusement qu'elle est là. »

– Je vous ai parlé de Séville et Cordoue, non ? Mais il y avait une troisième photo, et je ne sais pas si je vous l'avais mentionnée.

– Si. Vous aviez également parlé d'une photo posée sur la table qui montrait un bateau à moteur de luxe. Vous aviez ajouté que le salaire des médecins devait être important, dans ce spa.

Marie-Claude étouffa un cri de triomphe.

– Isabelle, vous êtes géniale. Merci ! Je vous tiens au courant, mais je crois que vous venez de m'aider à un point que vous n'imaginez pas.

– Tenez-moi au courant !

Marie-Claude raccrocha, puis se précipita vers l'inspecteur Greus.

– Ce n'est pas vers le nord qu'il faut chercher, c'est vers le sud ! Il a un bateau, un bateau à moteur, du lourd, enfin un truc léger mais luxueux. Il en avait la photo sur son bureau, j'en suis sûre, je l'ai vue !

Pablo jura.

– Elle a raison ! Je m'en souviens aussi.

Marie-Claude continuait, intarissable :

– Il veut nous embourber, nous faire perdre du temps, alors qu'il va filer par la mer ! Vite, quel est le port ou la marina la plus proche du péage ?

– Málaga.

– Il doit déjà être sur l'eau à l'heure qu'il est, murmura Francisco d'une voix blanche.

– Alors il n'y a pas une minute à perdre ! vociféra Marie-Claude. Vite, à l'hélicoptère !

On entendait le bruit de l'engin qui approchait tandis que le soleil baissait. Il allait falloir accélérer le tempo. Marie-Claude se tourna vers Pablo.

– Monsieur Montez, vous vous souvenez de l'allure de ce bateau ?

– Oui, balbutia le cadet, mais je préfère que vous nous accompagniez pour plus de sûreté.

L'hélicoptère se posa sur la terrasse de l'hôtel, le bruit des pales bruissant le long des oliviers et des amandiers. La scène était surréaliste. Greus, les Montez, Marie-Claude ainsi que deux soldats armés prirent place dans le Tigre qui redécolla aussitôt.

– Changement de programme, direction Málaga, lança Greus au pilote.

Ils fonçaient vers le soleil couchant, vers les plaines de l'extrême Sud et déjà la Méditerranée s'étalait, miroir bleuté sous du ciel orangé.

Le portable de Pablo sonna. Il regarda Marie-Claude qu'il considérait à présent comme une sorte de superpuissance cérébrale. Elle lui fit signe de prendre l'appel. C'était Alex De Las Reinas qui venait aux nouvelles.

– Demandez-lui s'il a lui aussi vu une photo de bateau sur le bureau de Lapuente, chuchota Marie-Claude.

La réponse ne se fit pas attendre, le réalisateur avait en effet remarqué la photo.

– Un Targa 46, une splendeur, je m'en suis servi dans mon dernier film. À la fois discret et puissant, il n'y a pas d'équivalent sur le marché. Les Finlandais ont une tradition du design qui…

– Merci, Alex, répondit Pablo avant de raccrocher.

Greus affina les appels aux forces maritimes qui se tenaient en embuscade : ils recherchaient tous un Targa 46. Cinq minutes plus tard, on leur signala le bateau en approche de Gibraltar. La nuit commençait à tomber. Greus ordonna à deux vedettes de le filer sans se faire remarquer.

Dans la cabine, Maria Teresa luttait contre le sommeil. Le bruit du moteur et la vitesse, régulière, la berçaient. Seul le calvaire qu'elle vivait la maintenait éveillée. Elle essayait de se débarrasser de ses liens, mais n'avait réussi qu'à s'écorcher les bras. Soudain, elle sentit une entaille dans la maille du sparadrap au niveau du poignet gauche. À moitié morte de fatigue, elle continua à élargir ce début de liberté. Le soleil allait bientôt disparaître, il fallait qu'elle réussisse au moins à se libérer tout en laissant croire à son ennemi qu'elle restait à sa merci. Maria Teresa ne se savait pas courageuse, mais c'était une question de vie ou de mort. Après avoir réussi à dégager ses bras au prix de douloureuses contorsions, elle retira prestement les liens au niveau de ses pieds, gardant le sparadrap sur sa bouche au cas où ce possédé aurait l'idée de descendre dans la cabine. Soudain, par le hublot, elle vit des lumières éblouissantes cerner le bateau, et les ordres de la police maritime retentirent dans de puissants haut-parleurs :

– Contrôle du bateau, veuillez vous immobiliser !

Allongée dans sa position de victime, elle était prête à bondir. Le bateau s'arrêta. Lapuente descendit dans la cabine, ce qu'elle redoutait par-dessus tout, le regard toujours aussi enfiévré, un revolver à la main et un sourire de dément sur les lèvres.

– J'ai échoué, mon amour. J'ai échoué, mais nous partirons ensemble, nous nous aimerons dans notre ailleurs, à l'abri de ces cloportes qui ne nous comprennent pas, je créerai un univers pour toi, autour de toi, nous ne nous quitterons plus jamais. Je serai à toi pour toujours et tu seras à moi. Laisse-moi m'allonger auprès de toi, je veux mourir dans tes bras.

Il avait fermé la cabine à clé. Elle entendit des bruits d'hommes sautant lourdement sur le pont, puis des coups redoublèrent à la porte. Une planche céda tandis que Lapuente chuchotait ses paroles de mort. Il souriait, le regard flottant, que certains auraient pu interpréter comme un regard serein. Il ajusta son revolver contre la tempe de Maria Teresa.

– Tu ne sentiras rien.

Et là, dans un mouvement brutal, avec toute la violence dont elle était capable, elle retourna l'arme contre lui. Le coup partit tandis que la police pénétrait dans la cabine, contemplant une scène qu'ils n'allaient pas oublier de sitôt : une femme recroquevillée sur le cadavre d'un homme et qui pleurait sans pouvoir s'arrêter.

34

Francisco Montez avait eu l'impression que son cerveau avait grillé jusqu'à risquer l'orage électrique, mais le docteur Jimenez avait volé à son secours. Francisco avait cru mourir d'effroi à la nouvelle de la disparition de sa femme. La revoir vivante, vivante et réduite à un corps inerte, à un regard mêlé de terreur et de haine l'avait anéanti. Jimenez lui avait glissé, avec son habitude de la psychiatrie :

– Le meilleur service que vous pouvez rendre à votre épouse est de lui faire l'amour, le plus vite possible. Tout de suite !

Il s'était exécuté le soir même et Maria Teresa s'était accrochée à lui avec une violence sourde. Jamais il n'avait ressenti aussi fortement la nécessité de prendre soin d'elle. Elle avait raconté son calvaire à la police, encore et encore, jusqu'à l'épuisement. C'était le seul moyen pour elle de le mettre dans une case, pour mieux l'appréhender par la suite. Là encore, Javier Jimenez s'était avéré indispensable :

– *Querida*, tu as fait preuve d'un courage surhumain. Ce courage est ta réparation.

Les investigations policières avaient mis au jour l'accablant bilan de Gonzalo Lapuente : outre les meurtres certifiés par le témoignage de Maria Teresa, les fouilles dans la villa du médecin avaient identifié le jeune corps de l'Australienne Kim McBride, enterré près de la cabane du jardinier. Kim, portée disparue depuis cinq ans.

Deux jours après le drame, les blessures des unes et des autres étaient loin de se transformer en cicatrices. Libertad avait tenté de contenir les médias, ces charognes avides de scoops et de sang. Elle fit de son mieux, bien que l'affaire fît grand bruit dans toute l'Espagne et au-delà.

Marie-Claude refusa la médiatisation à laquelle, selon les Montez, elle avait droit. Elle possédait trop de bon sens pour l'accepter, même si une petite voix intérieure lui soufflait qu'un peu de célébrité ne lui ferait pas de mal, célébrité qui aurait comblé sa nature extravertie et aurait sans doute impressionné son abruti d'ex-mari – peine perdue, son intelligence aiguë réprouvait la renommée facile. Elle demanda à la place trois jours de plus pour récupérer après les épreuves, ainsi que pour son amie Isabelle, souhait qui fut exaucé avec tous les égards que les Espagnols lui devaient.

Comme la Bretonne l'avait pressenti, les examens cliniques effectués sur Philippe Cabrol et Dylan Jones montrèrent à la fois la présence d'un Covid et un taux d'immunité propre à le détruire en un jour. Les deux hommes avaient bel et bien été vaccinés à leur insu. Attentive, Marie-Claude suivait toutes les publications au sujet des traitements. Elle appela le bureau pour savoir si elle pouvait avoir les dépêches AFP les plus urgentes sur les travaux de la recherche mondiale. Lorsqu'un laboratoire singapourien révéla qu'il avait peut-être mis au point un nouveau traitement révolutionnaire, elle eut un demi-sourire :

– Regardez, Isabelle, notre veuve Mao n'a pas perdu de temps…

Isabelle resta silencieuse. David. Où était-il ? Marie-Claude, dont le tact n'était pas la qualité première, faisait de lourdes allusions à l'Italien Giacomo Scarpa, lequel était aux petits soins pour Isabelle. Mais comment pouvait-elle expliquer ce qu'elle avait vécu, comment leur dire que David lui manquait ? Par un effet de télépathie propre aux hasards de l'imaginaire, Marie-Claude remarqua :

– Il y a d'ailleurs une photo de notre chère Gong Waï dans sa maison de Hawaï. Elle semble bien rentrée chez elle, cette maligne. Je me demande combien elle a empoché pour cette… transaction. Curieux, notre beau David semble avoir disparu, le nouveau est nettement moins bien.

Isabelle ouvrit l'œil. Les deux sirotaient le Bellini du soir le long de la piscine, Marie-Claude ayant ordonné la fin des soupes miso. Marie-Claude s'éclaircit la voix :

– « Gong Waï, la célèbre Estée Lauder de l'Extrême-Orient, nous reçoit dans son paradis hawaïen, en compagnie de son nouvel ami, Bradley. Souriante, elle nous explique qu'elle a mélangé deux architectures, celle de la simplicité hawaïenne, à laquelle elle apporte le raffinement de sa Chine natale. Gong Waï nous confie l'intérêt qu'elle porte à l'époque des Printemps et Automnes ainsi qu'à celle de l'époque Tang, en particulier le règne de l'impératrice Wu qui l'a, dit-elle, beaucoup inspirée. »

Marie-Claude renifla, désapprobatrice.

– Ce Bradley ne ressemble à rien. Quant à se comparer à la souveraine Tang… Regardez-moi ce déluge de pagodes !

– On appelle ça des *dougong*, murmura Isabelle.

– Allez, jetez un coup d'œil, pour me faire plaisir.

Isabelle fit semblant de se forcer. Marie-Claude fit semblant de croire à cet effort.

– Ma chère Isabelle, ne me dites pas que vous trouvez ce bric-à-brac de statues votives et d'art primitif intéressant !

Isabelle se mit à rire. « Gagné », songea Marie-Claude.

– Et puis le nouveau sigisbée… On le croirait sorti d'une pub pour shampoing ! Un professeur de surf, précise l'article. Dites donc, elle les choisit de plus en plus jeunes.

– Comme l'impératrice Wu, s'esclaffa Isabelle.

Marie-Claude était soulagée de constater qu'Isabelle semblait moins sombre. Elle ne profita pas longtemps du sourire de son amie, Philippe Cabrol venait d'arriver. Un peu remis de ses émotions, il avait repris ses coutumes loufoques et voulait la persuader de se joindre à lui pour saluer le coucher du soleil dans la position de ses maîtres yogis.

– Allez-y, chère Marie-Claude, répondit Isabelle avec une pointe d'ironie, le soleil n'attend pas !

Elle vit le couple improbable partir vers la rambarde, puis se replongea dans l'article dont le seul intérêt était de savoir que David ne l'avait pas trahie pour repartir avec la Chinoise. « Où donc peut-il être ? » se demanda-t-elle en avalant une dernière gorgée de Bellini.

Il avait atterri à l'aéroport Ben-Gourion. Il s'était débarrassé, juste avant son départ d'Espagne, de sa dernière identité ainsi que de ses lentilles de contact. Il avait pensé à Isabelle qui aimait ses yeux momentanément d'un bleu profond et au prénom de David auquel il s'était attaché. Il jeta un œil à son nouveau passeport avant de héler un taxi pour s'enfoncer dans les faubourgs de Tel-Aviv. Son nouveau patronyme était plus exotique, et lui permettrait de voyager tranquillement en Asie du Sud-Est. Il serait temps de changer une fois de plus de nom lorsqu'il aurait atteint Singapour.

Il dormit une nuit au Sheraton avant de reprendre la route en car. Il somnola durant le trajet qui le menait aux portes du désert du Néguev. Les paysages arides lui étaient familiers, il était un habitué des régions de la querelle.

Entrant dans le garage de Beer-Shev'a pour prendre possession du véhicule qui allait l'entraîner vers de nouvelles aventures, il poussa un cri de joie : les instances avaient accédé à sa demande, la voiture-bijou l'attendait, pimpante, d'un bleu turquoise avec une pointe de gris pour atténuer la stridence de la couleur. Qu'elle était belle. Si jolie qu'il décida de faire un crochet par la Jordanie en empruntant la route 40. Il était dans les temps et il gardait un bon souvenir du désert rouge. Il programma la musique d'une de ses playlists : *Born To Run* s'imposait pour sortir de la ville et embrasser les plates étendues sableuses. Une expression étrange passa sur son visage, fugitive, grave, avant de retrouver celle de la bonhomie qu'il affichait envers et contre tout, mais lorsqu'il se saisit de la clé de contact, lorsqu'il entendit le bruit du moteur, les fossettes jaillirent de ses joues et il ressentit à nouveau l'adrénaline qui le prenait lorsqu'il changeait de vie.

35

À l'Alfonso, c'était l'heure du départ pour Isabelle et Marie-Claude. Les Françaises faisaient leurs valises. Marie-Claude avait eu droit à de touchants adieux de la part de Philippe qui cherchait par tous les moyens à l'inviter dans sa propriété cannoise. Elle sourit poliment, mais elle savait qu'une fois qu'elle serait rentrée à Paris et prise dans la tornade de ses fonctions, le fragile Philippe n'aurait plus sa place.

Giacomo Scarpa restait quelques jours de plus pour épauler ses amis Montez. Il avait réussi à empêcher le rachat du centre par les partenaires de Gong Waï en faisant appel à ses fonds suisses, mais il fallait rester vigilant. Pour l'instant, on ne parlait plus de politique expansionniste et on se concentrait sur le succès ibérique, Dubaï comme Singapour n'étaient plus à l'ordre du jour.

Comme l'avait prédit Libertad, le tragique fait divers, après avoir nui à la réputation de l'Alfonso, provoqua un afflux de clients pour l'été. Libertad ne s'en réjouissait pas, sachant ce qui pouvait blesser la sensibilité de sa belle-sœur, les curiosités mortifères, les regards déplacés, les commérages à l'infini.

Les deux femmes, plus proches qu'avant, avaient décidé de faire front à tout, même à la petitesse et à l'avidité de la clientèle. Alex De Las Reinas restait aussi, protégeant Maria Teresa des conversations de l'entourage. Du reste, il avait été entendu que Pablo et Libertad s'occuperaient de la bonne marche de l'hôtel durant la saison estivale, tandis que Francisco et Mariaté partiraient en Malaisie avec Alex et son ami pour tenter de se changer les idées.

Isabelle pliait ses affaires dans sa chambre, bronzée et amaigrie. Elle ne savait pas quoi penser de David. Il restait un point obsessionnel qui se promenait à l'intérieur de son cerveau, et elle se demandait si c'était signe de bonne santé mentale. Elle s'était enfin réveillée de son hibernation sentimentale. Soudain, son portable clignota et un SMS s'afficha. Le numéro était masqué, mais la phrase lui sauta au visage : «*Je ne pouvais plus entrevoir la moindre différence entre son corps et le mien. Je pense à toi. À bientôt.*» Elle resta, un instant, hébétée, suffoquée, ne pouvant réagir. David était vivant et il pensait à elle. Isabelle eut un sourire destiné autant à l'Américain qu'à la phrase de Duras. Elle inspira de toutes ses forces, décidée à garder le mystère pour elle, et elle seule.

Quelques heures plus tard, les deux femmes avaient pris place dans l'avion. Intriguée, Marie-Claude contemplait sa collègue d'aventure. Il ne faisait aucun doute qu'Isabelle avait changé depuis la matinée, son visage s'auréolait d'une lumière, une sérénité nouvelle. Marie-Claude pensa sans conviction au charmant comte italien qui aurait pu, qui aurait dû être une nouvelle source de bonheur pour la jeune veuve.

Ce fut Isabelle qui prit la première la parole, avant le décollage :

– C'est drôle, nous aurions pu nous tutoyer durant ce séjour mouvementé, mais avec vous je suis à l'aise dans le vouvoiement. J'aimerais beaucoup vous revoir à Paris.

– Mais moi aussi ! Nous avons vécu tant de choses en une semaine…

– Je vous apprécie beaucoup, Marie-Claude.

Marie-Claude rougit, sa pudeur naturelle reprenait le dessus lorsque la conversation prenait un tour amical, et elle enviait à Isabelle cette faculté de pouvoir exprimer ses sentiments avec tant d'aisance.

– Moi aussi, Isabelle, je vous aime beaucoup.

Isabelle la regarda, l'air moqueur.

– Avec Philippe Cabrol, les choses semblent bien parties, non ?

– Oh, vous savez, les hommes qui me comparent à un arbre me fatiguent un peu. Je ne suis pas certaine de vouloir suivre les chemins ésotériques des enfants perdus à l'aube de leur automne.

Elles se contemplèrent une dernière fois, fortes de leur complicité. Dans la nuit andalouse, l'avion décolla enfin.

Quelque part en bordure du désert du Wadi Rum, une Volga-Gaz-21 roulait à pleine vitesse dans la lumière rousse au son de *The Great Gig In The Sky*.

REMERCIEMENTS

Je remercie mon éditrice, Maëlle Guillaud, pour son aide précieuse. Je remercie aussi Anna Pavlowitch qui m'a fait confiance, ainsi que Francis Esménard et Richard Ducousset pour leur attention.

Enfin, une pensée à Jean-Luc, magicien à double titre !

DE LA MÊME AUTEURE

UNE CICATRICE DANS LA TÊTE, Plon, 2000

CHRONOS BLUES, France-Empire, 2009

QUE RESTE-T-IL DE NOS DIVORCES ?, France-Empire, 2011

Composition IGS-CP
Impression CPI Bussière en mai 2023
Éditions Albin Michel
22, rue Huyghens, 75014 Paris
www.albin-michel.fr
ISBN : 978-2-226-48380-5
N° d'édition : 25455/01 – N° d'impression : 2070586
Dépôt légal : juin 2023
Imprimé en France